리듬, *Rhythm*

- 노래 불러요, 춤출게요

리듬, *Rhythm*

-노래 불러요, 춤출게요

김기우 장편소설

창해

차례

7 나 없는 내 몸
20 인형 울음소리
28 토막 난 멜로디
42 쓰러진 시간
54 붉은 꽃은 구름 되고
67 비나리 비나리
82 의심의 의도
94 노래를 지켜줄 사람
103 물너울에 녹아든 소리
123 제때 제자리 제대로
133 솟아오르는 샘물
147 한 수 던지다
156 음악은 어머니처럼
171 강에서 강아지 울음
184 어둠에 쓰고 빛에 토하다
196 그는 나다
202 선인장의 세월
210 풍선을 타고 여행 떠나듯
221 노래가 노는 자리
229 마침내 터져 나온 소리
241 메아리는 빛 속으로
246 노래 나무

해설

250 고개를 돌려 그를 바라본다 _주철환

발문

256 삶을 지탱하는 리듬 _한만엽
260 감사의 말

Rhythm

나 없는 내 몸

현우 >>

쓸모없는 몸이 됐다.

몸은 있는데 나는 없게 돼 버렸다. 주치의는 내 증상을 '감금증후군'이라 불렀다. 육체 안에 갇혀 있다는 뜻이다.

그랬다. 몸을 움직일 수 없었다. 몸은 의지를 완벽히 무시했다. 모든 감각이 극도로 예민해졌다가 순식간에 둔해졌다. 보는 것보다 보이는 것이, 듣는 것보다 들리는 것이 많았다. 냄새도, 맛도 마찬가지였다. 쏟아져 들어왔다. 여러 가지 느낌은 한 데 겹쳐서 들이닥쳤다. 그리곤 곧 사라졌다. 해변 같았다. 내 몸은 모래사장이었다. 물이 들었다가 빠져나가는 흙더미가 내 몸뚱이였다. 뇌졸중 후 뇌부종이 진행돼 수술하고는 이 모양이다. 호리병 속에 갇힌 새 꼴이다.

수술 직후 두 달 동안 미라 상태였단다. 그동안 어디 있었나. 몸은 이대로 누워 있었을 텐데, 나는 어디서 무얼 했나. 나라고 할 만한 어떤 것이 내 몸뚱이에 있기나 했나. 지금 떠오르는 풍경 중 가장 선명한 것이 있다. 관광지에서 파는 그림엽서 같은 것이 방 안 여기 저기 붙어 있는데, 그중 몇 장이 선연하다. 택배 상자가 열려 있는 채로 엎어져 있는 그림이다. 박스에서 삐어져나온 아기의 손이 유난히 희다. 베란다에 있는 관음죽 화분이 들어앉은 그림도 있다. 관음죽 초록 잎들 사이에 꽃이 붉게 올라왔다. 마치 홍역 앓는 아이의 얼굴처럼 작은 돌기가 붙어 있다.

아니, 관음죽꽃에 초점을 맞춘 풍경이 아니었다. 그 아래 놓여 있는 냉장고…, 그 김치냉장고가 궁금했던 것이었다. 몇 해 전 대용량 냉장고를 새로 들이면서 김치냉장고를 베란다 구석에 처박아 놓았다. 아무도 신경 쓰지 않을 김치냉장고에 전원을 몰래 넣어두었다.

꼼짝 못하는 지금 베란다에 더욱 가고 싶다. 냉동실 안에 넣어둔 검은 봉지를 꺼내 그것이 그대로 잘 있는지 확인해 봐야 하는데…. 마음대로 움직일 수 없는 몸이 나였다. 아기도 택배로 와서 냉동고 안에서 꼼짝달싹 않고 있다.

윤주가 갓난아기를 택배로 보내왔다.

나는 놀라서 쓰러졌다. 감금증후군 환자가 됐다. 갓난아기는 죽어 냉장고 속에 갇혀 있고, 나는 살아 냉장고 밖에 갇혀 있다. 그리고 둘 다 얼어 있다.

'잘 살펴 주세요.'

윤주가 죽은 아기를 넣은 택배 상자에 엽서를 얹어

놓았다. 무엇이든 현명하게 처리하셨으니 아기도 잘 부탁드린다는 내용이었다. 엽서는 쓰레기통에서, 아기는 냉동고 속에서 침묵하고 있다. 침묵만이 진실을 말하는 건 아닐까.

나는 침묵한다. 나는 잘못 없다. 그들이 나를 재판장에 세워도 나는 증언할 말, 한마디도 할 수 없다. 내가 말을 못 해서가 아니다. 말을 할 수 있게 되더라도 나는 할 말이 한마디도 없다. 입을 열게 되면 거짓을 말할 수밖에 없는 내 처지. 아이는 내 핏줄일지 모른다.

다시 아파 온다. 아픔은 한여름 소나기처럼 나를 적셨다. 살갗에 이불깃이 스쳐도 살점이 떨어져 나가는 것 같았다.

> 제가 죄인입니다. 아기는 보냈어도 아직 제 곁에 남아 있습니다. 쓰러지셨다는 소식 듣고 온몸이 찢어지고 숨이 막혀왔어요. 죽음으로 죄를 씻을 수 있다면 그러고 싶었지만, 죽음만이 끝이 아님을 알았습니다.

아플 때마다 그녀의 목소리가 들려온다. 아픔을 잊기 위해 만들어 내는 소리이기도 하다. 이명 같은 그녀의 소리가 들려오면서 통증은 이리저리 움직이다가 희미해졌다.

한 부위의 아픔은 다른 부분의 통증에 곧 묻혔다.

요즘은 주로 얼굴, 특히 눈과 귀가 칼로 베이는 듯했다. 보는 것, 듣는 것이 고통이었다. 마른 덤불이 되어 사막을 구르는 듯한 기분이 이럴까. 소나기 같은 통증이 멈추면 나는 손톱만큼의 기운도 없어졌다. 서글펐다.

슬픔은 아픔보다 컸다. 이렇게 살아가는 것이 옳은가. 옳지 않다고 죽을 수도 없는 상태 아닌가. 기껏 할 수 있는 것이라고는 왼손 검지를 까닥이는 것밖에는 없으면서….

있다, 눈도 깜박일 수 있고, 기억할 수 있다. 나는 쓰러지기 전의 일들을 모두 회상할 수 있다. 집중하면 말을 배우기 전까지 기억도 떠올릴 수 있다. 어머니가 내 머리를 받쳐 들고 어르는 모습이 어룽거린다. 평생의 나를, 내가 겪어왔던 시간과 공간을 내 마음대로 펴올릴 수 있다. 네 살 이전은 희미하지만 그 이후는 대체로 선명하다.

어제는 초등학교 때의 풍경을 집중해서 뽑아 올렸다. 간병 여사가 돌봐주는 열 시간 동안은 주로 초등학교 저학년 때를 더듬었고, 조카가 와서 약 주고 재워줄 때까지 고학년 시절을 되새겼다. 나의 기억 되새김질은 죽음 직전까지 해나갈 수 있겠다.

나는 내 속에서 누구보다 많이 활동하고 바삐 움직였다. 시간 가는 줄 모르게 지난 공간을 헤집고 다녔다. 눈을 감고 회상으로 들어서면 어떤 영화보다 흥미로운 동영상이 펼쳐졌다. 몰입하면 사소한 이미지까지 떠올랐다. 여섯 살 때 처음으로 썼던 글씨, '바버'라는 맞춤법 틀린 낙서, 손톱 깎다 피 나서 울던 여름 밤, 그 밤에 찾은 별자리. 손에서 놓쳐 내용물을 쏟은 책가방, 그 속의 물건을 정리해 주던 여자아이, 김영배. 그 아이의 이름과 얼굴이 아직 생생하다. 초등학교 시절 6년 동안의 담임선생님들도 선연하다. 한 반 모두는 아니더라도 한 학년에서 열 명 정도는 이름과 얼굴을 기억해낼 수 있다. 중학생 때 〈별이 빛나는 밤에〉라는 라디오 프로그램에 보낸 엽서의 문장도 지어내지 않고 읊을 수 있다.

이렇게 지난날을 애써 기억하려는 이유가 있다. 시간 보내기만이 아니다. 여러 과거 풍경 속에 자꾸 끼어드는 영상 때문이다. 나의 회상은 그 이미지를 덧씌우려는 안간힘이다. 택배 박스 안의 아기, 냉동고 안 비닐 속 아기의 모습 말이다. 그 모습은 지난 기억의 어떤 장면에서든 끝자락에 슬그머니 껴 묻혀 나온다. 늘 나타난다. 블라인드가 걷히면서 드러나는 창밖 풍경처럼, 아기는 나타나서 내 몸 여기저기를 쑤셔댄다. 아기를 밴 그녀의 모습이 창에 붙어 있다.

세상 모르게 살아가고 싶었어요. 세상 끝으로 가 보려 했지만 시작이었어요. 제 노래 아직 끝나지 않았어요. 저는 잘 있습니다. 손을 뻗으면 강물을 만질 수 있는 집에서 아기와 노래하고 있습니다.

현우 님, 나는 임신하지 않았습니다. 두려웠어요. 활짝 한 번 피워보지 못하고 꾹 꺾어지는 해당화, 그 어둔 꽃 같은 생, 내 삶이 그러하겠죠, 석녀의 몸, 돌덩이가 아이를 가질 수 있나요. 가져도 되는 줄 알았더라면 잘못이겠죠. 그 잘못도 나는 몰랐어요. 정말 몰랐습니다.

회상 외에 할 수 있는 것이 또 있다. 작곡이다. 이것 때문에라도 나는 기억의 힘을 놓지 않으려 애쓰는 중이다. 꼭 해야 한다. 내 몸이 이 상태 이상으로 나아지지 않으리라는 것을 나는 안다. 시간이 없다. 시간이 지날수록 기력도 약해져간다. 며칠 전부터 요의를 못 느낀다. 배고픔도 모르겠다. 허기와 배설 기운마저 잊어버리면 나는 진정 여기 사람이 아니게 될 것이다. 계절 감각은 이미 오래전에 사라졌고, 요즘은 밤낮도 정확히 구분하지 못하겠다. 잠을 자고 있는지, 꿈속인지 모를 때도 많다. 간병인이 내 옷을 갈아입힐 때, 그녀의 호흡이 내 것 같기도 하다.

정년기념앨범. 내 생의 마지막이며 최고의 작품이 되리라 생각했다. 지난해에 낼 생각이었는데 이 꼴이 됐으니…. 모든 게 물거품이 됐다. 최고는커녕, 한 소절도 발표할 수 없게 됐다.

이렇게 끝나는 줄로만 알았는데, 가능할지도 모르겠다. 그가 도와준다면, 성재가 거들어 준다면 기념앨범을 만들 수 있다. 아니, 성재만이 할 수 있다. 반드시 그가 해야 한다. 더 늦기 전에, 기억이 맑을 때 채보해둬야 한다. 아직 발표하지 않은 곡이 네 개 정도 있다. 그중에서 하나는 분명 크게 히트할 만한 곡이다. 내 육십오 년의 삶, 오십 년 내 음악 인생을 압축해놓은 곡이다.

모두 내 머리 속에만 있다. 있는데 없는 꼴이다. 히트할 곡은 첫 소절 두 마디만 채보된 채다. 그것을 조카가 용케 찾아냈다. 내 점퍼 안주머니에 얌전하게 접혀 있었단다. 두 마디 이후는 나만이 알고 있다. 소리 낼 수도 없고, 악기를 만질 수도 없으니 밖으로 꺼낼 수 없는 선율이다. 그 곡만이라도 반드시 완성해놓아야 한다. 내 입안에서는 완벽하게 노래되고, 내 눈앞에선 선명하게 악보로 그려지는데, 나 말고는 그 누구도 그 아름다운 곡을 접할 수 없다.

아, 어떻게 나머지를 끝낼 수 있을까. 성재가 할 수 있다. 성재만이 내 마음속에 있는 노래를 끄집어낼 수 있다. 내 음악을 누구보다 잘 알고 있는 성재였다. 성재의 최근 곡이 평소와는 다른 흐름으로 가고 있고 조 변화도 엉뚱하지만 그는 할 수 있다.

성재가 너끈히 완성해 내리라. 윤주가 성재에게 나

의 새로운 노래를 들려주었으리라. 꼭 그렇게 생각된다. 윤주가 성재와 만나고 그와 나 사이에서 흔들리고 있을 때, 그때 나는 이 곡을 만들어 그녀 앞에서 노래했다. 윤주만을 향하고 있던 곡이었다. 그녀가 성재에게 들려주었을 것이다. 자랑이든 질투 유발이든 분명 그녀가 성재 앞에서 노래했을 것이다. 성재도 선율을 기억하고 있으리라.

냉동고 안에는 성재의 아기가 자고 있는지 모른다. 이참에 확실히 알아낼 수 있겠다.

현우 님, 저는 아기 소리에 먹혀 작아져 갑니다. 한량없이 작아져 한 톨의 먼지가 돼 버린 나. 한 음절 소리로만 남게 된 나. 아이 소리와 내 소리는 우주를 떠돌겠지요. 그러다 언젠가는 선생님 귀에 들리겠지요. 그때는 내 소리 듣기 좋다고 칭찬받고 싶어요.

성재가 곡을 완성해야 할 이유는 태양처럼 확실하다. 성재는 내가 아끼는 제자이면서 연적인가. 내가 사랑하는 여인이 낳은 아이의 아빠인가. 살아온 세월이 달라도 내 음악이 그에게 전수됐으니, 그가 만들어올 곡은 내 음악이나 마찬가지다. 그가 나를 대신할 수 있다. 그가 나래도 상관없다.

아니, 그는 나일 수 없다. 나는 이렇게 식물인간이

고, 그는 활기차게 세상을 휘젓고 다니고 있지 않은가. 그는 나보다 훨씬 많은 시간을 갖고 있다. 빨리 곡을 발표해야겠다. 아직 숨이 붙어 있을 때, 내 이름으로 앨범에 담아야 한다. 이 곡은 내가 이 세상에 없어도, 지상에서 내 이름이 얹혀 가장 오래 불릴 곡이다. 내 곡이다. 윤주, 성재, 그 누구도 내 곡에서 한 소절도 가져갈 수 없다.

한 달 전부터 그나마 눈을 깜박일 수 있게 됐다. 손가락도 조금 움직일 수 있다. 다행이었다. 털끝 하나 움직이지 못하던 내가 눈을 깜박일 수 있게 된 것은 개벽과도 같은 사건이었다. 사람으로 인정받게 된 것이었다. 비록 한 눈, 한 손가락뿐이지만 비로소 살아 있음을 증명하게 된 것이었다. 수술 후 중환자실에 있을 때는 얼마나 괴로웠던가. 몸이 아파서가 아니라 내가 아픔도 모르리라는 주위의 생각들 때문에 어찌나 힘들고 갑갑했는지.

나를 존재하지 않는 사람으로 취급하는 것보다 큰 괴로움은 없었다. 간호조무사와 간병 여사가 내 몸을 뒤집을 때마다 뼈가 부서지는 듯 아팠다. 욕창 가능성 때문에 자세를 바꿔줘야 한다지만, 그들은 아무렇게나 내 몸을 다뤘다. 그들의 거친 손길과 큰 목소리가 나를 난도질하는 것 같았다. 주치의도 마찬가지였다. 눌러보고 찔러보고 소리치고 흔들어댔다. 눈에 손전등을 비출 때마다 눈동자가 쓰렸다. 눈 주위가 얼얼했다.

사람들, 막돼먹었구나. 나 좀 살려줘.

증오의 힘이었다. 중환자실 면회 시간에 아이 우는 소리가 시끄러웠다. 자지러지는 아이의 울음은 내 온몸을 찔러댔다. 귀를 파고들어온 소리가 내장까지 후벼댔다. 누구든지 아이를 면회실 바깥으로 데리고 나가 주길 간절히 바랐다. 그때 아버지가 왜 떠올랐는지…. 내 어린 시절 모습도 겹쳤던 것 같다. 아버지와 어머니가 싸우다가 울며불며 부둥켜안는 모습, 낮잠자다 깨어 풀럭거리는 빨래의 모습에 시선이 붙들려 꼼짝달싹 못하고 울던 내가 생각났다.

절대 떠지지 않을 것 같은 눈꺼풀이 올라갔다. 흔들거리며 나를 놀리던 빨래를 떠올리니 눈꺼풀이 내려갔다. 눈을 깜박일 수 있었다. 자존심을 찌르던 기억을 떠올리면 손가락에 찌릿하고 전기가 왔다. 누구에게랄 것 없이 욕지기를 올리면 눈꺼풀에 힘이 주어지고 손가락이 움직였다. 아, 눈 깜박임이 얼마나 쉬운가. 내 삶에 이렇게나 많은 증오가 숨어 있었나.

미워하던 사람도, 무섭던 사물도, 상처받았던 일도 차츰 희미해졌다. 그러고 보면 미움은 존재감의 다른 표현이었다. 증오도 애정의 다른 모습이었다. 미움에 감사해야 한다.

이제는 눈 깜박임과 손가락 움직임으로 대화를 나

눌 수 있게 됐다. 간병 여사는 내가 원하는 것을 내 눈 깜박임으로 알아차린다.

새 앨범 출시는 조카의 의견이었다. 조카는 내 눈을 보고 새 곡을 채보할 수 있으리라 믿었다. 내가 쓴 두 소절만으로도 명곡이 나오리라 생각했던 것이다. 전혀 못할 일은 아니었다. 성재라면 가능했다. 성재가 기록한 곡을 읽거나 그의 연주를 듣고 내가 눈을 깜박이고 검지로 표현하면 될 것이었다.

죽기 전에 한 번만이라도 노래하고프다. 많은 사람들이 내 노래에 자기들 삶이 껴 있다고 했다. 어쩌면 나는 그들의 추억에 동참하려고 노래한 것 같다. 추억은 대개 슬프다. 노래는 옛 시간을 담고 있고, 그 시간은 대개 슬프다. 노래로 슬픔을 견딜 수 있다. 같이 노래하는 사람들은 아름답다. 나는 아름답게 살아왔다. 팬들이 지켜주어 가능했다. 과분한 사랑에 보답해야 한다.

어떻게든 머릿속에 있는 곡은 채보돼야 하고, 노래는 불려야 한다. 나는 아직 살아 있다. 나의 건재함을 알려야 한다. 온 힘을 다해 노래해야 한다. 노래하다가 숨이 멎더라도 노래는 불러져야 노래다.

앨범 판매 수익금은 모두 뇌졸중 재활치료기금으로 내놓을 생각이다. 성재의 곡도 하나 정도 넣어 줘야겠다. 그는 음악을 배우겠다고 찾아온 뒤, 지금까지 이십여 년 동안 곁에 있어 줬다. 내가 필요해서 부르면 성재는 어디서든 언제든 달려왔다. 그에게서도 나는 사랑을, 제자 이상의 사랑 감정이 있었다. 재능 있는 젊은이를 사랑한다는 것은 잘못이 아니잖은가.

그는 탁월했다. 졸업 작품은 이미 개성이었다. 음표가 자잘하고 선율이 지나치게 화려해도, 음은 정확히 제 길을 갔다. 그에게서 나오는 소리는 절대음감의 설계도이고 건축물이었다. 그의 애드리브는 한 소절도 어색하지 않았다. 누구도 흉내 내지 못했다.

성재는 실력은 있는데 고집이 셌다. 음악계도 사람이 모인 곳이어서 이해관계가 복잡하다. 그것을 풀어가면서 조용히 기다려야 살아남는다. 낮게, 모자란 척하면서 때를 기다렸다가 기회가 오면 솜에 불을 붙인 듯 한 번에 타올라야 한다. 성재를 학교에 정착시키려 했지만 인지도가 없어 몇 차례나 미끄러졌다. 지금은 음악학원 강사로, 편곡으로 연명한단다. 그는 능력이 넘쳤는데 사회성이 없었다. 세월이 더 흐르면 깨닫게 될 것이다.

윤주에게도 보상해 줘야 한다. 이번 앨범에 두 곡 정도는 그녀의 독창이 들어가도록 하고 싶다. 그녀가 준 위안은 그동안의 히트곡이 주는 즐거움의 수십 배 이상이었지만, 사람들 이목도 있지 않은가. 그렇잖아도 사람들은 윤주와 나를 사제지간 이상으로 보는 눈치였다. 내가 이 꼴이 되지 않았다면 그들은 나를 파렴치한으로 몰아붙였을지도 모른다.

스승과 제자의 관계 이상이라면, 이성의 사랑이어야 하는데, 맞는가. 짝사랑 아니었나. 나 혼자만의 사랑이었나. 늙은이의 사랑은 저주라는데, 그 저주의 결과로 이런 몸이 되었나. 마흔 살 차이 나는 제자를 연인으로 여긴 죄가 이런 벌로 돌아온 것인가. 성재하고도 만나는 줄 알게 돼 힘들었는데…, 그렇다면 벌은 윤주가 받아야 하는 게 아닌가.

윤주는 왜 내게 죽은 아기를 맡겼나. 그녀는 어딘가에서 계속 말을 전해온다. 나는 줄창 열려 있는 귀로 그녀의 말을 들을 수밖에 없다.

그저 노래를 잘하고 싶습니다, 현우 님 말씀대로 타고난 재능은 없어도 제힘 다할 것입니다. 하나님 같은 선생님, 스스로 돌보지 못한 나, 나의 잘못을 용서해 주시고, 아기를 잘 살펴 주시리라 믿습니다. 노래 없이 살아갈 순 없어요. 스승님, 삶이 노래여야 한다고 하셨죠. 노래는 불러야 노래이듯 삶도 살아야 삶이잖아요. 저기 강물이 흘러요. 물이 노래하라고 내 옆구리를 찌릅니다.

인형 울음소리

>> 윤주

그날, 새벽 세 시였어요. 스튜디오에서 양수가 터졌어요. 아기가 나오려는 것을 알았을 때, 너무 늦었다는 것도 깨달았습니다. 아기는 노래할 운명이었나, 곧 죽을 운명이었나. 마이크를 부여잡고 고음 소절을 부르니 아랫배가 심하게 꿈틀거렸습니다.

일주일째 나는 스튜디오에 혼자 남아 연습하고 있었어요. 보컬트레이너가 원하는 음색을 만들고 있는 중이었습니다. 며칠째 같은 소절을 반복했습니다. 하루에 백 번도 넘게 불렀습니다. 두 옥타브 시와 도가 스타카토로 이어지는 부분이었어요. 피디와 트레이너는 바이브레이션을 없애라는데, 잘 안 됐습니다. 바이브레이션이 안 될 때가 문제였는데, 지금은 반대로 주문합니다.

피디는 내가 신인이라고 이것저것 주문이 많았습니다. 기준도 없어 보였어요. 그는 내게 모차르트의 〈밤의 여왕 아리아〉처럼 부르라고 권했습니다. 대중가요가 왜 그런 창법이 필요한지 모르겠어요. 나하고 작업하기 싫다는 의미로 들렸습니다.

이번 녹음은 내 생애 첫 기회였어요. 비록 유행 지난 유명가수들의 대표곡 옴니버스 음반이지만, 내 존재를 드러낼 절호의 찬스였습니다. 내 목소리와 내 이름으로 음반이 나온다니, 나는 매일 매일 하늘을 날아오르는 기분이었어요.

임신인 줄도 몰랐습니다. 녹음 계약 뒤 몸이 불었다는 느낌만 있었을 뿐, 산달이 가까웠는데도 나는 임신을 몰랐습니다. 임신이 아니라고 우기려 했는지도 모르겠어요.

아니, 정말 나는 임신을 몰랐어요. 녹음을 할 수 있게 되고부터 늘 몸살 기운이 있었고, 언제나 일정치 않았던 생리여서 그러려니 했어요. 몸무게가 늘어도 행동은 빨라졌습니다. 녹음이 급했어요. 내 머릿속에는 온통 녹음 생각뿐이었습니다. 꿈속에서도 나는 늘 녹음실에 있었어요. 내 몸속에서 아기가 자랐다면 그것은 이물질이었습니다. 내게서 빠져나가야 할 불순물이었어요. 최고의 소리가 나오도록 최적의 몸과 마음이 되도록 신경 써야 했습니다.

낳고 금방은 몰랐지만 우는 아기를 보니 아빠가 알아졌어요. 아기는 내 의지와 무관하게 내 몸에 들어왔던 거예요. 아기의 존재를 내 몸이 알았다면 내 몸에서 떼어냈을 겁니다. 임신거부증이든 망상이든 아기는 나

완 무관할 뿐이에요.

그날도 자정이 넘어서야 한 곡 녹음을 마쳤습니다. 뮤지션과 감독이 떠나고 혼자 남아 다음 곡을 연습했어요. 트레이너의 주문이 목에 걸린 생선 가시처럼 고음부에서 목울대를 콕콕 찔러댔습니다. 가시를 빼내려 진성을 토해내고 토해냈어요.

몸을 열어라. 온몸을 열어. 모공까지 열어. 세포막을 무너뜨려.

노래는 목이 아니라 몸으로 하는 것이라는 현우 선생님의 말이 떠올랐어요. 나는 온 힘을 다해 두 옥타브 C와 E를 소리 냈어요.

아랫배가 휑해지면서 양수가 바지를 적셨습니다. 나는 녹음실을 나와 급히 화장실로 들어갔습니다. 스튜디오 바깥, 복도 끝까지 어떻게 갔는지 모르겠습니다. 바지를 내리고 변기에 앉자마자 아기가 나왔습니다. 아픔도 없이 쑥, 빠져나왔습니다. 용변 보는 느낌 정도뿐이었습니다.

머리부터 발끝까지 아기는 양수와 피를 덮어쓰고 변기 안에 누워 있었어요. 그 광경만 뚜렷하게 남아 있습니다. 절대 지워지지 않습니다. 하얀 변기 안에 누워 있는 붉은 살덩이….

아기는 인형이었습니다. 내가 어릴 때 갖고 놀던 베렝구어 인형이었어요. 눈을 감고 숨을 쉬지 않는 인형.

나는 허겁지겁 아기를 들어 올려 화장지에 쌌어요. 두루마리 휴지 한 통을 둘러쓴 아이는 누에고치 같았습니다. 휴지통을 비우고 아이고치를 비닐에 넣으려는데, 끈에 걸려 휴지통이 쓰러졌습니다.

끈이 아니라 탯줄이었어요. 아기와 내가 줄로 연결돼 있다는 것을 나는 미처 깨닫지 못했어요. 아이가 갑자기 첫울음을 터뜨렸어요. 갑작스런 울음에 놀라 나는 아기 두루마리를 내팽개쳤습니다. 울음은 더 커졌습니다. 아기울음소리가 천장을 찢고 건물을 무너뜨리는 듯싶더니 내 온몸을 쑤셔댔어요.

나는 풀썩이는 휴지를 떼어내 아기 입을 찾았습니다. 그리곤 손으로 아기 얼굴을 눌렀어요. 아기의 울음은 점점 더 커졌어요. 울음이 커짐에 따라 내 손의 힘도 배가 됐어요. 나는 온몸의 힘을 손바닥에 실어 아기를 눌렀어요. 첫 호흡을 내뱉은 아기는 숨을 더 쉬려고 몸부림쳤어요. 나는 남은 손으로 아기의 손발을 움켜쥐었어요. 아기가 몸을 비틀다가 뚝 멈추었습니다. 울음소리는 더이상 들리지 않았습니다. 귀가 먹먹했어요.

멈추었던 숨을 몰아쉬니 내 귀가 뚫렸습니다. 아기의 숨은 멎은 것 같았습니다. 아기를 안고 스튜디오를 나와 집에까지 어떻게 갔는지 모르겠어요. 여기저기 묻은 핏물을 닦느라 셔츠와 블라우스, 심지어 가방까지 사용했어요. 집에 와서 그것들은 버리고 아기는 검은 비닐봉투에 넣어 냉동실에 넣었다는 기억이 편편이 끼여 있을 뿐, 집에 갈 때까지의 경로와 정황은 떠오르지 않아요.

아기를 선생님께 보내야겠다는 생각이 든 것은 그 일이 있은 뒤 한 달이 지나서였습니다. 나는 예정된 녹음을 모두 마치고 집에서 한 발짝도 나가지 않았어요. 스무 날 동안을 하루 한 끼, 컵라면으로 때우며 집에서 뮤직비디오만 크게 틀어놓고 지냈습니다.

나는 무서운 꿈을 꿀까 봐 잠을 잘 수 없었습니다. 지쳐 쓰러져 졸다가도 혀를 깨물었어요. 앉아서 자다가는 벌떡 일어나 거울을 보고 깨어 있는 나를 확인했어요. 냉장고가 있는 부엌 근처엔 얼씬도 하지 않았습니다.

나는 오랫동안 현우 선생님을 찾지 않았죠. 선생님이 나를 찾아도 외면했지요. 내가 선생님을 버린 것인가. 나는 선생님에게 모든 것을 털어놓고 온전히 드러내고 있었습니다. 선생님을 속일 수 없었습니다. 선생님은 내가 젊은 남자를 만나는 것을 막지 않겠다고 했습니다. 자기가 알아차리지 못하게만 해 달라고 했습니다.

하지만 선생님의 평온은 오래 가지 못했습니다. 나를 의심했습니다. 질투가 사랑보다 컸답니다. 스승이 나를 버렸나. 나는 유단포에 불과했나. 사모님이 나타나서 이별은 더 빨리 다가왔습니다. 나는 선생님의 전화번호를 삭제했습니다.

음반이 출시된다고 스튜디오에서 찾아왔을 때에야 나는 방에서 나왔습니다. 아기 생각은 성냥불처럼 꺼져 사라졌습니다. 유황이 금세 사라지듯 음반을 받자 아기 생각도 이내 꺼져버렸습니다.

하지만 아기는 음반 속에 고스란히 들어 있었어요. 녹음했던 노래를 들을 때마다 아기 울음소리가 섞여 나왔습니다. 어떤 노래는 모든 소절이 아기였어요. 그 뒤 나는 내 옴니버스 앨범을 절대로 듣지 않았어요.

다시 노래를 부르기 위해 라이브 카페에 출근했습니다. '해 뜨는 집'. 양평에 있는 카페입니다. 남한강이 내려다보이는, 언덕에 올라앉은 한옥인데, 카페로 개조해 손님을 맞고 있습니다.

주인은 무명 가수예요. 스무 살이 되자마자 밤무대를 전전했답니다. 노래 실력을 키워왔어도 알려지지 않았대요. 양말 장사해서 번 돈을 모아 이렇게 자기 업소를 차린 것이었죠. 음악성보다는 사업 감각이 있는 사람이었습니다. 다른 라이브 카페가 하나둘 문을 닫고 전업을 해도 이곳은 성황이었습니다. 여기 오는 손님들은 한때 일류 가수나 실력파 밴드를 꿈꾸던 사람이 많았습니다. 손님들이 퇴물 가수를 원치 않는다는 것을 사장은 잘 알고 있었죠. 실력은 있지만 알려지지 않은 젊은 가수를 무대에 세워 참신함을 유지했어요. 이 무대에서 노래하면 유명가수가 된다는 소문이 있었고, 실제로 국내 제일의 기획사에서 여기 무명을 픽업해서 한 달 만에 정상급으로 만들어내기도 했지요. 한류를 이끄는 스타 대여섯 명이 이곳 출신이라 했어요. 사장은 연말이면 그들을 불러와 매출을 크게 올립니다.

원룸에서 '해 뜨는 집'으로 출근하다가 아예 이곳으로 들어온 지 육 개월이 훌쩍 지났습니다. 몇 차례 퇴근하지 않고 머뭇대며 술 마시다 곯아떨어진 내 모습을 보고 주인이 가게 열쇠를 복사해 주었습니다. 나는 원룸으로 돌아가기 싫었습니다. 원룸 동 입구부터 계단에 올라 현관을 거쳐 곧장 방 안에 틀어박히기까지, 공동묘지를 헤매는 기분이었습니다.

업소, 무대 뒤에는 조그마한 방이 있습니다. 창고처럼 쓰던 방에 보일러를 들여놓고 도배하니 따뜻하고 새로웠습니다. 원룸보다 아늑해요.

사장은 내게 잘해 줘요. 오래전에 한 번 같은 라이브 무대에 섰을 뿐인데, 이렇게 방도 꾸며주고 캐리어도 A급으로 쳐줘요. 내 노래를 최상급이라고 인정해 주는 음악인은 그가 처음이었습니다. 고마운 사람입니다. 스승은 아직 멀었다고, 성재는 노래 말고 다른 길을 알아보라 했는데…, 사장은 그러지 않았습니다. 내게 가능성이 무한하다고, 기회를 못 만난 불우한 재능이라고, 어깨를 들썩이며 말했어요. 자기 사업에 나를 이용하려는 의도라 해도 나는 그렇게 말해 주는 사장이 좋습니다. 나는 언제나 노래할 것입니다. 반드시 내 노래가 세상에 울려 퍼지도록 최선을 다하겠어요. 모두 내 노래를 따라 부를 거예요.

또 들려오네요. 아기 울음소리. 발밑에서 울림을 주다가 고막을 뚫고 머릿속을 파고드는 소리. 뒷골을 마구 흔들어대다가 가슴을 짓누르는 아기 울음소리. 누구의 인형인지 모르겠습니다. 아무리 헤아려보고 따져 봐도 모르겠어요. 구룡포에서 현우 선생이 내 바다로 뛰어들었고, 성재도 내 안에서 출렁거렸습니다. 그날이었던 것 같아요. 인형이 왔어요. 노래도 내게 들어왔어요. 같은 노래인데 다른 소리로 들어와 나를 터뜨렸어요. 나는 온몸으로 노래를 받아들였습니다.

새로 시작하고 싶어요. 얼굴에 칼을 대 코와 눈꺼풀 바꿨어요. 새 이름도 지었어요. 머리 스타일도 완전히 다르죠. 이런 변모가 나도 어색해요. 이제 시작이에요. 새 노래에 나를 모조리 집어넣고 나, 다시 태어나요.

토막 난 멜로디

>> 성재

찾으세요.

나는 담요를 목까지 끌어올리며 조카의 목소리를 흉내 낸다. 그는 가성을 자주 쓴다. 여성처럼 가늘고 높은 톤이다. 조급한 성격의 사람이, 속에 있는 말을 빨리 뱉어내고 싶을 때 내는 음성이다. 현우 선생의 조카조차 내게 지시하듯 말하니 조금 언짢다.

나는 스마트폰을 눌러 시간을 본다. 한 시 십 분. 아직 세 시간은 더 잘 수 있다. 노트북 반주기를 아침까지 고쳐놓고 이제야 누웠는데, 선생님의 조카가 전화해온 것이다. 저녁에 고등학생 레슨이 있는데….

찾으세요.

다시 조카의 목소리가 입에서 울린다. 수년간 나를 찾았던 스승은 쓰러지고 나서도 나를 찾는다. 조카의 목소리로 옮겨졌을 뿐이다.

무슨 일인가. 의식을 찾으셔서 일어나셨나, 아니면 더 나빠지셨나? 스승을 마지막으로 뵌 지 일 년하고 한 계절이 지났다. 이제는 정리하고 떠날 때가 됐다. 스승이 나를 아낀다는 걸 잘 알고 있었지만 그 이상의 끈끈한 감정도 섞여 있음도 알게 됐다. 대학 졸업여행 때, 취기를 빈 스승과의 깊은 키스는 당황스럽지만은 않았다. 스승이 나를 사랑해 주는 것이 황송할 뿐이었다. 스승은 사랑이 넘치는 분이었다. 예술가는 그럴 수 있다고, 특히 스승의 사랑에는 한계가 없다고 생각했다. 그러나 이제 떠날 때가 됐다. 내 세계, 내 생활을 꾸려 나가야 했다.

나는 레슨 학생에게 오늘은 수업 없다는 문자를 넣고 다시 잠을 청한다. 심부름할 것 없을 텐데…, 무언가 중요한 일이 있으리라는 예감만 한겨울 차창에 끼인 서리처럼 뿌옇다.

나는 잠이 오지 않아 휴대폰의 알람 예약을 지우고 일어난다. 욕실로 들어가 칫솔을 뽑아 들고 세면 거울을 본다. 스승을 오랜만에 뵙는데, 사우나에 가서 꼼꼼히 씻어야겠다. 길 건너에 목욕탕이 있다.

끽끽거리는 현관문 소리를 뒤로 하고 나는 작업실을 나선다. 돌아오면 현관문 경첩에 윤활 스프레이를 뿌려야겠다.

공중목욕탕에 들어가자마자 나는 옷을 벗고 건식 사우나실 문을 당긴다. 열기를 견디던 몸이 곧장 잠을 부른다. 사우나실에서 나온 나는 수면 의자에 몸을 누이고 눈을 감는다. 스승이 워터파크에서 미끄럼을 타고 있다. 활짝 웃는 모습이, 신이 나 있다. 나는 풀에서 스승에게 다가가려 힘껏 헤엄치지만 제자리일 뿐이다. 기운이 빠진다.

이마가 차가워 눈을 뜬다. 여기는 워터파크가 아니라 목욕탕이다. '찾으세요.' 무슨 노래 가사처럼 그 말이 또 귀에 흘러든다. 온몸을 내리누르는 쇳덩이 같은 잠의 족쇄는, 목욕탕 천장에 맺힌 물 한 방울로 가볍게 풀린다. 두 번째 물방울이 허벅지에 떨어지자 나는 벌떡 일어난다.

욕탕 입구 벽에 붙은 시계가 다섯 시를 넘어서고 있다. 나는 평소의 목욕 순서를 뭉텅 빼버리고 물기 있는 머리로 사우나를 나선다. 스승이 어서 오란다. 늘 그랬지만 이번에는 좀 더 급한 분위기다. 이제 놓아주실 때가 되지 않았나. 나도 스승에게 더 이상 기대할 것 없잖은가. 삼십 년 가까이 불려 다녔는데… 아직도 별 볼 일 없이 떠도는 내 처지를 알면서도 또 부르는 스승은 얼마나 미안할까. 나는 그런 스승이 안쓰럽다.

내가 중학교에 졸업하던 해 돌아가신 아버지, 세상의 모든 것과 등지려는 듯 늘 취해 있던 아버지. 자존감이 강해 누구에게 싫은 소리 들으면 술로 언짢은 속을 달래던 아버지, 마실 술이 없으면 종일 누워 있던 아버지. 나는 스승으로부터 아버지를 기대했는지 모르겠다.

평창동, 서울예고 앞에서 버스를 내리자 북한산이 성큼 다가온다. 현우 선생의 동네가 눈에 먼저 들어온다. 둘레길 초입이다. 스승의 저택은 빌라 단지의 벚꽃 더미에 가려 지붕만 빠끔히 보인다. 석양이 산허리를 감싸기 시작하고 있다. 산이 붉다.

스승의 저택으로 오를 때마다 어른거리는 선율이 있다. 플루트로 연주되는 차이코프스키의 〈로망스 F마이너〉 같기도 하다. 어떤 부분은 〈비나리〉 곡조와 닮았다. 소리와 이미지가 함께 다가온다. 북반구의 오로라 같은, 실크 커튼의 출렁임이 북한산 허리를 감싸고 돈다. 플루트 소리는 소금(小金)으로 변하고, 곧이어 비나리의 어떤 구절이 생생하게 들려온다.

— 상봉길 경에 불봉만 재로구려 만재수야 어얼….

나는 흐르는 소리를 입안에 담고 웅얼거린다. 비나리에 끼어드는 '찾으세요'라는 말이 목울대를 툭툭 친다. 나는 스승의 저택을 올려다보며 찾으십니까! 라고 외친다. 하산하는 사람들이 나를 힐끗 쳐다본다.

스승의 집 앞에서야 음절은 멎는다. 초인종을 누르려는데 자동문이 열린다. 나를 기다린 것이다. 문을 열면 주택 현관 옆에 우뚝 서 있는 은행나무가 먼저 눈에 들어온다. 늘 그렇듯이 은행나무는 내게 무슨 말을 전하는 것 같다. '잘 지내시나요. 많이 기다렸어요.' 따위의 말이다. 암나무여서 가을이 되면 은행이 주렁주렁

열렸다. 곁에 수나무가 없어도 열매가 열리는 게 신기했다. 하긴 수나무의 꽃가루는 수 키로미터 떨어져도 바람에 실려 암꽃에 닿는다고 하지 않던가.

싱그러운 바람이 뺨을 어르는 정원을 걸어 현관으로 들어서니 조카가 손을 내민다. 나는 그의 손을 잡고 흔들며 스승이 있음직한 곳으로 시선을 옮긴다. 휠체어가 거실 한가운데 놓여 있다. 스승은 담요가 둘러쳐진 휠체어에 파묻혀 얼굴만 내놓은 채 앉아 있다. 연극무대 같다. 아무 가구 없이 휑한 거실에 금빛 노을이 쏟아지고 있다.

— 지금은 앉아 계실 수도 있습니다.

조카가 스승 쪽을 보며 미소한다. 휠체어 바퀴 그림자가 거실 바닥에 길게 누워 노을을 받아내고 있다. 나는 스승에게 다가간다. 지난날 봤던 링거 줄이며 콧줄, 소변 줄은 없다. 깔끔한 휠체어에 스승이 비스듬히 누워 있다. 스승도 말끔하다. 살이 좀 오른 것 같다.

스승 집 언덕으로 올라올 때의 긴장이 풀어진다. 나는 숨을 길게 내쉰다. 스승은 비록 꼼짝 못하지만 분명 스스로 있음을, 건재함을 과시하는 듯 보인다.

— 선생님, 일어나셨네요. 감사합니다.

나는 진심으로 스승의 회복에 감사했다. 고등학교 삼 학년 때, 어머니가 교통사고로 수술한 뒤 깨었을 때만큼 고마웠다. 울컥, 목울대를 치받고 올라오는 울음을 참는다. 스승한테 품었던 서운함이, 사라진 링거 줄처럼 정리된다.

— 이제 힘도 생기셨어요.

스승의 손을 잡으니 조카의 말처럼 내 손에 지그시 힘이 전해온다. 스승은 얼굴도 평온해 보인다. 스승의 손을 잡고 있으려니 재즈 보컬이 들려온다. 안방에서 흘러나오는 지미 스콧의 음성이다. 스승은 지미 스콧을 자주 이야기했다. 육체 성장이 멈춘 카운터 테너, 그의 여성스런 목소리에 대해서, 그의 노래와 똑 닮은 불운했던 그의 삶에 대해 스승은 자주 입에 올렸다.

현관에 들어설 때부터 들렸을 텐데 이제야 귀에 담기는 것이다. 현우 선생이 좋아하는 〈마더리스 차일드〉, 스콧의 높은 허스키가 가장 잘 표현된 노래다.

너도 좋지? 저런 음색 절대 흉내 못 낸다.

스승이 다시금 가수를 칭찬하는 듯하다. 어느새 조카가 내 곁에 와 있다. 그가 손에 든 리모컨을 톡 누르자 지미 스콧이 업, 하고 사라진다. 조카는 눈짓으로 내 시선을 스승의 얼굴로 끌어내린다. 스승을 잘 보라는 뜻이다. 스승의 눈을 보니 끔뻑, 한다. 조카가 리모컨을 다시 누르니 지미 스콧이 또 튀어나온다. 그의 〈러브레터〉 전주가 시작된다. 스승은 눈꺼풀을 부르르 떤다. 스콧이 첫 소절을 노래하자 스승의 눈꺼풀은 규칙적으로 깜박인다. 자연스럽게 눈주름이 생기고 눈꺼풀이 겹으로 접혔다 펴진다.

스승은 박자를 맞추고 있는 것이다. 식물인간이어서 느낄 수 없고 어떤 반응도 없으리라, 의식도 없으리라 여겼는데, 아니었다. 낡은 헝겊 같은 스승의 손에 힘이 더 전해진다. 조카가 이번엔 눈으로 스승의 손을 가리킨다. 담요 바깥으로 나온 왼손 검지가 까닥인다.

— 많이 좋아지셨어요. 삼촌, 모두 느끼세요.

조카가 무슨 말을 더 하려고 오디오 볼륨을 낮추자 스승이 눈꺼풀을 빠르게 깜박거린다.

— 죄송합니다. 삼촌, 소리 키울게요.

조카가 볼륨을 높이니 현우 선생의 눈이 또 리듬을 탄다.

— 잠시만 이리로.

조카가 내 등에 손을 얹는다. 나는 일어서서 그의 고갯짓에 따라 거실 안쪽으로 향한다. 조카는 작은 응접 소파에 나를 앉히고 서재로 들어간다. 조카가 사라지니 현우 선생의 손가락이 부르르 떤다.

서재에서 나온 조카의 손에는 서류 봉투가 들려 있다. 조카가 봉투를 후 불어 뚜껑을 연다. 그는 볼록해진 봉투 안에 손가락을 넣어 종잇조각을 꺼낸다. 나는 조카가 내민 메모지를 들여다본다. 티슈 조각이다.

이것이었군.

'찾으세요'의 이유를 알 것 같다. 현우 선생의 호출

에 고마움과 아쉬움이 한꺼번에 일어난다. 아직 생각해주는 배려에 감사하지만 한편으로는 늘 봉사만 요구하는 스승이 섭섭하기도 하다. 스승은 많은 음악인들에게 거울 같은 존재 아닌가. 백설 공주의 의붓엄마가 가졌던 거울…. 이번엔 나도 백설 공주가 될 수 있나.

조카가 건네준 메모, 리조트 로고와 전화번호가 박힌 티슈에는 악보가 그려져 있다. 스승의 필체다. 급히 적어 내려간 흔적이 역력하다. 대충 그린 네 마디의 오선지에 악보가 두 소절 박혀 있다. 확실한 주제 선율이 떠올라 채보하고 싶었던 모양이다. 스승의 흥분이 티슈 악보에 고스란히 담겨 있다. 삐뚤삐뚤 끊어진 오선지에 두 마디 선율이 힘차게 뛰고 있다.

— 완성해 주십시오. 삼촌은 김 선생께서 해 주시리라 믿고 있어요.

나보고 곡을 끝까지 만들어 달란다. 그럴듯했다. 스승의 음악 세계를 제일 잘 알고 있는 제자는 나뿐이다. 스승과 소원해지기 전, 중요한 곡을 내가 많이 편곡했다.

하지만, 달랑 두 도막 악절로 어찌하란 말인가. 두 마디를 시작으로 무수히 많은 선율을 이어갈 수 있지만, 스승의 세계에 어울리는 곡이 될 수 있을까. 조카의 야심과 스승의 욕심이 티슈 악보에 얹혀 있는 듯하다. 병상에서 창작 혼을 불태운 천재 음악가라는 뉴스

헤드라인이 어른거린다.

— 꼭 김 선생님께서 만드셔야 한다고 하셨어요.

조카는 티슈와 함께 에이포 용지도 보여준다. 에이포에는 노랫말이 적혀 있다.

> '거울에 드리운 커튼을 걸어요. 사랑을 사랑하고픈 내 얼굴, 거울 속엔 그대 눈빛이, 바깥엔 사랑의 흔적 있어요. 이제 커튼을 치고 거울을 닫을 때, 사랑을 열고 미움을 닫아요.'

흔한 사랑 타령으로 보인다. 스승이 지었는지, 작사가의 작품인지 잘 모르겠지만, 사랑이 지난 뒤에도 잊지 말아 달라는 내용인데 절절함도 느껴진다. 가사보다 멜로디가 중요하다. 가사는 어떤 선율에 얹히는가에 따라 무게가 달라진다.

조카는, 스승 안에 있는 작품을 나만이 빼내 줄 수 있다고 재차 강조한다. 나는 조카가 준 봉투를 열어 티슈를 꺼내 다시 들여다본다. 저기, 바다가 펼쳐진다. 왜 돌고래가 보이는 것일까, 돌고래가 서핑하듯 파도를 타는 모습이 선명하다. 서정적이면서도 날카롭다. 신경질적이기도 하다. 재미있는 선율인데, 두 소절뿐이다. 돌고래는 파도 위로 솟구쳐 오르더니 하늘로 스며들어 보이지 않는다. 미래가 불투명한 스승의 모습인가. 멜로디를 완성해 스승의 앞을 밝혀 주어야 하는가. 스승은 왜 아직도 나를 놓지 않는가.

나는 평창동에서 세검정 길로 내려가며 조카의 계획을 정리해 본다. 스승은 올여름에 퇴임 기념 음반을 내려 한다, 마지막 앨범이 될 것이다, 쓰러지기 전부터 계획했던 작업이어서 네 곡이 있었는데, 모두 악보나 녹음이 없다, 스승의 머릿속에만 있다는 내용이다.

삼촌이 건강하실 때 작업하시던 모습이 선연합니다. 피아노 앞에서 흥겨워하시던, 그때 채보해 뒀어야 했는데….

조카는 두 소절뿐인 곡을 완성해 새 앨범 타이틀로 삼고, 이전 히트곡 몇 개를 편곡해 넣을 것이라 했다.

삼촌과 김 선생님, 아주 오랫동안 잘 맞으셨잖아요. 눈 깜박임만으로 충분합니다. 삼촌과 김 선생님, 눈빛만 봐도 서로 통하시잖아요.

내가 곡을 만들어오면 손가락과 눈 깜박임으로 편곡하고 채보해나가면서 완결하겠다는 계획이다. 작곡을 확인하는 절차가 수월치 않아서 전보다 더 온전하고 완벽한 작품이어야 할 것이다. 스승은 이 곡으로 인생을 완성하려는가. 육신이 없어져도 남아 있을 '국민가수 현우'의 시간을 스승은 더 오래 만들려 한다. 스승의 시간을 유지해 줄 내게는 어떤 보상이 있는가.

나는 조카가 주머니에 찔러 넣어 준 봉투를 열어 수표를 꺼내 본다. 백만 원짜리가 일곱 장이 있다.

삼촌이 미안해하십니다. 곡이 나오면 또 인사드리겠습니다.

스승은 정말 나를 애틋하게 여기시는가. 뜨벌이 생활 수십 년에 가정도 사라진 내 처지를 가엾다고 생각하시는가. 스승이 더 불쌍하지 않나. 누가 더 가련한지, 모르겠다. 당장 밀린 월세 일부를 갚아버리고 선배네 가게에 가서 실컷 마셔야겠다.

나는 앨범 제작 시간을 가늠해본다. 이번 봄 학기를 끝으로 스승은 정년을 맞는다. 학교에서도 기념해 줄 것이다. 헌정 음반 내면서 학교 홍보도 하고 졸업생들 동원해 공연도 하겠지. 정년기념식에 맞춰 앨범이 나와야 할 것이다. 남은 시일은 앞으로 석 달 정도다. 뮤지션들의 연주에 맞춘 녹음 시간을 감안하면 한 달 안에 편곡이 나와야 한다. 다른 곡을 먼저 합주하고 녹음한다 치고, 스승의 두 마디 메인 곡은 적어도 열흘, 아니 일주일 만에 나와야 한다.

이번 앨범은 출시 자체만으로도 화제가 될 것이다. 식물인간 상태에서 작곡한 민족의 가객, 불세출의 음악 혼…, 언론에서 현우 선생을 가만두지 않을 것이다.

문득, 모든 게 귀찮아졌다. 공연히 맡는다 하고 봉투를 받았나 싶다. 나는 봉투를 열어 수표를 다시 세

본다. 곡을 완성하면 또 보상이 따른다. 수표가 힘을 준다. 돈으로 엮이는 사제 관계가 옳은가.

이번이 마지막이다. 스승에게 성의를 다하면서 충만해진 에너지를, 다음에는 내게로 돌려야겠다. 진정한 내 세계로 들어가리라. 스승도 원하는 바일 것이다. 스승과 소원해지는 동안 나는 앨범 한 장 분량의 곡을 만들어나갔다. 좀 더 손을 보아야 하지만, 심혈을 쏟은 작업이었다.

조카가 건네준 메모는 좋은 곡이 될 씨앗이 튼튼하다. 두 소절이라도 가능하다. 내게는 십 분 만에 쓴 곡도 여럿 있지 않은가. 분위기만 잡히면, 긴장만 오면, 순식간에 영원을 담을 수 있다. 주제 선율이 나를 부르고 있지 않은가.

나는 서울예고 뒷길을 힘껏 뛰어간다. 빌라 단지 안으로 폭 들어간 쉼터다. 주민을 위한 공원이지만 주민보다 공익근무요원이나 의무경찰이 주로 쉬는 곳이다. 나도 스승 집에서 나오면 여기 벤치에 늘 앉았다 내려간다. 내 상황을 돌아보고 정리하는, 그러다가 컴컴해진 내 주변을 털어내고 세검정 불빛 속으로 빠져들기 전의, 그런 자리다.

야경에서 시선을 돌려 뒤를 보니 어느새 어둠이 짙다. 나는 그네에 올라앉아 어둠을 밀어내본다. 발끝에 걸리는 몇 가닥 멜로디, 스승이 티슈에 적은 멜로디가 그네의 흔들림에 맞춰 연주된다. 에릭사티의 〈짐노페디〉를 해금으로 연주하면 이런 소리가 되지 않을까. 혹은 아쟁으로 반주 깔고 비나리를 부르는 민요 가수의 흥얼거림 같기도 하다. 또는 호곡성으로도 들려온다.

나는 발끝에서 밀리고 끌리는 선율을 기록하려고 주머니에서 볼펜을 꺼낸다. 아까 받았던 수표 봉투에 스승의 주제를 좀 더 진행해본다.

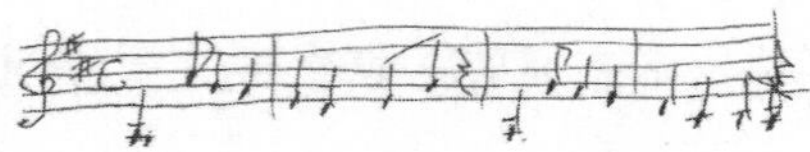

호곡성이 짓누르는지, 어둠 속을 헤매기만 할 뿐, 나는 이후를 한마디도 적지 못한다. 소리는 온몸에 달라붙는데 기록하지 못하겠다. 선율이 너무 많이 생겨 무엇을 선택해야 할지 모르겠다. 토막 난 멜로디들은 내게 달라붙었다가 금세 사라지기를 되풀이한다. 소리는 희미해지고 누에고치처럼 휠체어에 누워 있는 스승의 모습만 어른거린다. 윤주의 얼굴도 떠오른다. 그녀의 코맹맹이 음성이 아련히 들려온다. 호곡성에 뒤섞인 윤주의 목소리가 선명하다.

> 선생님, 이제 노래가 되나 봐요. 힘들지 않아요. 선생님 말처럼 저기 둥실 떠오른 달을 삼키듯 숨을 한껏 들이마셔요. 천천히 달을 낳듯이 내 몸에서 숨을 아주 조금씩

뱉어내요. 숨에 노래가 실려요. 달이 나와요.

스승은 윤주를 잊으셨나. 나는 자극이 온다. 곡을 만들기 전, 이성을 향한 강한 욕심. 허리 아래에 힘이 들어간다. 휠체어를 밀고 있는, 윤주를 부여잡는 남자가 보인다. 그는 나인가. 아니다. 휠체어에 앉은 사람이 나이고, 윤주가 나를 돌본다. 윤주의 허리를 껴안은 사람은 현우 선생이다. 호곡의 애절함은 이별을 인정 못하는 욕망의 다른 표현 아닌가.

어느새 호곡 소리는 들리지 않는다. 두터워진 어둠에 잠겨버린 모양이다. 나는 망상을 지우려고 그네에서 훌쩍, 뛰어내린다. 사라진 비나리를 찾으려 귀에 신경을 모은다.

크악.

비명 같은 굉음이 터져 나온다. 화물 트럭의 경적이다. 지구대 앞에서 터진 경적은 평창동 일대를 잡아 흔든다. 동네가 일그러지고 북한산도 진저리친다. 내 귀에 흐르던 온갖 소리도 굉음에 먹혀 버린다.

쓰러진 시간

〉〉 현우

녀석은 여전히 활기 있었다. 나는 이렇게 꼼짝없이 누워 언제 숨을 마칠지 모르는데, 성재는 생기가 넘쳤다. 그 기운이 전해져 내 눈꺼풀도 전에 없이 빠르게 껌벅거렸다. 왜 이제야 찾아왔는지…. 녀석의 가식 같은 표정도 변함없었다. 어떻게 하면 눈물을 그렇게 쉽게 그렁거릴 수 있나. 내 몸뚱이가 침대에서 휠체어로 옮겨진 것이 무슨 대단한 일이라고…, 성재의 과장스런 감격이 보기 싫었다. 하지만, 기다림으로 원망스러웠어도 성재를 보니 안심이 됐다. 마음 한켠에 미안함이 들었다. 내 부탁을 즉각 받아들이는 그가 고마웠다. 작곡 의뢰는 내 의심을 확인하는 과정이기도 한데, 성재는 그것도 모르고 흔쾌히 수락했다. 그는 최선을 다할 것이다. 건반 앞에서 몸을 흔드는, 기타를 껴안고 흥얼거리는 그가 떠오른다. 오랫동안 귀찮고 궂은일 시켜왔는데, 성재는 한결같다. 휠체어와 한 몸이 돼 버린 내 꼴이 불쌍해 보였던 모양이다.

도대체 녀석은 늙지 않을 것 같다. 나보다 더 건강

하게 좋은 시간을 보낼 것이다. 더 많은 곡을 쓰고 더 많이 노래해서 더 많은 사람들에게 사랑받을 것이다. 나는 조카의 손길 없이는 한 뼘도 움직일 수 없는데 녀석은 얼마나 자유로운가. 지금쯤 어디 가서 질펀하게 마시고 있겠지. 두 마디뿐이지만 성재에겐 하루 작업거리도 안 될 것이다. 아니, 반나절이면 전체 악기 편곡까지 마칠 것이다. 집중하면 한 시간만으로도 그에게는 가능한 일이다.

어쩌면 이미 편곡까지 온전히 외고 있을지도 모르지, 윤주로부터 들었거나 전해 받았을 테니….

안 된다. 성재는 영원히 무명이어야 한다. 내 곡이 녀석의 이름으로 알려지면 안 된다. 내 눈에 흙이 들어가고, 그 흙에서 꽃이 피어 다른 사람의 눈에 비치다가 아예 그 눈이 돼도, 그 곡만큼은 절대로 내 작품이어야만 한다. 감히 내 노래를, 내 사랑을….

윤주는 내 마지막 행복이었다. 내 생의 유일한 사랑이었다. …그녀는 저주였다. 나는 저주를 알면서 받아냈고, 이렇게 쓰러진 것이다. 그래도 나는 실망하지 않는다. 그녀는 또 다른 나로 찾아왔으니까. 나는 모든 희생을 각오했다. 운명이 바로 윤주였다. 나는 최고의 곡을 운명처럼 썼다. 윤주가 알고 있다. 윤주를 위한 내 생애 단 하나의 곡이다.

현우 님이 그려놓은 선율 안에 내가 있었습니다. 그 안에서 평온했습니다. 함께 노래하고, 함께 별을 보고, 함께 웃던 그때, 세상은 따스했습니다. 현우 님이 그어놓은 선 안에서 마음은 맑고 몸도 가벼웠습니다. 처음으로 살아가는 기쁨, 살아갈 이유를 알았습니다. 선생님의 노래 바깥으로는 절대 나가지 못할 줄 알았는데, 막상 뛰쳐나가니 많은 노래가 속삭였습니다. 수많은 멜로디가 내 몸을 파고들어 흘렀습니다. 모든 노랫말이 내 마음 그대로였습니다.

그 여름밤. 윤주의 목과 가슴의 그늘, 쇄골에서 나오는 듯한 소리, 그리고 이리저리 흔들리는 윤주의 중심 수풀, 가려졌다가 드러나던 윤주의 샘. 옅은 암모니아 향. 그 여름의 냄새가 지금도 내 앞에서 머뭇거린다. 당시 나는 우주에 남아 떠도는 빅뱅의 냄새가 그녀의 향기라 생각했었다. 그 냄새에는 슬픔이 묻어 있었다. 슬픔은 기쁨이었다. 윤주가 기쁨이었다. 하지만 기쁨을 향한 욕망은 결국 슬픔이었다. 음악도, 사랑도, 노래도, 즐거움도 슬픔이었다.

성재도 슬펐을 것이다. 그가 어떤 곡을 만들어올까.

성재는 나처럼 이렇게 마음이 약해져 가면 안 된다. 감상(感傷)은 안 된다. 두 마디 이후의 멜로디를 성재가 어떻게 전개할지 궁금하다. 그가 윤주에게 들었더라도 온전히 기억해낼 수 있을까. 아니, 성재는 설혹 듣지 않았어도 능히 해낼 것이다. 그가 집에 와서 나를 내려다볼 때의 표정이 그것을 말해 주었다. 좋은 곡이 나올 것이다. 내 곡의 세계를 가장 잘 알고 있는 사람은 성재밖에 없다. 녀석, 내가 얼마나 소중하게 생각했는지 아는지 모르는지…. 녀석을 욕망하기까지 했다. 피아노 건반을 누르는 손가락과 손목의 움직임은 나를 얼마나 흥분케 했던가. 건반 페달을 밟는 발목은 어쩌면 그렇게 사랑스러웠던가.

그에게 앞으로 좋은 시간이 오겠지. 나는 이렇게 눈만 끔벅이다 사라져도 성재는, 그리고 그 음악만은 남을 것이다. 새로우면서도, 예전의 내 색채를 담은 곡을 성재가 만들어 오리라는 믿음이 점점 강해진다. 윤주를 찾아 그 노래를 채보해달라면 되겠지만 죽은 아기를 보낸 그녀의 마음을 어찌 풀어주어야 할지, 게다가 그녀가 곡을 기억하고 있으리란 보장도 없다.

조카가 차이콥스키의 '6월'을 튼다. 저녁 식사 시간이다. 차이콥스키의 〈사계〉 중에서 6월이 식욕을 돋운다고 조카는 생각하는 모양이다. 나는 지미 스콧이 더 좋다. 스콧의 아주머니 같은 목소리는 활력을 준다. 나는 아직 명치 아래 중심의 혈관이 살아 있음을 느낀다. 쇳덩이를 자르는 산소 용접기의 불꽃같은 스콧의 고음을 듣노라면 아래가 더워지며 허리에 힘이 주어진다. 나, 아직 건강하다. 나는 눈을 빠르게 깜박거린다. 조카가 리모컨을 누르자 차이콥스키는 사라지고 스콧이 나타나 〈Smile〉을 부른다.

조카는 주사기에 연결된 콧줄을 톡톡 두드려대며 내게 밥을 준다. 늘 한결같은 맛이다. 당근과 토마토만 가끔 바뀔 뿐 주사기에 든 액체는 똑같다. 삼시 세끼 이렇게 먹으려고 살아 있는 것인지. 살아 있어 먹는 것인지. 먹으려 사는지. 지금 내 처지를 대변하는 말이다. 내 몸이 식욕을 불러일으키는 것인지, 식욕이 내 몸을 일깨우는 것인지, 건강할 때는 잘 몰랐지만 이제 알겠다. 내 식욕은 내 몸의 의지이기도 하지만 몸 밖의 의식이기도 하다는 것이다.

내 의식은 나 아닌 다른 것에도 가끔 옮아가기도 한다는 것을 감금증후군이 돼서야 알았다. 나는 조카의 손으로, 침대나 휠체어로 내가 옮아가는 듯한 느낌을 가끔 받는다.

상추에 싼 삼겹살을 나도 먹고 싶다. 조카는 내가 괴로워할 줄 알고 절대로 집에서 음식을 만들어 먹지 않는다. 바깥에서 식사하는데, 오늘은 점심부터 한잔한 모양이다. 삼겹살에 소주를 마셨나 보다. 돼지기름 탄내에 섞인 알코올 냄새가 조카의 손길에서 뿌려졌다.

옴짝달싹할 수 없게 돼서야 나는 나를 더 잘 알아갔다. 회상에 집중해서 그럴 것이다. 나는 스스로가 자랑스러울 지난날을 주로 되살리려 했다. 그래야 시간에 먹힌 내 모습이 흉측하지 않을 테니까. 다른 사람에게 좋은 모습으로, 멋지게 보이려는 마음이 곧 나였다. 사람들이 좋아할 때, 나는 있었다. 사람들이 외면하면 나는 없었다. 나는 나의 자존감을 위해 부단히 노력했다. 나는 작곡가며 가수여서 다른 가수들보다 두세 배 이상 노력했다. 공연 날짜가 잡히면 리허설 당일까지 적어도 삼 개월은 구성원 전원이 합숙 훈련을 했다. 녹음실에 제일 먼저 출근해서 가장 늦게 퇴근했다. 한 곡을 녹음하기 위해 반드시 녹음 일주일 전 백 번 이상은 불러보아야 불안하지 않았다. 만족을 못하면 녹음을 미뤘다.

그게 나였다. 사람들이 나를 좋아하는 이유는 내가 한눈팔지 않기 때문이라고 믿었다. 몸은 피곤했지만, 마음은 흡족했다. 몸과 마음이 따로가 아닌 줄 이번 뇌졸중 이후 뼈저리게 알게 됐다. 나는 몸의 한계를 모른 체했다. 연습해서 녹음하고 나면 온 관절이 쑤셨다. 목앓이도 지독했다. 손발톱이 빠질 듯했다. 진통제로 버텼지만 한계가 있었다. 몸이 아프니까 마음도 약해졌다. 자존감을 놓지 않으려는 욕심이 문제였다. 팬들이 나를 외면해서 아픈 것이 아니었다. 내가 욕심이라는 고름을 키우고 살아왔던 것이었다.

> 아침부터 저녁까지 소리를 내는 몸입니다. 내 몸을 모두 들을 수 있게 크게 열어도 사람들 귀에 닿지 않습니다. 내미는 소리를 받아주는 사람이 없기에 풀 죽은 몸입니다. 열정만으로 안 된다는 것 알지만, 포기하지 않으면 언젠가 이룰 수 있음도 믿습니다. 스승님, 사람들 몸을 열게 하려는 내 노래는 애끓고 기타 줄이 녹습니다.

오전에 오는 간병 여사의 손길이 내 마음에 꼭 맞을 때가 많았다. 어떨 때는 내 마음이 간병 여사의 것 같기도 했다. 아기를 돌보는 엄마의 마음이 그럴 것이다. 그런 마음을 팽개치고 윤주는 생명을 유기한 것인가. 그 죄가 얼마나 무거운지 그녀는 알고 있을까. 나는? 나도 공모자인가, 내가 원인 제공자인가.

내가 증오스럽다. 스스로 목숨을 끊을 수 없는 처지이기에 더 고통스럽다. 차라리 뇌일혈 상황이 지속됐으면, 이런저런 구분이 없던 환희의 상태로 남았다면….

나는 뇌일혈이 일어날 때를 종종 기억하려 애쓴다. 멀리서 기차가 다가오는 듯, 기차 레일에 지남철을 올려놓고 귀를 기울이던 어릴 때, 그때의 긴장과 어지럼이 내가 쓰러지던 그때 똑같이 다가왔다. 수많은 청중

앞에서 노래할 때와 같은 기분이었다. 완전히 노래에 빠져 나를 잊을 때와 뇌일혈 진행 상황이 비슷했다. 열려 있는 나의 몸은 나 외의 다른 것과 연결돼 있었다. 나와 다른 것을 갈라놓는 것은 '내 생각'일 뿐이라는 느낌이었다.

현우 님, 강을 따라 헤엄쳐 가는 나를 보세요. 꼭 보셔야 해요. 고향 찾는 은어처럼 제가 이렇게 평창동 세검정까지 헤엄쳐 갑니다. 힘이 부쳐 나아가지 못할 리는 없습니다. 나를 기다리는 선생님의 마음, 나를 바라보는 선생님의 눈길이 내게 기운을 줄 테니까요. 내 마음 길도 선생님 바라보는 시간으로 채워지던 나날이었습니다. 바로 어제 같은데, 한 시간 전 같은데 까마득합니다. 선생님을 가까이 뵐 수 있는 행운은 이제 다시 없으리라는 사실을 나는 잘 알고 있습니다. 금쪽같은 나날, 은빛 햇살의 시간이었습니다.

일 년 전부터 만성 두통에 시달렸다. 아스피린을 계속 먹어오다가 위가 나빠져 끊었더니, 왼쪽 뇌의 혈관이 터진 것이었다. 혈관 중 약한 부분에 폭탄을 맞은 듯 핏줄이 터졌다고, 흘린 피가 금세 뇌를 채워나갔다고 의사가 말했다. 그때의 느낌은 뭐랄까, 아팠지만 평화롭던…, 가슴이 저렸지만 행복하던…, 음악에 몰두

할 때 그랬다. 윤주와 뜨거웠던 기분과도 비슷했다.

밤새 편곡작업을 하고 목욕으로 피로를 푸는 중이었다. 눈을 감으니 냉장고 속 아기가 떠올랐다. 윤주가 보내온 택배 속의 인형이 눈앞 가득 들어찼다. 샤워 물을 맞는 중에 왼쪽 귀 뒤가 서늘했다. 얼음 조각을 깨물었을 때처럼 어금니가 시려왔다. 금세 다리에 힘이 빠지며 몸이 한쪽으로 기울어지기 시작했다. 언젠가 한의원에서 침을 맞았을 때가 꼭 그랬다. 침을 맞고 따끔했는데, 순간 팔다리에 기운이 없어졌던 그 당시의 몸처럼 됐다. 속도 울렁거리고 메스꺼웠다.

주변의 풍경이 일렁거렸다. 천장이 내려왔다가 천천히 올라가며 일그러졌다. 한 번 기울어진 몸은 다시 일어서려 해도 안 됐다. 목욕탕이 무슨 놀이기구 속 같았다. 사방이 꿀렁대고 흔들거려 나는 바닥을 짚고 털썩 앉았다.

이것, 큰일 났다, 싶은 마음이 들어 나는 눈을 부릅떴다. 지진이 일어나면 꼭 이럴 것 같았다. 벽이 무너지고 천장이 내려앉는 기분이어서 나는 아예 드러누워 세면대 수도 파이프를 부여잡았다. 조카는 출장 중이었고, 간병 여사도 쉬는 요일이었다. 무엇을 먼저 해야 할지, 순서가 생각나지 않았다. 모든 것이 범벅돼 내게 한꺼번에 들이닥쳤다. 누군가 비빔밥 재료 같은 내 몸을 휘저어 새로 짜 맞추려는 것 같다는 상념이 드는가

싶더니, 어떤 큰 힘이 나를 내리눌러 흔들어댔다.

그 누군가가 바로 나라는 사실을 알게 되기까지 오랜 시간이 흘렀다. 나는 무심결에 조카의 이름을 외쳤지만 입에서 나오는 소리는 단어가 아니었다. 말은 발음이 되지 않고 괴성만 입안에서 울렸다. 짐승의 울음 같았다. 칫솔을 물었을 때처럼 혀를 움직일 수 없었다. 단어를 제대로 발음할 수 없었다. 성대도 굳어 버린 것 같았다. 문득 연습 중이던 노래가 떠올랐다. 잘 풀리지 않던 소절을 반복해서 불러보았다. 소리는 나오지 않았지만 안 되던 부분을 연습해 보겠다고 안간힘 써서 일어났다.

상체가 세워지고 손도 의지대로 움직여줬다. 두통은 싹 없어졌고 몸도 가뿐했다. 나는 화장실 문 쪽으로 몸을 돌려 문손잡이를 잡았다. 분명 내가 손잡이를 잡았는데, 손잡이가 내 손을 잡은 느낌이었다. 손잡이와 악수하는 기분이었다. 손잡이를 돌리니 악수 정도가 아니라 아예 손잡이가 내 손이 돼 버렸다. 화장실 문에서 내 호흡, 내 맥박이 느껴졌다. 내 발바닥과 이마에서 타일의 차가움과 나무판의 단단함이 생겨났다. 어디까지가 내 몸이고 어디까지가 화장실 벽인지 구분이 안 됐다. 윤주가 생각났다. 윤주를 꼭 끌어안았을 때, 윤주와 바닷가에서 파도를 바라볼 때, 함께 노래할 때, 침대에서 손가락을 끼고 사랑을 나눌 때…윤주와 내가 구분이 안 돼 편안하고 몽롱하던 그 기분이었다.

그 환희 속, 눈앞에 기이한 풍경이 그려졌다. 놀라웠다. 아기가 냉장고를 열고 기어 나오더니 아장아장 내게로 걸어오는 게 아닌가. 나는 입을 다물 수가 없었다. 내 입은 점점 크게 열리고, 다가온 아기는 내 입으로 기어들어 왔다. 아기와 나는 하나가 되어 버무려졌다.

병 속의 새. 나 속의 아기, 아기 속의 나.

새는 푸드덕거리다 희미해져 갔다. 무척 거대하게 여겨지던 나의 존재, 나라는 덩어리가 나를 빠져나가는 것을, 병과 뒤섞여 흐지부지 사라져 버리는 나를, 나는 바라보았다. 홀가분했지만 두렵기도 했다. 나는 내 손 같은 문손잡이를 놓고 타일 바닥에 몸을 내려놓았다. 어지럽지도, 아프지도 않았다. 가볍고 안온했다. 새로 산 이불에 누운 듯, 넉넉한 휴가를 코앞에 둔 것 같은 몸과 마음이었다. 이대로 지속되길 바랐다.

나를 그냥 놓아두면 되는 것이었다. 그러나 놓아둘 수 없도록 사물이 나와 구분 지어져 있지 않은가, 다른 사람들이 나를, 자신들과는 다르게 나를 바라보고 있지 않은가. 나는 그들의 시선에 갇혀 있잖은가.

조카의 걱정스러운 표정이 눈앞에 들어온 것은 쓰러지고 나서 반나절이 지난 뒤였다. 나는 부산스러운 응급실에서 숫자판을 붉게 밝히고 있는 디지털시계만 쳐다보았다. 계속 시간만 확인하다가 눈을 감았다. 그리고 곧장 잠으로 빠져들어갔다.

현우 님 제가 사랑이라 하셨나요? 처음 사랑. 제게도 사랑이 온다면 아버지에게 쏟았던 그런 것이어야 했습니다. 제가 현우 님께 무엇을 바쳤나요? 어리석은 마음, 어설픈 몸일 뿐인 제가 선생님을 위해 해드린 것은 무엇인가요. 아버지는 저를 아끼셨습니다. 선생님도 그러셨나요. 그때 말씀대로 나는 당신의 손입니다. 당신의 마음이고 눈입니다.

그 뒤 조카를 다시 본 것은 보름 뒤였다. 그 사이에 나는 어디에 있다가 병원으로 돌아왔는지 기억이 없다. 조카의 컹컹거리는 목소리, 119 응급차 속 호흡기, 수술실의 눈 시린 조명, 중환자실 아이의 칭얼거림…. 그런 것들이 내 눈과 귀에 맺혔다. 조카가 없었다면…, 이미 나는 여기 없을 것이다.

조카는 지금 뒤돌아서서 주사기와 튜브를 정리한다. 콧줄을 매만져 바로하고 반창고로 고정시키겠지. 그리고 나를 바로 앉혀 등을 두드릴 것이다. 소화를 돕는 조카의 손길이 요즘 더 부드럽다.

붉은 꽃은 구름 되고

>> 윤주

노래에 집중하지 않으면 아기 생각이 더 나요. 아기는 여러 모습으로 나타나요. 탯줄을 목에 감고 있거나 다리가 꺾여 있거나 눈을 감은 채 코피를 흘리거나…. 생각을 몰아낼수록 아기는 더 달라붙어요.

초등학교 사 학년 때, 친구의 인형을 훔친 적이 있어요. 비비인형. 너무 예뻐서 친구 몰래 가졌지만, 나는 찜찜했어요. 인형을 버릴 수도, 계속 가질 수도 없어 안절부절못했어요. 나는 인형을 찢었어요. 내 것이라는 표시를 해두려 연필 깎는 칼로 인형의 배를 갈랐어요. 칼질을 하다가 내 손가락도 베었어요. 그래도 나는 시원하지 않았습니다. 불안은 벗겨지지 않았어요. 나는 피범벅 된 인형을 동네 뒷산에 묻었습니다. 조금 평온해졌어요. 산에서 인형을 위해 노래도 불렀어요.

아기를 내 목울대 안에 묻었나요. 노래할 때 목울대를 치고 올라오는 것이 있어요. 통곡 같은 아기. 울음은 목에 박혀 오래 머뭅니다. 오늘은 손님이 많지 않네요. 촛불이 타오르는 테이블이 세 개밖에 없습니다.

손님이 없어도 나는 정해진 시간에 노래합니다. 하루 두 번, 내 스테이지에 맞춰 마이크 앞에 서죠. 이 카페에는 네 팀이 공연하는데, 내가 메인이에요. 사장의 배려지만 모두 수긍하고 나를 에이스로 대우해주고 있어요.

내 노래를 들으러 오는 손님이 많아요. 라이브 카페를 찾는 사람들이 좋아하는 노래를 불러서 그런가 봐요. 옴니버스지만 단독 음반을 낸 사실을 알아보는 사람도 있어요. 에일리의 〈저녁 하늘〉이나 소향의 〈바람의 노래〉도 내가 부르는 것이 더 좋다는 손님이 많아요.

반주가 깔린 노트북을 켜고 기타를 듭니다. 안녕하세요, 라고 시작하는 말, 감사합니다. 라고 끝내는 말 외엔 한마디 멘트도 않는 게 무대에서의 내 원칙이에요. 첫 노래는 〈Without You〉. 헬리 넬슨의 곡을 머라이어 캐리가 리바이벌한 노래죠. 몸 상태가 좋고 손님도 몇 없을 때 연습 삼아 불러요. 고음 부분은 늘 불안하지만 오늘은 컨디션이 좋네요. F보다 G로도 될 것 같아요. 해 볼만해요. 머라이어 캐리의 라이브 영상을 보고 수십 번 따라 불렀더랬죠. No I can't forget this evening….

목은 올리고 어깨를 내려! 힘을 빼! 배에는 힘을 주고! 그게 아냐. 그 정도론 안 돼! 더 열어! 목을 열고 코를 열어. 눈도 귀도 모두 열어. I can't give I can't give anymore.

'나는 줄 수 없다'고 나는 계속 불러요. G를 가뿐히 올려요. 올린 음을 파도처럼 출렁거리게 합니다. 파도가 이어지도록 5초 넘게 연음으로 불러요. 머라이어 캐리에 빙의되려 온힘을 다해요. 갈라지지 않고 잘 올라갑니다. 하지만 스승의 말처럼 활짝 열린 것 같지는 않아요. 머라이어 캐리만큼 속 시원하게 나오지 않아요.

몸에 있는 구멍 모두 열어! 터뜨려. 몸 아끼지 마. 허물어!

성재도 같은 말을 했어요. 목으로 노래하지 말고 온몸으로 노래하라고, 소리로 사라지는 몸이 되라고 했지요. 나는 한 소절에서 옥타브를 올렸다가 옥타브를 내리고, 진성과 가성을 두 음표 안에서 섞어 보았습니다. 흔들리지 않는데 성공했지만 뭔가 부족했어요. 무엇이 문제인가. 고음은 잘 나왔지만 매끄럽지 않았어요. 성재는 늘 고음보다 그 앞 소절이 중요하다고 했어요. 높은 소절 앞에서 힘을 빼야 거칠지 않다는 것이죠. 발뒤꿈치에서부터 입과 코로 전류가 흐르도록 에너지를 잘 조절해야 한다고요. 소리가 몸에서 자연스럽게 공명되면 입 주위가 떨리면서 높은 소리도 부드러워진다고 했지요. 나는 입술 떨림이 없습니다.

노래를 부르는 상태에서조차 알고 있는 이 모자람을 어떻게 채워야 하는지 모르겠어요. 채울 가능성은 있기나 하는지, 어떻게 공명시켜야 하는지, 정말 저는 구제 불능입니다.

어릴 때 나는 장롱 속에 숨어들기를 좋아했습니다. 노래 연습 때문이었죠. 초등학교 적 버릇이 고등학교 일 학년까지 이어졌습니다. 선곡한 노래를 하나의 시디에 담아서 듣고 또 들었어요. 엠피쓰리가 나오기 전까지 시디플레이어를 예닐곱 번 수리하고 서너 개를 갈아치웠어요. 시디플레이어를 듣고 노래를 따라 부르는 나를 아버지는 좋아했지만, 주인집에서는 싫어했어요. 시끄럽다고요.

나는 장롱에 들어가 나프탈렌 냄새 밴 이불에 입을 대고 목청을 높였어요. 깜깜한 장롱 속에서 엄마 원피스에 뺨을 비비면, 바다가 떠올랐어요. 꿈에 자주 보이던 그 해변. 엄마는 내가 태어난 지 한 달 뒤에 돌아가셨다고 했어요.

나는 중학생까지 이모네와 외할머니댁을 돌며 지냈습니다. 고등학교 입학 때부터는 아버지와 살았는데, 아버지가 나를 키우는 것이 아니라 내가 아버지를 돌보는 형편이 되었습니다.

일용직 노동자인 아버지는 늘 아팠어요. 아버지는 아픔을 잊으려고 술을 마셨어요. 살림은 엉망이었죠. 나는 아버지 술값과 약값, 그리고 생활비를 마련하기 위해 일찍부터 아르바이트를 시작했습니다. 고등학교

일 학년 여름방학 때부터 지금까지 나는 월급을 받아 왔습니다. 지금까지 한 달 이상 일을 멈춘 적이 없습니다.

엄마가 있었더라면…, 하는 생각은 장롱 속에 들어가면 더 심했습니다. 아버지가 소중히 여기는 엄마의 원피스에 코를 박고 노래를 부르면 파도가 출렁입니다. 모래밭을 거니는 여자가 선연합니다. 한 번도 보지 못했지만 그녀는 엄마일 것입니다. 나는 엄마를 부르듯 목청을 높입니다. 잔뜩 숨을 들이마시고 멈춘 상태로 조금씩 뱉어냅니다. 목을 열고, 머리를 열고 얼굴을 열고 몸을 열어 소리 숨을 쉽니다.

안 돼, 그 정도로는 안 돼! 더 조여 봐! 여는 것만 대수가 아냐! 조여! 수도꼭지 조이듯 바짝 조이라고!

성재는 항문으로 노래하라고 했습니다. 힘을 온통 괄약근에 모으고 숨을 항문으로 뱉어내야 한다고 가르쳤습니다. 어두운 해변에서 노래하는 내가 보입니다. 너울대는 파도에 노래가 실립니다. 노래를 마치니 박수가 들립니다.

과장해서 박수하는 손님이 있습니다. 그의 박수는 지난날의 자신에게 보내는 것이겠죠. 머라이어 캐리를 좋아하던 젊은 시절이 떠오르는 것이겠죠. 중년의 그 손님은 한 달 전에도 왔습니다. 옆에 앉은 젊은 여자도 여전합니다. 보일 듯 말듯한 미소를 중년에게 보내고 있네요.

두 사람이 비밀스런 관계라는 것을 한눈에 알겠습니다. 여자를 향한 남자의 눈길에 욕심이 얹혀 있고, 조심스러워 하는 손길에도 뜨거움이 전해져옵니다. 남자의 손길과 눈길을 받아내는 여자의 몸짓과 표정도 어색합니다. 정상적인 관계라면 저렇게 조심스러워하지 않을 것입니다.

나도 저랬을까요. 현우 선생님과 만나 같이 다니면서 저렇게 쑥스러움을 감추지 못했을까요. 아닙니다. 나는 감쪽같이 연기했습니다. 선생님이 시키는 대로 했습니다. 나는 선생님의 조카이고, 선생님은 외삼촌이었죠. 선생님과 나를 함께 아는 사람 외에는 모두 우리가 그런 사이인 줄 알았죠. 성재도 처음에는 그런 줄 알았습니다.

오늘 첫 번째 스테이지. 마지막 곡 〈슬픈 인연〉을 부를 때도 중년의 테이블이 자꾸 눈에 들어옵니다. 남자는 시무룩해 있고, 여자는 딴청을 피웁니다.

'세월 속에 또 얼마나 많은 눈물을 흘리려나….'

나는 한껏 꺾임을 넣어 노래를 마칩니다. 트로트의 꺾임이 아니라, 샤우팅 섞인 발성입니다. 이 소리를 현우 선생님은 좋아했지만 성재는 싫어했습니다. 이런 가요는 꺾임이 없으면 찬바람 나지 않는 에어컨 같아요. 꺾임이 있어야 듣는 사람의 가슴을 시원하게 적실 것이라고 나는 생각했지만 성재는 아니었죠. 목을 좁혀서 내는, 잠깐 감정을 터뜨리는 소리는 애절한 소리가 아니라고 했어요. 마지막 곡을 마치고 나는 다음 가수, 막내에게 스테이지를 넘겼습니다.

무대에서 내려온 나는 그들 테이블을 천천히 지나쳐 바깥으로 나갔어요. 남자의 손과 여자의 손이 테이블 아래, 보에 가려 안 보이네요. 나도 저런 모습일 때가 있었죠. 가려야 했던 내 몸, 숨겨야 했던 내 마음. 나는 현우 선생에게만 보이는 존재였습니다. 현우 스승은 외삼촌이 아니라 내게는 하나님이었습니다. 나에 대한 모든 것을 알고 나를 지키려 했습니다. 내 앞길을 밝혀 주려는 등대였습니다. 처음 만났던 십 년 전에도, 만나지 못하는 지금도 현우 님은 내게 하나님이었습니다.

해 질 무렵, 이렇게 테라스에 나와 강물을 바라볼 때가 나는 제일 좋아요. 노을이 스미기 시작하는 강물은 금빛을 튕겨내며 아래로, 아래로 흐릅니다. 내가 불렀던 노래가 카페 바깥에 머물다가 노을 머금은 강물에 휘감겨 내려갑니다.

고등학교 졸업하고 나는 곧장 직장을 구했습니다. 생활비가 늘 모자랐기에 등록금은 엄두도 못 냈습니다. 나는 책을 안고 등교하는 대신 서류 봉투를 들고 회사에 출근했습니다. 현우 선생님을 그때 만났지요. 그러고 보니 선생님을 아주 오래전부터 보아 왔네요. 가수협회 경리 보조가 내 직함이었죠. 장부에 영수증을 붙이고 합산하는 일이 내 업무였고요. 비상근 부회장이었던 선생님의 심부름도 간혹 있었고, 가요 제목과 작곡 · 작사가를 정리하고 가사를 타이핑하는 일도 했습니다. 급료가 무척 높았습니다. 대기업 대리급 대우라 하더라고요. 선생님이 이리저리 상여금을 덧붙여 만들었기에 가능했던 급여였지요. 선생님 관련 일은 내가 더 꼼꼼히 챙겨 처리했습니다. 불우했던 내 어린 시절을 모두 보상받는 기분이었습니다.

입사 뒤 일 년이 지나고, 현우 선생님이 협회장이 되면서 나는 현우 선생 집 녹음실로 직접 출근하기도 했습니다. 평창동, 선생님의 집 반지하에 녹음실. 거기가 나의 일터이고 휴게실이며 연습실이었죠. 그 공간에서 이리저리 움직이던 내 모습이 아직도 선연합니다. 레코드 정리와 녹음시스템 점검, 협회에서 처리하다 남은 컴퓨터 입력, 그리고 선생님과 함께 음악을 듣고 의견을 나누는 일도 업무의 하나였습니다. 선생님과 가끔 빔 프로젝터로 영화나 뮤직비디오를 보기도 했지요. 선생님은 그것도 내 일의 하나라고 했습니다.

그렇게 해서 받는 급료 대부분을 나는 아버지 병원비로 넣었습니다. 아버지는 돌아가시기 이 년 전에 췌

장암 말기 판정을 받았습니다. 정확한 병명은 바터팽대부암이었습니다. 아버지는 종양 제거 수술 뒤 세 차례 스탠드 삽입, 일곱 차례 항암주사 치료, 그리고 다섯 번의 방사선 치료로 기력을 모두 쇠진했습니다. 결국에는 가래가 아버지의 숨을 멎게 했습니다. 입사 사 년 차 되던 해 봄이었습니다. 아버지의 마지막 숨을 지킨 사람은 아무도 없었습니다. 그때 나는 현우 선생의 녹음실에서 가사를 입력하던 중이었습니다. 선생님의 곡이었습니다.

어느새 강물은 노을을 끝까지 빨아들입니다. 불길은 꺼져 검은 기름이 됩니다. 윤기 있는 강물 표면 위로 가로등 불빛이 미끄러지고 가끔 잉어가 튀어 오릅니다.

아버지가 돌아가셨을 때 현우 님은 삼일장 동안 세 차례나 영안실에 다녀갔지요. 장례 첫날 오후에 협회 직원들과 왔다 갔고, 그날 밤에 또 혼자 와서 오래 앉아 있다 갔죠. 선생님의 시선이 느껴져 나는 조문객을 맞는 게 어색했습니다. 선생님은 내 뒷모습을 좇다가 꾸벅꾸벅 졸았습니다. 과음한 모양이었습니다. 그런데 그게 아니었어요. 가까이서 보니 눈물을 감추려는 모습이었습니다. 선생님은 조문객이 모두 가 버린 뒤에도 두고 간 물건이 있다며 영안실에 한 차례 더 왔습니다. 선생님은 벽제화장터에도 따라왔습니다. 빨래들 속에 묻혀 있는 손수건처럼 선생님은 장례행렬들 속에서 보일락 말락 화장터를 맴돌았습니다. 나를 안쓰러워하는 현우 님의 행동이 한눈에 보였지요.

아버지가 돌아가신 뒤 나는 육 개월 동안 잠을 제대로 이루지 못했습니다. 허전하고 허무해서 울음만 나오던 시간들이었습니다. 아버지를 간병하던 힘이 남아서일까요. 나는 피곤하지 않았습니다. 아니 너무 피로한 때문인지도 모르겠습니다.

아버지 여읜 슬픔도 희미해졌는데, 잠이 오질 않았습니다. 일터와 평창동 녹음실을 좀비처럼 흐느적거리며 오락가락했습니다. 머리가 늘 아프고 관절이 쑤셨습니다. 진통제를 먹으면 아픔이 잠시 잊혔다가 한 시간도 안 돼 통증이 돌아왔습니다. 잠은 계속 오지 않았습니다.

집보다 찜질방이 더 아늑했습니다. 찜질방에서는 두세 시간 정도라도 잠에 빠질 수 있었습니다. 어느 날, 선생님이 찜질방에 왔지요. 우연이라지만 내 뒤를 밟은 것 같았습니다. 선생님은 땀 밴 몸을 내 곁에 누이고 한숨을 길게 내쉬었어요. 약이 필요할 거야, 라며 주머니에서 알약을 꺼내 내 손에 얹어 주었죠.

선생님의 손에서 구르던 알약을 식혜로 목구멍에 넣으니 곧 잠 속으로 빨려 들어갔습니다. 열 시간 정도를 아무 꿈 없이 잤습니다. 선생님이 깨우지 않았더라면 열두 시간을 더 잘 수 있었을 거예요. 아니, 영원히 깨지 않았을지도 모르겠어요.

나는 일찍 늙어버린 아이가 아니었어요. 현우 님의 꿈속에 내가 끼어들었죠. 꿈에서 현우 님의 시간은 느리게, 내 시간은 빠르게 흘러갔습니다. 태양 둘레를 공전하는 선생님의 시간이 내 자전하는 시간과 같았습니다. 나는 공전만 하는 선생님을 쫓아가기 바빴습니다. 그렇게 내 젊은 세월은 흘러갔습니다.

그 뒤 나는 선생님과 연인이 됐습니다. 육십을 넘어선 선생님은 사십 대 노총각처럼 보인다는 소리를 들었고, 스물네 살 나는 마흔을 훌쩍 넘어버린 주부처럼 보였습니다.

나는 선생님을 젊게 해서 좋았습니다. 그리고 내가 늙어가는 것도 좋았습니다. 나는 세상을 알아간다고 믿었습니다. 나는 아무도 가르쳐 주지 않는 세상살이를 현우 님으로부터 배웠습니다. 무엇이든 주려 하는 선생님에게 미안했습니다. 어수룩함밖에 없는 내게 많은 것을 주려는 선생님이 가여워 보였습니다.

선생님을 떠나 선생님을 잊으려 해도 지난 습관에 끌려다니는 나를 봅니다. 잠에서 깨면 선생님 집이 아니라는 것을 방문 손잡이로 알게 됩니다. 바깥 산책 뒤 돌아와야 할 길이 평창동이 아니라 라이브 카페인 줄 간판 보고 알아요. 선생님 집 마당에 있는 은행나무 냄새를 따라간다 생각했는데, 카페 옆 은행나무인 줄 나중에 알게 돼요. 내게 밴 냄새가 쉽게 벗겨지지 않습니다.

땅거미가 올라오기 시작하는 저녁, 나는 이렇게 테라스에 앉아 노을을 바라보며 카페 안의 소리를 듣는 게 좋아요. 막내가 〈남자는 배 여자는 항구〉를 느리게, 찰지게 부르네요. 막내는 이제 갓 스무 살인데 전통 가요도 구성지게 불러서 중년 손님들에게 인기가 많아요. 막내는 재즈에서 트롯까지, 나이에 걸맞지 않게 다양한 레퍼토리를 가졌습니다. 걸 그룹 최신 곡도 자기식으로 해석해서 불러요.

옥이 부서지는 소리, 판소리에서는 개성 있고 단단한 목소리를 '쇄옥성'이라 하잖아요, 막내의 목소리가 그렇습니다. 보사노바나 블루스도 그녀가 부르면 우리식 꺾임이 있어 특별하게 들렸습니다. 그녀의 힘 있는 목소리를 중년 손님들이 좋아해요. 사장도 환호하고요. 타고난 음색이라는 사장의 말이 맞습니다. 억지로 내는 소리가 아니에요.

그녀는 목청이 보통 사람의 두 배만큼 커요. 작은 몸집이어도 소리가 우렁차고 맑습니다. 금강석 같은 단단한 에너지가 몸에 들어차 있는 듯합니다. 막내가 부러워요. 그녀는 미술대학 신입생이지만, 기타도 잘

쳤어요. 미술학원에서 어린이를 지도하고 음악학원에서 기타교습을 받는다고 해요. 노래하는 화가가 되고 싶다는데, 그림 실력은 어떤지 모르겠지만 가수 자질은 넘쳐 보였어요. 막내의 박자 느린 〈남자는 배 여자는 항구〉가 후렴부 절정을 향하고 있습니다. 꽃잎들이 떨어지는 듯합니다. 어떤 덩어리가 가슴에 맺힙니다. 슬픔의 덩어리. 강 너머 구름 속에서 불타오르다 노래가 끝나자 덩어리는 떨어져 나갑니다. 붉던 구름이 흩어집니다. 내 가슴 속 붉음도 묽어집니다.

비나리 비나리

성재 〉〉

선생님은 두 마디 이후를 어떻게 쓰셨을까.

D메이저라면 다음은 통상 F마이너가 자연스러울 테지만 선생은 그렇게 전개하지 않았다. 내가 가져온 토막 악보는 D메이저 이후 F마이너가 아니었다. 나는 이리저리 음계를 연결해 보았다.

평창동 와인 바에 들러 한 시간 정도 앉아 있다 돌아와 밤새 고민한 결과가 아무것도 없다. 스승의 지난 앨범을 들으며 새벽까지 맥주를 홀짝여도 도무지 악상이 떠오르지 않는다. 보통 노랫말을 한 시간 정도 쳐다보면 어떤 풍경이 떠오르고 선율이 흐르는데, 이번에는 아무 이미지가 생각나지 않고 멜로디도 전개되지 않는다. 스승의 지난 곡과 흡사한 선율만 떠다닌다.

스승에게는 D메이저 곡이 많다. 이번에는 색다른 전개가 펼쳐졌을 것이다. 새로우면서도 어디선가 들었을 법한, 그런 곡이었을 것이다. 가사에 선율을 억지로라도 씌워보지만 지난 곡들과 별반 다르지 않다. 생각의 끝에 몰려 속만 울렁거린다. 목울대를 밀고 올라오는 것이 있어 급히 화장실에 간다. 손가락을 넣어 저녁에 먹은 것을 토해내며 진저리를 쳐도 멜로디는 생각나지 않고 욕지기만 계속 올라온다.

스승은 스무 장의 앨범을 모두 성공시켰다. 한 장의 앨범에서 평균 두 곡 이상은 히트됐다. 스승은 대중의 욕망을 잘 파악하고 있었다. 연주자들도 스승의 곡을 자주 리바이벌했다. 지난해 초에 낸 스무 번째 앨범도 대성공이었다. 유럽과 미국에서도 좋아했다. 빌보드 차트 10위 안에 삼 주 동안 머물러 있던 곡도 있다. 나는 그 곡을 좋아하지 않는다. 최근 유행 눈치를 너무 보고 있다. 사랑을 이루지 못한 남자의 복수를 담은 가사도 유치하다. 그래도 그 곡이 세계적으로 알려진 이유는 젊기 때문이다. 랩이 많이 들어 있어 청소년들이 열광한다.

나는 스승을 빼내 지미 스콧을 넣는다. 어쩌면 스승이 원하는 곡은 리듬앤블루스 풍일지 모른다. 가사를 중얼거리듯, 속삭이듯 읊조리다가 절규하는 옛 재즈가수들의 창법을 살리려 했을지도 모르겠다. 스승의 지금 처지를 예상하듯 말이다. 서주에서 푸념하는 듯 주절대다가 주제부를 한 옥타브 올려 비명 지르듯 활짝 열어젖히면 어떨까. 혹은 트로트식으로 단조롭게 끌어갔을지도 모르겠다. 스승은 엔카도 즐겨 들었다. 우리의 트로트처럼 일본의 엔카도 사람들의 절실한 삶이 들어 있다고 했다. 스승의 입에서 자주 흥얼거려지던 엔카는 미소라 히바리의 〈슬픈 술〉이었다. 히바리의 음색이 지미 스콧과 똑같았다. 블루스와 산조, 트로트와 엔카는 닮았다. 사람들의 애환은 어디나 비슷한 모양이다. 나는 CD플레이어에서 스콧을 빼내 히바리를 넣는다. 〈흐르는 강물처럼〉이 먼저 나온다. 스승이 좋아하는 곡이다.

일본의 엔카는 5음계, 5마디 구조다. 누구나 쉽게 따라 부를 수 있다. 우리의 뽕짝이 일본의 엔카를 흉내 낸 음악이라고 알려져 있는데, 그렇지 않다. 우리의 문화가 일본에게 영향을 주었듯, 엔카도 우리 것을 흡수한 음악이다. 〈정읍사〉가 원조라는 학계의 주장을 나는 믿는다. 문화는 서로 섞여 만들어진다. 자연처럼, 자연스럽게 조화를 이루며 진화한다. 나도 히바리나 스콧이 좋은 가수라 생각하지만 지금 대중들도 들을까, 확신이 서지 않는다. 스승은 중성적인 매력을 원했던 것일까.

히바리를 우리 식으로 씌워야 하나…. 그렇다고 랩을 얹힐 수도 없지 않은가. 세대 차이인지, 내겐 아직 랩이 낯설다. 랩은 넣기 꺼려진다. 정제되지 못한 음악이라는 생각이다. 노래라기보다 거칠게 쏟아 붓는 푸념이다. 푸념에도 품위가 있어야지 않겠는가. 농익어 나오는 우리 판소리는 품격 높은 넋두리다.

현우 선생의 최근 앨범에는 아이돌과 함께 부른 곡도 있었는데 그들의 랩이 중간중간 끼어들어 있었다. 아이돌의 푸념을 따라 부르며 즉흥 변주하는 스승은 과연 최고였다. '불세출의 목소리', '국민 가객', '가수의 전설' 따위 수식이 아깝지 않는 소리였다. 가성과 진성을 스승만큼 부드럽고 자연스럽게 변주하는 가수는 흔치 않다. 칠순을 바라보는 나이임에도 맑은 고음으로 길고 깊게 경과음을 이어가는 스승은 과연 '노래의 신'이다. 스승의 소리를 국보급이라 하는 표현은 과대평가가 아니다. 대중의 취향을 내다보는 안목도 스승은 뛰어났다. 스승은 언제 어떤 노래가 유행할지 알고 있었다. 그리고 유행을 끌어갔다.

구닥다리가 더 새롭다는 말씀인가? 이번 곡의 첫 마디는 흔해빠진 멜로디다. 스승은 그래왔다. 대중들은 그 흔한 멜로디를 새롭다며 좋아했다. 그것이 스승의 힘이기도 했다. 시대의 흐름을 잘 알고 그 흐름을 잘 타는 스승의 노래는 저절로 힘이 붙어 멀리, 오래 흘렀다.

스승은 다른 힘을 빌어오기도 했다. 문화예술은 정치권력과 유리돼 있지 않다. 권력도 문화에서 힘을 키워나간다. 권력은 문화와 어우러져 세를 불리는데, 우격다짐으로 문화를 주도하던 때가 있었다. 군부독재시절, 특히 5공화국 때가 심했다. 권력은 건강한 문화를 창출해야겠다는 기치 아래 금지곡을 지정했다. 저급 노래가 퇴폐를 조장한다는 것이었다. 게다가 사전 검열로 언론을 탄압하다가 통폐합도 일삼았다.

스승은 금지된 담배 사건 파동 끝물에 발목을 적셨다. 누군가 스승을 걸고 넘어갔다. 스승이 금지된 담배를 피웠는지 안 피웠는지 모르지만 사건에 연예인에 연루된 것은 사실이었다. 수의를 입고 고개를 숙인 채 재판을 받는 사진이 신문에 실렸다. 스승은 다른 연예인보다 일찍 출소했다.

스승은 출소 뒤 더 많이 움직였고 더 많이 알려졌다. 원하는 방송 프로에 골라 나갔고, 인기드라마와 영화에도 스승의 음악이 배경으로 깔렸다. 지금은 없어졌지만 스승이 레코드사를 설립했던 때도 5공 시절이었다. 스승은 12 · 12사태로 정권을 탈취한 군 권력자의 눈에 들어 있었던 것이다. 권력과 스승은 서로를 이용했다. 처음에는 권력이 스승을 불렀는데 나중에는 스승 스스로 권력을 찾았다. 권력자의 생일, 집안 행사, 가족의 잔치 일정을 스승은 잘 알고 있었고, 그에 맞춰 밴드를 조직해 연습했다. 축가를 작곡해 헌정하기도 했다. 권력자의 환갑잔치에 스승의 밴드가 나와 최신 노래를 연주했고, 권력자 친지의 행사 피로연에선 스승이 나서서 사회를 보고 노래 반주까지 해 주었다.

'예술가가 참여하지 않으면 누가 사회를 이끌어 준단 말인가'라고 스승은 자주 말해왔다. 예술가도 사회의 일원이고, 민중이며 노동자다, 예술가는 일반 노동자보다 더 예민한 촉수를 갖고 있기에 사회 흐름을 더 잘 알 수 있고 그들을 끌어 줄 수 있다, 사회는 변한다, 그를 대중에게 알려야 한다, 라고 스승은 얼굴이 붉어져 열변했다.

나쁜 길로 끌고 갈 수도 있겠죠.

나는 미소라 히바리를 신경질적으로 끈다. 히바리가 끅, 하고 사라진다. 자연소리를 녹음한 명상 음반을 데크에 들이민다. 곧장 파도소리가 울려 퍼진다.

— 내 노래는 좌파운동권에서도 시위선동가로 알려져 있다. 정치도 문화다. 보수진영에서도 자기들 기준에 맞춰 부른다. 나는 사회에 참여하는 예술가다.

스승은 당신의 곡학아세 같은 음악 활동을 변론했다. 나는 언젠가 술에 취해 스승에게 내 생각을 들이댔다.

대중에게 크게 영향을 미치는 선생님 같은 분은 더욱 정치와 무관해야 합니다. 국민가수의 언행은 큰 자력으로 국민을 끌어당깁니다. 선생님의 노래는 어떤 이데올로기보다 강한 지남철이 돼야 합니다. 선생님께서 이데올로기 위에 있어야 한다고 생각합니다. 정치는 선생님의 노래를 평화로만 받아들여야 합니다….

예술은 정치를 초월하는, 종교 같은 것이어야 한다는 내 생각에 스승은 콧방귀를 뀌었다. 예술은 사람들의 삶에, 현실에 밀착돼야 가치 있다. 그들이 호응해줘야 작곡도 하고 노래도 부를 수 있지 않나? 노래는 누군가 불러야 노래다. 남녀노소 불문하고 많이, 오래 불려야 명곡이다, 라고 스승은 말해왔다.

스승과 다르게, 예술에는 현실적인 사심이 없어야 한다는 게 내 생각이다. 사심 없는 욕망의 성취가 예술 아닌가. …내 사심은 내 예술적 욕망에 맞춰져 있는가. 대리 작곡자인 나는, 그 대가로 살아가는 나는, 예술가인가.

아버지, 술에 취하면 시조를 읊으시던 아버지가 어른거린다. 구성진 〈청산리 벽계수야〉를 듣다가 단잠에 들던 초등학교 시절에는 아버지가 제일 멋졌다. 수십 년 떠돌다 병을 얻어 집으로 돌아온 아버지는 초라하기 그지없었다. 가방 하나 들고 집에 들어온 아버지, 황죽 단소 두 자루뿐이던 아버지의 가방, 그 가방을 들고 나는 예술고등학교에 다녔다. 그리고 현우 선생을 만나보려 대학의 실용음악과에 들어가서도 그 가방과 단소를 가지고 다녔다. 아무런 배경도, 지원도 없기에 더 현우 선생에게 매달렸는지도 모르겠다. 선생의 심부름을 해 오면서 아버지의 가방과 단소는 사라져 버렸다.

나는 바닥에 널린 앨범들을 발로 치워 길을 내고 방을 나선다. 붙들고 있어 봤자 꽉 막힌 작업은 쉽게 뚫릴 것 같지 않다. 집을 나온 발길은 저절로 동대문 쪽으로 향한다. 동대문에서 청계천으로, 용두동에서 종로로 거슬러 오르는 길을 걷다 보면 아이디어가 떠오르기도 한다. 그 길을 걸으며 헌책과 고물들을 구경하는 일은 목욕하는 과정과 흡사하다. 한 바퀴 돌고 나면 몸과 마음이 산뜻해진다.

지난주에 봤던 초상화가 아직 팔리지 않았는지 궁금하다. 10호짜리 유화인데 하체가 유난히 뚱뚱하게 표현된 초상화였다. 앉아서 뒤돌아보는 자세인데, 허리의 주름이 묘하게 굴곡져 에로스적인 상상을 자극하는 그림이다. 여인은 윤주를 떠오르게 했다. 얼굴과 몸이 윤주와는 전혀 다른데, 분위기가 닮아있다. 윤주가 여전히 마음 깊이 자리하고 있나 보다.

이혼한 아내와는 결혼 뒤 마찰이 심했다. 낮과 밤이 바뀐 내 생활, 먹고 자는 내 습관은 아내와는 완전 달랐다. 그녀는 일 년여의 연애 시절 동안 요조숙녀로 일관해왔고, 일 년여의 결혼생활은 말괄량이로 지냈다. 맞지 않는 내 성격에 맞추기 힘들었을 것이다. 그녀는 지금, 초등학교 때부터 쫓아다녔다는 녀석, 신혼여행까지 따라왔다는 녀석과 잘 살아간다. 배신감도 없다.

한때는 음악을 향한 에너지가 엷어질 때 윤주로부

터 충전을 받는다는 느낌이 있었다. 구애와 노래는 거의 같아서 사랑 에너지가 필요했다. 윤주가 에너지를 전해 주었다. 윤주를 만나면서 만든 곡이 여럿 있는데 모두 훌륭하다는 평을 들었다. 그 곡들을 아껴두었는데 언젠가 집중해서 녹음할 것이다.

청계천은 복원돼서 깔끔해졌지만 재미가 없어졌다. 이전의 청계천은 내게 재미 이상이었다. 활력소였다. 고물과 헌책이 즐비한 이 거리를 거닐며 밥벌이의 긴장을 풀었고, 앞날의 조바심을 가라앉혔다. 요즘은 고물상과 헌책방이 거의 사라졌다. 청계천만큼 바뀐 용두동 길을 나는 빠르게 걷는다.

한 군데, 아직 고물상이 남아 있는 동묘 앞으로 간다. '행운서점'은 살아남아 있다. 요즘은 헌책보다 LP판과 중고카메라를 파는데, 진열된 고물 속에 여성의 초상화가 있었던 것이다.

나는 경보 선수처럼 뛰듯 걸어 행운서점에 도착한다. 그림이 있다. 여전히 두터운 허벅지를 드러내놓고 미소하는 여인이 있다. 내게 보내는 미소가 신비롭다. 오래전부터 알고 있던 연인의 미소가 이럴 것이다.

여인과 눈을 마주치니 막혔던 선율이 길을 낸다.

이거로군. 이렇게 가면 되겠어.

멜로디가 선명하게 떠오른다. D메이저 이후가 자연스럽게 풀려나간다. 엇박자다. 스승은 엇박을 쓰고 잇단음으로 질러나갔을 것이다. 그렇게 해서 상투적인 흐름이 새롭게 느껴지도록 만들었던 것이다. 이렇게 하면 B마이너와 F샵 스케일도 신선하게 들린다.

새로우면서도 구닥다리가 여기 있었군.

이제 발전부를 다듬어나가면 된다. 발전부에는 랩을 넣어볼까. 지난번에 히트했던 노래보다는 덜 넣으면서 요즘 유행에 맞게, 아이들도 좋아하도록 음을 찍어나가면 좋을 것이다. 말하듯, 대화하듯, 중얼대듯…. 스승은 어떤 부분에 랩을 썼을까. 무슨 말을 전하려 했을까. 구애의 열정 어린 멜로디를 깔고 가사는 랩으로 주절거리게 했을 것 같다. G까지 멜로디로 가다가 중얼거림을 넣으면 되겠지. 일 절만 랩으로 하고 이 절부터 즉흥으로 부르도록 네 마디를 비워두자.

선율 진행이 또 멈춰질까 우려돼 나는 그림에서 눈을 떼지 못한다. 혀 밑에선 음이 계속 이어진다. 허리가 뻐근해오며 허벅지에 힘이 주어진다. 밀가루 반죽이 뜨거운 기름 속에 들어가면 이런 느낌일까. 나의 허리는 단단해지고 정수리가 가렵다. 머리에서 척추로 뜨거운 전류가 흐르는 듯싶다. 곡의 첫 소절이 만들어진다.

그런데, 다음이 자연스레 전개되지 않는다. 이럴 때는 처음부터가 잘못인 경우가 많다. 억지로 끌고 가면 안 된다. 좋은 곡은 자연스레 흘러가게 돼 있다. 중간

이후를 어떻게 흐르도록 해야 하나. 도무지 떠오르지 않는다. 첫 선율을 새로 잡아야 하는가.

스승이 떠오르며 스승의 집 근처에서 메아리치던 그 소리가 들리는 듯싶다. 그 소리, 비나리 같은 그 소리를 다시 들어야 곡이 분명해질 것 같다.

나는 빠르게 걷다가 뛴다. 여기서 평창동을 가려면 택시를 타야 했다. 그렇게 많던 빈 택시가 없다. 나는 온 힘을 다해 달렸다. 가죽공예점을 지나고, 애완동물 판매점을 지나 신발 도매상을 스친다. 종로 금은방 상가 앞 택시승강장에서 대기하던 택시에 올라탄다.

택시는 스승의 동네 앞에서 멈춘다. 나는 북한산 둘레길로 빠르게 들어선다. 귀를 기울이니 과연 소리가 귓전에 달라붙기 시작한다. 소리를 따르니 둘레길에서 벗어난다. 길은 차츰 좁아지고 어두워진다. 사람이 다닌 흔적 없는 길, 나는 오래된 나뭇잎 더미를 무겁게 걷어 올리며 걸어간다. 하늘을 가리는 나무들이 더 촘촘하다. 어두우니 소리는 더욱 분명해진다. 소리가 어서 오라고, 와서 잘 들어 보라고 채근한다.

혀 밑에 음이 고이는 즐거움이 얼마나 오랜만인가. 나는 새로 만들어지는 노래를 금방이라도 채보해나갈 것 같다. 소리가 좀 더 명확해야 했다. 나는 숲을 헤치며 들어간다. 나무는 빽빽하고 줄기는 서로 엉켜 나를 가로막는다. 풀은 발목을 잡고, 나뭇가지는 머리를 끌어당긴다. 가끔 새가 날아오르는 소리가 섞인다. 나무가 나를 밀쳐낼 만큼 우거진 곳에 다다르니 비나리가 점점 크게 들려온다.

나는 안간힘을 다해 헤엄치듯 숲속으로 들어간다. 차츰 길이 열리고 가로막는 나무들도 몇 그루 없다. 어둑하던 주변도 훨씬 밝아왔다. 소리도 선명하다. 높지만 굵은 비나리. 남자의 음성이다. 나는 소리를 따라 앞으로 걸어간다.

넓은 바위가 얹혀 있는 마당이 나타난다. 고목이 바위 곁에 걸쳐져 있을 뿐, 그 많던 나무와 수풀은 하나도 없고 다져져 있는 땅은 거실 마루처럼 말끔하다. 바위 아래에는 촛불이 일렁이고 있다. 주위에 태우다 만 초와 종이가 널브러져 있다. 갑자기 비쳐 나타난 홀로그램처럼 사람도 덩그러니 앉아 있다. 비나리의 주인공이다.

촛불을 앞에 두고 검은 정장 차림의 남자가 노래를 부르고 있다. 그의 비나리는 나를 의식한 듯 급히 소리를 죽이고 허밍으로 잦아든다. 내가 뒤에서 자신을 바라보고 있다는 것을 아는지, 선율은 아예 없어지고 불경 같은 주문이 끊어졌다 이어진다.

중간중간의 호흡 끊김도 곡의 부분이다. 소리 없음에서 소리가 흐른다. 새소리, 바람 소리, 나뭇잎 소리가 허공에 채워진다. 정장 사내의 기도문 같은 중얼거림도 어느새 사라지고, 침묵이 흐른다. 침묵 속에서 좀 전의 비나리가 이리저리 떠다닌다. 나는 답답하다. 어떤 멜로디가 선명하게 튀어나올 듯, 나올 듯하지만, 도통 터지지 않는다.

— 아기 때문에 왔는가.

사내가 갑자기 입을 연다.

— 태아령 말이야. 자네, 천도재 지내려고 왔는가.

나는 그의 말을 이해할 수 없다. 무슨 뜻인가. 나는 아무 말도 할 수 없다. 목구멍이 간지러울 뿐 발음되어 나오지 못한다.

그가 재킷 가슴 주머니에서 손수건을 꺼내 휘두른다. 기다렸다는 듯이, 바위 뒤에서 사슴이 튀어나온다. 큰 사슴이다. 가까운 곳에 사슴목장이 있는가.

사슴은 나무줄기 같은 뿔로 주위를 휘젓더니 사내 곁에 선다. 사슴이 늠름하다. 허벅지도 말처럼 튼실하다. 날렵한 발목 위에 올라앉은 두툼한 사슴의 정강이를 보니 사슴은 천리만리를 뛰어도 지치지 않을 것처럼 보인다.

옜다, 라는 말을 남기고 사내는 사슴을 타고 바위 뒤로 넘어간다. 홀연히 사라진 그의 자리에서 손수건이 푸드덕거리고 있다. 정장의 사내가 부르던 비나리가 다시금 들려오기 시작한다.

나는 비나리를 자그맣게 따라 부른다. 남자가 멀군

손수건을 집어 든다. 주머니에서 꺼낸 수성펜으로 곡을 채보해나간다. 온몸이 뜨겁다. 숨도 제대로 내쉴 수 없는 몰입의 상태에서 나는 곡을 적어나간다.

사슴을 타고 훌쩍 떠나간 그의 이미지에 덧씌워 나도 말을 타고 달리는 상상을 해 본다. 나는 어느새 만주 벌판을 달리는 고구려 군사가 돼 있다. 이려, 이려. 나는 살찐 말의 허벅지를 때리며 달린다. 나는 손수건을 뒤집어 빠르게 후렴구를 적어나간다. 달리던 고구려 군사는 고개를 넘기 전 말에서 서둘러 내린다. 엔딩은 주절거림으로 만들어진다. 랩 부분을 마치고 도돌이를 표시한다.

나는 집으로 돌아오자마자 건반 앞에 앉는다. G메이저 이후를 단숨에 연주하고 녹음한다. 몇 번 수정해서 연주한 뒤 꼼꼼히 채보하기 시작한다. 고물상의 초상과 비나리를 떠올리며 마지막 코다를 넣고 작곡을 마친다. 숨을 돌리니 다리 힘이 풀린다. 나는 방바닥에 누워 천장을 바라본다.

흡족해하는 스승의 모습을 상상해본다. 스승은 눈을 끔벅이며 나를 칭찬해 준다. 나는 곡의 구성을 설명한다. 스승은 곡에다 의미를 붙이는 것을 싫어하지만, 이번 곡은 낯설 수 있어 의도를 말하고 싶다.

— 랩 소절도 넣어봤습니다. 화려하지는 않지만 귀염성 있는 소녀가 떠오릅니다. 짱짱한 목소리를 가진

소녀가 랩을 부른다고 상상해봅니다….

이만하면 됐다. 나는 일어나 녹음을 다시 들어본다. 끊었던 담배를 한 모금만 피우고 싶다. 나는 담배 대신 와인 한 잔을 가득 따라 혼자 축배를 든다. 단숨에 마시고 한 잔을 더 따른다. 피곤이 몰려온다. 눕는다. 금방 취기가 올라온다. 자고 싶다. 눈을 감으니 스승의 말이 무슨 후렴구처럼 귓전에 울린다.

노래는 사람을 위해 있다, 사람이 노래를 위해 있지 않다. 사람을 삶이라 불러도 좋다.

노래는 사람 위에 있습니다, 사람이 노래 위에 있지 않습니다.

스승과 내 생각의 차이에 골몰하다가 나는 쏟아지는 잠 속에 파묻힌다.

의심의 의도

〉〉 현우

성재가 다녀갔다. 녀석은 의기양양해서 왔다가 의기소침해서 돌아갔다. 완성했다는 곡을 들어 보았다. 아니었다. 내 생각과 달랐다. 엇박은 좋았는데, 이어지는 조는 B마이너가 아니었다. 그렇게 상투적이지 않다. 아직도 나를 모르는가. 게다가, 랩은 왜 넣었는지, 이번 곡에 그런 치기는 안 된다. 박자는 더 느리고 멜로디는 더 서정적이어야 했다. 새로 찾아온 사랑의 환희, 지난 시절의 회한, 시간을 되돌릴 수 없는 불가항력의 슬픔, 그런 것을 동시에, 아니 그를 넘어선 것이어야 했다.

한 번 더 들어봤지만, 아니었다. 지금은 정말 내가 새로운 곡을 만들었는지 긴가민가하지만, 몸에 아직 흔적으로 남아 있는 그 선율은 아닌 게 분명했다. 내가 만들어준 곡을 윤주가 성재에게 들려주지 않았나, 윤주가 내 곡을 잊었나.

그즈음 윤주가 성재와 밀접한 관계라는 것을 나는 알고 있었다. 그녀의 말 속에서 성재의 말투가 언뜻 튀어나왔고, 그녀의 몸짓에서 성재의 오랜 습관이 비어져 나왔다. 성재에게서도 윤주의 체취가 배어 있었다. 가까운 사이끼리의 흔적이 두 사람 모두에게 드리워져 있다는 것을 나는 알아챘다.

성재는 일부러 내 곡과 다르게 만든 것인가. 성재가 뭔가 숨기려는 곡의 흐름이라는 생각이 문득 들었다. 어색했다. 그렇게까지 할 만큼 둘의 사이가 깊고 복잡했던가. 둘은 여전히 만나고 있나. 윤주가 시골구석 카페에서 조용히 노래하고 있다고 들었는데, 성재가 그 라이브 카페를 찾아낸 건 아닐까.

둘 다 내 제자다. 귀한 사람들이다. 그런데 그들은 나를 속이려 했다. 성재가 나를 기만할 만큼 내 열망이 추한 것인가. 나는 사랑했다. 윤주와 만나면서 그녀를 소중히 했고, 성재도 여전히 곁에 두고 싶었다. 사랑이 무엇인지 진정으로 알았다. 나 자신을 돌아보게 됐고, 나 스스로를 더 자랑스럽게 여기게 됐다. 이렇게 만들어준 사람을 사랑하지 않는다면 대체 누굴 사랑한단 말인가.

윤주는 나르시스의 샘물처럼 나를 그녀 자신으로부터 비쳐 보이게 했고, 나를 자기 속으로 빠져들게 했다. 나는 그녀의 늪에서 헤어 나오지 못했지만, 그 안에서 행복했다. 모든 것에 너그러워졌다. 늘 기쁨이었다. 그녀에게 모든 것을 바치고 싶었다. 그녀가 죽으라면 죽을 수 있었다. 시체로라도 그녀 곁에 있게 해 준다면 행복이라 생각했다.

음악, 학교, 아내… 그녀보다 중요하지 않았다. 그녀가 버리라면 버릴 각오가 돼 있었다. 아무도 모르는 지구 반대편에서 윤주와 조용히 살아가고 싶었다.

그녀가 처음 협회 사무실에 들어왔을 때부터 나는 그녀를 사랑했다. 어머니 없이 병든 아버지를 모시고 살아간다는 사정을 알고, 나는 그녀를 연민했다. 그녀가 빚쟁이 중년 남자와 엮여 쫓길 때도 나는 그녀를 적극 보호했다. 그녀가 집으로 출근하면서부터는 가족과 같았다.

협회는 내 성격에 전혀 어울리지 않는 곳이었다. 이권 다툼으로 이사회에서 밀려난 회장의 공석을 메우려 잠시 이름을 빌려줬을 뿐이었고, 마침 그녀가 업무 보조로 입사해, 한 달, 두 달 퇴임을 연기하고 있었다. 협회는 그녀가 자리 잡으면 곧 떠날 자리였다. 나 같은 사람에게는 어울리지 않은 곳이었다. 예술가는 작품에만 충실하면 되지 않나.

현우 님 집 담벼락을 기어오르던 자벌레의 운동. 고요 속에서 들려오는 바람 소리. 협회 근처 백반집 아주머니의 짙은 눈썹. 읽기 힘든 악보 귀퉁이 낙서. 모두가 꿈속 장면 같아요. 꿈에서는 몰랐지만 깨어나면 꿈인 줄 알게 되는 꿈속 일들, 지난 일들 모두 꿈일 텐데요. 정말은 꿈이 고 꿈이 정말인가요. 현우 님도 꿈속이었고, 아기도, 노래도 꿈이었나요.

배신.

그녀는 나를 만나면서 성재와도 통하고 있었다. 처음에 그 사실을 알게 됐을 때, 나는 이 세계가 나를 버리고 있다고 생각했다. 세상은 나를 밀어내 버렸다. 존재감도 완전히 사라졌다.

그렇더라도 나는 윤주만 있으면 됐다. 바깥세상 따윈 상관없었다. 차라리 내가 성재를 버리는 것이 내 자존감을 지키는 일이라 생각했다. 그녀도 여전히 나를 사랑하고 있었다.

나는 더욱 그녀를 원했다. 그녀가 성재와 나 사이에서 전전긍긍하는 모습이 안쓰러웠다. 나는 그녀를 버릴 수 없었다. 배신은 없다. 배신은 자기 변심에 대한 변명일 뿐이다. 그녀가 성재를 만나건 나를 만나건, 또 다른 사람을 만나건 그것은 그녀 마음이다. 사랑하는 순간, 사랑하는 사람만 사랑하면 된다. 그녀의 얼굴, 그녀의 팔다리, 그녀의 목소리, 노래하려는 그녀의 열망…. 그녀를 향한 마음이 식지 않는다. 누구를 사랑한다는 것은 사랑하는 나 자신을 사랑하는 것이다. 자신을 사랑하기 위해 남을 사랑하는 것은 잘못이 아니다. 그저 서로가 사랑의 상태가 되는 것만이 가장 중요하다.

그런데, 나는 슬펐다. 그녀의 상대가 성재여서 절망했다. 성재임을 알고부터 슬픔이 온몸을 아프게 했다. 나와 비슷한 사람 둘이 나를 외톨이로 만들었다. 우주 밖에 홀로 떠 있으면 이런 기분일까. 외로움을 피하려다 더 철저하게 혼자가 된 사람은 얼마나 가련한가. 그가 나다. 성재와 윤주의 사이를 알아차리고 몇 차례 셋이서 만난 적도 있었는데, 나는 그 자리에서 음독자살이라도 하고 싶은 심정이었다.

현우 님 말고도 행복이 있었다면 죄인가요. 모습하고 환경이 선생님을 닮지 않아도 음악을 향한 열정은 현우 님을 닮은 사람입니다. 그 사람 현우 님처럼 어리광을 피웁니다. 모두 나의 사랑입니다. 나를 욕심꾸러기라 해도 어쩔 수 없습니다. 벌이 내려질 테지만 어쩔 수 없습니다. 그의 눈에서 현우 님이 보이고, 현우 님 눈에서 그를 봅니다. 나는 차라리 장님이 되고 싶습니다.

나는 있는데, 나는 없었다. 그때도 그렇고 지금도 마찬가지다. 감금증후군은 그때 이미 닥쳐왔다. 나를 속일 수밖에 없는 그들의 사정을 잘 알면서도 나는 어찌할 수 없었다. 내 의지로 외부의 것을 한 치도 변화

시킬 수 없는 처지인데 진실을 안다 한들 어쩌겠는가. 속는 것이 진실인 나의 상태…. 나는 내 몸에서 나오는 진실된 소리로 세상과 교류하며 나를 증명해왔다. 가수는 그래야 했다. 나는 오십 년 동안 세상을 향해 목이 터져라 나를 표명해왔다.

나는 태어나 한 호흡을 터뜨리면서부터 이 세상의 소리를 내 안으로 집어넣고 밖으로 빼내기를 누구보다 잘했다. 초등학교에 들어가서 처음으로 본, 풍금에서 나오는 소리를 내 몸이 그대로 흉내 냈다. 방학 때 여름성경학교에서 배운 찬송가 십수 곡은 이틀 만에 내 입에서 한 음정 안 틀리고 되뇌어졌다. 라디오에서 흘러나온 올드 팝송을 학예회 때 모창해서 부모님들을 즐겁게 해 주었다.

라디오, 아, 라디오는 나의 우주였다. 나의 아기집이었다. 라디오 이어폰은 내 배꼽에 달린 탯줄과 마찬가지였다. 나는 학교에서도, 집에서도 밤낮으로 이어폰을 귀에 꽂고 다녔다. 라디오에서 틀어주는 다양한 음악을 영양소처럼 집어삼키면서 나는 심신을 키워나갔다. 특히 미국의 대중음악은 나의 귀를 열어 주었다. 팝송의 음향기술과 연주기법은 새로운 세계로 나를 데려다 주었다. 나는 그 속에서 헤어 나오지 못했다. 아니 더 빠져들려고 애썼다. 가난과 결핍의 사춘기 시절을 라디오의 팝송이 풍요와 충만으로 바꿔 주었다. 나는 노래를 듣고 발음을 외웠고, 음정을 그대로 땄다. 언제 어디서든 녹음기처럼 빌보드 차트 10위권 안의 노래를 부를 수 있었다. 지금도 당시의 차트 톱 노래들은 온전히 기억할 수 있다. 그때 나는 내 노래가 라디오에서 들리면 열흘을 굶어도 좋으리라 생각했다. 지금은 내 노래도 미국 빌보드 차트에 오른다. AFKN에서도 내 음악을 틀어준다.

> 현우 님처럼 내 삶도 노래가 되리라, 노래로 흩어지는 내가 되리라, 마음먹었습니다. 나는 배웠습니다. 내 안의 한 소리가 내 밖의 만 소리라는 것, 내 한 호흡 멈추면 세상의 모든 모습이 침묵 속에 녹아든다는 것. 나는 세상을 살아내야 한다는 것. 무대가 무덤이 되리라는 것.

그때의 나는 이렇게 누워 있는 지금의 나와 얼마나 다른가. 세상이 나를 기억해 주리라는 희망이 나를 지금껏 있게 했다. 이제 나는 노래로 세계와 함께할 수 없게 돼 버렸다.

몸에 아직 의식이 붙어 있을 때 마지막 노래를 바깥으로 빼내야 한다. 그것을 위해 의식이 돌아온 게 아닐까. 세상을 평화와 기쁨으로 끌어 주리라는 확신이 있는 곳이다. 더 기운을 내야 한다. 성재가 더 분투해야 한다. 평화를 얻기가 얼마나 힘이 드는지, 성재와 윤주는 그것을 깨우쳐야 진정한 가수가 될 것이다. 딴따라야말로 평화의 사도다. 위안이 되는 노래 한 줄이 인생 자체가 돼야 일류 가수다.

내 생에서 가장 뚜렷한 흔적이 될 노래가 탄생할 이때 힘을 쏟아부어야 하는데…. 어느 한 부분도 건질 게 없는 곡이다. 성재가 어떤 의도로 그 쓰레기를 작곡해 왔는지 괘씸하다. 나는 다시 써오라고 주문했다. 조카는 성재가 연주하는 내내 고개를 끄덕이며 호감을 표했다. 내 음악을 어떻게 들어왔는지, 조카 녀석도 한심했다. 내 마음을 이해하지 못하는 그들을 향해 나는 눈을 계속 깜빡이고 손가락을 까닥였다.

조카가 그제야 알아차리고 내게 바싹 다가와 한글 자모판을 펼쳐 보였다. 조카는 내 의사를 정확히 알고 싶을 때마다 손수 만든 한글 자모판을 휠체어에서 꺼내 들었다.

나는 조카가 지시하는 한글 자모판에 눈을 맞추었다. 눈을 깜박거리고 손가락을 움직여 '포항에 다녀오라, 구룡포에 내 노래비가 잘 있는지 확인해 달라'고 전했다. 조카가 내 의사를 성재에게 옮기며 부탁했다.

실은 청이 아닌 명령이었다. 내 마음속에 있는 그 곡은 구룡포에서 만든 것이기에 그곳에 가면 멜로디를 만날 수 있을 것이라는 뜻이었다. 바다 속의 용암처럼 구룡포 깊숙한 곳에서 끓고 있는 곡이었다.

나는 이 년 전 윤주를 포항에 데리고 갔다. 윤주와 해변을 거닐며, 노래비를 함께 바라보다가 한 줄기 선율이 문득 떠올랐다. 그 두 마디는 저녁 내내 입에 고여 있었다. 사람들의 눈을 피해 들어간 리조트에서 물회를 안주 삼아 소주를 머금었을 때 멜로디는 가지를 뻗어나갔고, 그녀를 침대에 앉히고 그녀의 가슴에 입을 맞추었을 때 주제의 발전이 화산이 되어 터져 나왔다. 멜로디는 마그마처럼 구절구절 뜨겁게 넘실거렸다. 곡은 윤주와의 절정 중에 완성되었다. 윤주와 나는 불길을 가라앉히며 완성된 곡을 함께 흥얼거렸다.

나는 다시 한 번 그녀의 몸에 선율을 적어나갔다. 그녀는 내 채보에 따라 노래하다가 중얼대다가 웃었다. 연주를 마쳤을 때 나는 이번 곡이 내 음악의 결정체라 직감했다. 사랑이 끝난 뒤, 나는 곡이 날아갈까 봐 침대 탁자에 놓인 티슈에 채보했다. 윤주가 뒤에서 끌어안는 바람에 처음 두 소절을 적다가 그만두었다. 나머지는 윤주의 몸에 다시 채워졌다. 우리는 자석처럼 다시 붙었고, 윤주는 내 곡을 암보하겠다는 듯이 몇 차례 깊은 호흡으로 받아 허밍으로 토해냈다.

어찌 그 노래를 잊을 수 있겠는가. 내 평생 최고의 기쁨에서 나온 곡을…. 부르는 사람과 듣는 사람 모두 각자의 삶과 처지에 맞아 하나의 울림을 주는 노래가 명곡이라면 그 곡이 바로 그랬다. 우리의 지난 시간과 앞날의 희망이 담긴 가사가 딱 어울리는 음계와 리듬을 만나 이뤄진 최상의 곡이다.

그 뒤 그 곡은 윤주와 사랑을 나눌 때마다 되살아났다. 윤주도 자신의 몸과 마음에 각인된 노래를 완벽하게 따라 불렀다. 한 곡밖에 없는 레코드판처럼 그녀는 나를 받아들일 때마다 그 노래만 되뇌었다.

성재에게 구룡포 바다에 가서 노래비를 점검해 달라고 부탁한 이유는 그 때문이다. 바위에 새겨진 내 노래처럼 내 안에 박혀 있는 악보를, 당시의 내 감정이 되어 적어 오라는 뜻이다.

하나 더, 숨은 의도가 있다. 이게 중요하다. 내가 알고 싶은 핵심이 바로 그것이다. 냉장고 속의 아이, 얼어 있는 아이, 불쌍한 아이, 그 아이의 아빠는 성재가 아닐까 하는 의혹을, 그 자신이 밝혀 주는 것이다. 췌장 깊숙이 자라고 있는 용종 같은 의구심을 제거하지 않으면 나는 괴사하고 말리라. 확인이 안 되면 모두의 관계가 허물어지고 말리라.

선생님, 고백하고 싶어도 못하는 게 있습니다. 무덤까지 가져갈 비밀. 작은 무덤 같은 햄버거를 사들고 내게 달려와 가슴에 묻던 사람이 있었습니다. 선생님은 밥그릇 같고 그 사람은 햄버거 같다는 생각은 아직 그대로입니다. 기타 현 6번 E는 선생님, 1번 두 옥타브 E는 그 사람이라고도 생각했습니다. 6번을 튕기면 1번도 떨립니다. 공명통을 울리고 나온 1번 소리는 6번을 울립니다. 이제 줄은 튕기지도 않았는데, 서로 울어댑니다.

구룡포에 성재도 있었을지 몰랐다. 내가 윤주와 만나고 있을 때 단둘이 아닌 느낌일 때가 많았다. 노래비가 있는 구룡포 바다를 거닐 때 노래비 뒤에 누군가 서 있는 기분이었다. 윤주와 사랑을 나눌 때에도 창가에서 누군가 지켜보는 듯했다. 윤주의 눈동자에도 그가 담겨 있는 것 같았다.

그 누군가가 성재임을 알고부터 나는 더 격렬히 윤주를 찾았다. 온힘을 다해 윤주에게 나를 던졌다. 윤주의 몸에 그의 그림자가 드리워져 있는 듯했다. 성재가 구룡포까지 따라왔다면 그는 윤주와 만났을 것이고, 윤주로부터 내 곡을 전해 들었을 것이다. 그 기억을 살리라는 것이다. 구룡포 바다에 아직 고여 있을 그 곡을 건져 올리라는 것이다. 노래비와 리조트에 떠도는 D메이저를 낚아채오라는 것이다.

나는 눈을 감는다. 구룡포 앞바다가 들이닥친다. 파도 위에 무언가 떠다닌다. 헝겊 같다. 가만히 보니, 인형이다. 아기 인형이다. 소리도 난다. 파도 소리에 섞여 아기 울음소리가 들려온다. 그 소리가 귀를 파고 들어 정수리를 헤집고 가슴을 후빈다. 추억과 노래로 가득한 이 몸은 얼마 못 가 아이 울음으로 채워질 것이다. 울음에 닳아버린 내 몸은 텅 비어 거죽만 남을 것이다.

냉장고 속 아기는 이미 얼음 가죽으로 덮혔고 울음도 얼어붙어 억눌린 채다. 나도 그렇게 얼어간다. 냉장고 속 아이 생각으로 안절부절 못하던 내 마음도 이미 투명한 얼음이다.

노래를 지켜줄 사람

>> 윤주

누구의 아인지는 중요치 않아요. 내 가슴에 묻은 아기. 현우 선생님에게 보낸 아기의 아빠가 누구든 내겐 아무 상관없습니다. 중요한 것은 한 가지, 모두가 내 안에 있다는 사실, 내 몸에 있다는 것입니다. 선생님도, 성재도, 아기도 내 안에 남아 있습니다. 수술해서 넣은 스탠드처럼 내 심장혈관에 끼워져 있습니다.

현우 선생님과 가까워져 평창동을 자유로이 드나들고 한참 뒤, 성재를 보았습니다. 선생님이 소개한 학교의 평생교육원 프로그램에서였습니다. 〈가수의 꿈〉이라는 평생교육원의 강좌를 성재가 맡아 진행하고 있었죠. 나는 첫눈에 그에게 빠져들었습니다.

그는 재미있고, 건방지고, 쾌활했습니다. 그의 강의를 듣는 수강생 모두 그를 좋아했습니다. 수업 두 시간이 이십 분 같았습니다. 몰입했던 강의여서 수업 끝나고 돌아갈 때도 칼칼거리던 그의 목소리가 귓전에 맴돌았습니다.

성재는 강의실 바깥에서도 유쾌하고 자신만만했습

니다. 〈가수의 꿈〉이 진행되고 한 달이 지난 즈음, 나는 그를 강의실 밖에서 만났습니다. 코앞에서 그를 보고 싶었습니다. 나는 지난번 강의 내용 중 일본 음악에 대해 알고 싶은 게 있다며 그에게 문자를 넣었습니다.

학교 바깥 돈가스점에서 점심을 처음으로 함께한 뒤, 우리는 수업이 끝나고 계속 만났습니다. 그의 마음을 얻으려 나는 밤늦도록 그를 연구했습니다. 그의 약점을, 그가 원하는 것이 무엇인지 추리하고 여기저기서 정보를 찾았습니다. 녹음해두었던 강의 내용을 듣고, 인터넷을 뒤져 그와 관련된 많은 것을 알아두었습니다. 그는 무명이었지만 실력 있는 음악가로 인정하는 사람도 있었습니다. 나는 그가 낸 음반, 그가 참여한 곡을 인터넷에서 구입해 여러 차례 들었습니다.

그는 모두를 자기보다 못난 사람으로 여기더군요. 실제로 내가 만난 사람 중에서 가장 똑똑하고 가장 참신했던 사람이 성재였습니다. 내가 찾는 것을, 음악에 대한 내 의문을 그는 모두 해결해 준다고 생각했지요.

하지만 성재는 현우 선생에 대해서만은 조심스러워했어요. 무서울 게 없는, 누구나 자기보다 아래라던 그가 선생님에게만큼은 조용했어요. 그는 현우 선생의 수제자였고, 현우 님의 음악 세계를 동경하는, 스승의 음악을 향한 수도자였습니다.

나는 현우 님에 대해 전혀 모르는 척하면서도 선생

님에게 귀동냥한 것을 성재에게 전했습니다. 그는 처음에는 나를 무시하고 경계하더니 음악 이야기를 하면서 급격히 좋아했어요. 재능 있어 보이고 예쁘다며 오히려 내 뒤를 쫓았습니다.

언제나 당당해 보이던 그가 어느 날부터는 내 앞에서 풀이 죽어 입을 다물었습니다. 자신의 음악에 대한 내 평가가 마음을 파고든 모양이었습니다. 현우 선생님이 알려준 음악 이야기를 변조한 몇 마디가 잘난 그를 기운 빠지게 했던 것 같습니다.

그는 나를 알려고 달려들었습니다. 나와 오래 있으려 했고 나의 과거와 지금, 그리고 미래를 묻고 자기대로 해석하고 앞날을 제시했습니다. 나는 그런 그가 좋았습니다. 내 말에 귀 기울이는 그에게서 나는 더 힘을 얻어 내 모든 것을 말했습니다. 일찍 여읜 부모님, 기댈 곳 없는 친지, 치열하게 살아야 했던 어린 시절, 쫓아다니던 남자, 가수를 향한 열망, 이상형의 애인…. 하지만 선생님에 대해서는 단 한마디도 하지 않았습니다.

나를 성재에게 완전히 던졌을 때는 바로 현우 님과 구룡포에 다녀온 직후였습니다. 아, 정말 그날이었네…. 그때 아기가 들어왔구나…. 아기가 내 몸에서 나온 날을 거슬러 가면 바로 그 시점이었습니다. 아기가 내 안에서 자랄 동안 나는 아기를 전혀 못 느끼고 있었습니다. 이런 말을 할 용기가 이제, 아기가 없어진 지금 생깁니다. 무덤까지 가져가야 할 고백입니다.

현우 님의 고향에서, 선생님의 노래비를 보고 사람들 눈을 피해 들어간 리조트에서 선생님을 맞은 그날, KTX를 타고 서울로 올라온 그날, 나는 성재도 받아들였습니다. 생각지도 못했던 일이 생겨난 것이었습니다.

그동안 성재가 사랑을 주며 계속 내 몸을 원했지만 나는 피해갔습니다. 스승님에 대한 예의였습니다. 무척 바쁘기도 했고요. 현우 선생님의 심부름과 협회일, 그리고 노래 가사 정리, 임원 세미나 준비 등으로 정신이 없었습니다. 행사 끝에 현우 님이 휴식을 갖자며 다녀온 바다였습니다.

성재는 서울역에서 나를 보자마자 다그쳤어요. 왜 전화를 안 받느냐, 어디 있었느냐, 나 말고 다른 남자와 데이트한 것 아니냐…, 하면서 그는 내게 처음으로 화를 크게 냈어요. 내가 무슨 상관이냐며 눈을 흘기자 그는 보여 줄 게 있다며 내 손목을 잡아끌었습니다.

그와 내가 쉽게 떼어지지 않는 관계가 되리라는 직감이 왔습니다. 성재가 나의 비밀스런 현재, 그리고 불확실한 미래를 알고 괴로워하리라, 그렇지만 언제나 강한 자석처럼 떨어지지 않으리라…, 나는 거듭 되뇌었습니다.

성재가 나를 데리고 간 곳은 신촌의 조그만 공연카페였어요. 카페 안에는 아무도 없었어요. 그는 가게를 하루 동안 빌려 오로지 나만을 위한 공간으로 꾸며놓았던 것입니다. 무대에는 나의 사진이 스크린에 비치고 있고, 테이블 위엔 내가 좋아하는 치즈 케이크와 내가 즐기는 와인이 놓여 있습니다. 빔 프로젝터가 쏘아주는 스크린 위로 내 스냅 영상들이 천천히 올라갑니다. 그 사진 위에 내 이름과 그의 이름이 하트 장식 장미 다발 위에 새겨져 있습니다.

유치하다는 생각은 지금 들 뿐, 당시에는 감동이었습니다. 성재는 영상을 보다가 무대에 올랐습니다. 나를 위해 만들었다며 기타를 들고 자작곡 노래를 불렀습니다. 생각나는대로 부르는 것 같지만 섬세하고 단정하게 진행된 곡이었습니다. 나를 생각하고 만들었다는, 내 성격 같은 노래랍니다. 그의 장난스러운 이벤트가 사랑스러웠습니다.

나는 테이블 위에 놓인 와인을 거푸 마셨고 성재는 이어서 〈Someone to watch over me〉를 노래했습니다. 내가 언제나 감동받는 곡이었습니다.

지금 막내가 그 곡을 부릅니다. '나를 지켜줄 그 사람 필요해요….' 오늘의 마지막 스테이지입니다. 그녀는 리듬앤블루스도 잘 소화합니다. 학교에서 공부하

랴, 학원에서 가르치랴 무척 바쁠 텐데 기타와 노래 연습은 언제 하는지, 막내는 스테이지에 오를 때마다 새로운 모습을 보여줍니다. 놀라울 뿐입니다. 그녀는 노트북 반주기도 잘 쓰지 않습니다. 대부분의 레퍼토리를 자신의 기타 반주로 노래합니다.

시간을 보니 〈Someone〉이 오늘 막내의 마지막 곡이 될 것 같습니다. 자기식으로 변주한 그녀의 후렴구가 조금 허풍스럽네요. 하지만 나는 그녀의 당당함이 좋습니다. 그녀는 듣는 사람을 의식하지 않습니다. 노래하는 중에 자기 풍경 속에 빠져 헤매는 듯했습니다. 그녀는 눈을 감고 음이 정해주는 길을 따라 걸어가고 있을 것입니다.

그날 성재는 노래를 끝내고 무대에서 내려와 내 곁에 앉았습니다. 그 상황까지 계획하지는 않았을 것입니다. 성재는 내 손을 잡아 자신의 뺨에 가져갔습니다. 언제 술을 마셨는지, 그의 입에서 와인 냄새가 납니다. 그의 뺨은 어느새 눈물로 젖어 있었습니다. 젖은 뺨을 내 손등에, 손목에, 팔에, 입술에 대며 그는 흐느꼈습니다. 사랑한다는 말이 울음 속에서 출렁거렸습니다.

음반 실패와 은행 빚, 아내와 이별, 실용음악과 교수 임용 탈락….

나는 그가 겪은 최근의 불행에 대해 생각해 보았습

니다. 애틋했습니다. 한편으로 장난스러워 보이기도 했습니다. 그가 울고 있으니 나도 울적해졌습니다. 나도 어느새 눈물이 났습니다. 나는 그의 어깨를 안고 그의 이마에 입술을 가져갔습니다. 그는 내 가슴을 파고들었습니다. 그의 흐느낌에 맡겨진 내 몸은 점점 뜨거워져 카페 안을 데웠습니다.

성재의 울음은 노래로 변했습니다. 그는 피아노 치듯 내 몸을 짚어나가며 멜로디를 흥얼거렸습니다. 그의 흥얼거림대로 내 몸은 흔들렸습니다. 그의 연주에 맞춰 내 입에서 허밍이 흘러나왔습니다. 익숙한 선율이었습니다. 어디서 들은 적이 있는 멜로디. 새벽, 현우와 바다에서 사랑을 나눌 때, 현우가 불러주던 노래였습니다.

현우는 오래도록 내 몸을 어르며 그 노래를 불렀습니다. 노래는 몸 안에 스며들어 세포 속에까지 선율을 새겨 넣었습니다. 내 몸을 탁본하면 그 노래 악보가 본떠져 나올 것 같았습니다. 성재는 내게 파고들어 악보를 들췄습니다. 흥얼거림과 흐느낌이 뒤섞이다가 문득 멈췄습니다. 포즈, 사분쉼표. 쉬었다가 다시 고음을 지르는 성재, 내가 오열하듯 노래의 절정 부분을 부르자, 성재의 입에서 고성이 나왔습니다. 우리의 중창은 오선지 바깥으로 치달았습니다.

막내가 노래를 마쳤습니다. 바이브레이션 없는 마지막 음은 큰 울림을 줍니다. 노래가 끝나자 모든 사람이 일제히 박수했습니다. 나도 손뼉을 쳤습니다. 사장은 괴성까지 질렀습니다.

막내가 무대에서 내려와 사장과 내게 인사하고 카페 문을 나섭니다. 손님들도 하나둘 일어나기 시작합니다. 오늘 공연은 여기까지. 막내가 내 스테이지를 차지할 것 같은, 아니, 곧 이 업소를 나오지 않으리라는 생각이 듭니다. 앨범을 내고 방송에서 자신의 단독 콘서트를 홍보하는 그녀가 떠오릅니다. 나는 여기를 벗어나지 못합니다.

사랑을 마친 성재는 내게서 떨어져 내려 카페 안을 정리하기 시작했습니다. 히죽 웃다가 심각한 표정이 되는 성재로부터 나는 갑자기 멀어져 갔습니다. 그가 머지않아 변할 수 있으리라는 예감이 왔습니다. 급격히 식어버린 카페 안, 여기저기 널려 있는 옷가지를 줍는 성재를 보니 갑자기 기운이 빠졌습니다.

문득 엄마가 떠올랐습니다. 카페 카운터 벽에 엄마의 이미지가 그려집니다. 책을 옆구리에 끼고 생각에 골몰해 있는 엄마의 처녀 적 사진이 벽에 인화된 듯 선명합니다. 나는 엄마의 얼굴을 사진으로만 보았습니다. 한 장 남아 있는 흑백사진 속에서 엄마는 무언가를 고민하는 모습이었습니다. 마치 내 처지를 안쓰러워하는 표정입니다. 어쩌면 지금 내 얼굴이 엄마와 같을 것입니다.

현우와 성재 두 사람은 나를 만나면 행복하다고 했습니다. 따스한 물속에서 평화로이 쉬는 기분이라고, 두 사람 모두 그렇게 똑같이 비유했습니다. 그 여름 이후로 나는 한꺼번에 늙어버린 것 같았습니다. 맑고 따스한 물도 어둡고 차가워졌습니다. 한여름 내 울다 지쳐 허물만 남은, 매미와 같이 몸은 비어 가는데, 마음은 무겁기만 했습니다. 흑백사진 속 엄마의 표정처럼 나는 무덤덤해가고 있었습니다.

노래는 그래도 남아 있지 않나요. 성재와 마음을 섞을 때 홍얼거려지던, 현우가 선물해준 노래. 내 안에 숨어 있다가 그의 몸에서 저며져 중창으로 나온 그 노래, 그 곡은 어디로 간 것일까요.

물너울에 녹아든 소리

성재 >>

다시 들어보니 얼굴이 뜨겁다. 스승이 퇴짜 놓을 만하다. 단순하고 뻔한 전개, 평범하고 익숙한 주제 선율, 밋밋한 리듬 배열…. 데모 녹음을 차 안에서 또 들어보니 영 시원찮다. 이것이야, 하고 무릎을 치던 엊그제의 흥분이 부끄럽다.

나는 카 오디오의 전원을 꺼버린다. 창에 달라붙는 빗방울이 차츰 굵어진다. 하남 분기점에서부터 내리던 비는 영남지방에 가까이 갈수록 세차다. 차들은 없는데 빗길 운전이어서 속도가 안 난다. 이대로 가다가는 저녁이 돼도 노래비에 도착하지 못할 듯싶다. 날 밝을 때 사진 찍어야 하는데….

스승에게 노래비와 구룡포 바다를 제대로 보여주려면 해 있을 때 카메라에 담아둬야 할 것이다. 스승의 권유인지, 조카의 지시인지 이제는 궁금하지 않고, 구룡포에서 좋은 악상이 떠오르기만을 고대해 본다.

세 시간이면 충분히 도착할 길을 다섯 시간 넘게 운전하고 있다. 비가 오고 자동차가 방전됐었다 하더라도 이미 절반은 지났어야 할 시간이다. 이번 작업 마치면 차를 바꿔야겠다. SUV차가 여행에 좋다던데, 언젠가 한국에 오면 함께 여행하고 싶다던 딸 아이 메일이 생각났다. 아이 데리고 남해를 돌려면 사륜구동이 좋을 것이다.

나는 중부고속도로에서 중부내륙으로 들어서기 전에 화장실에 가려고 음성휴게소로 진입한다. 이천에서부터 앞서거니 뒤서거니 하던 장의차도 휴게소에 따라 들어온다. 장지에 가려는 장례 일행이 모두 같은 주차 라인에 선다. 내 차는 장례차 앞뒤에 끼여 멈춘다. 주차를 마치자 장례 일행이 우우 차에서 내린다.

나는 그들의 걸음을 따르듯 함께 화장실에 갔다가 음식점에 들른다. 커피도 장례 일행 줄에 서서 받는다. 나는 더 이상 상복 차림의 사람들 틈에 끼기 싫어 커피를 들고 차 안으로 들어간다. 그 집안 셋째 며느리임 직한 여인이 피로한 눈빛으로 나를 보다가 장의차에 오른다. 나를 본 것이 아니라 내 차창에 비친 자신의 얼굴을 본 것일 테다. 장의 버스에 오르는 그녀의 치마저고리 속에 언뜻 드러나는 허벅지가 허옇게 빛을 내며 눈을 찌른다. 내 허벅지에 힘이 주어진다. 죽음의 예를 치르러 가는 여인을 욕망하다니….

나는 커피를 홀더에 끼우고 달아나듯 차를 몰고 휴게소를 빠져나간다. 윤주와 이 차 안에서 욕심을 풀어낸 적이 두 번 있었다. 윤주를 집에 배웅해 주며 골목 구석에서, 마트에서 장을 보고 난 뒤 주차장에서 그랬다. 한 번은 내가 뜨거워져 그녀가 앉은 조수석을 뒤로 제쳤고, 한 번은 그녀가 달아올라 운전석으로 올라왔다. 좁은 공간이고 사람들에게 보일까봐 조심스럽게 사랑을 나눴다. 짧았지만 강렬한 결합이었다. 순식간에 만났다가 떨어진 두 사람의 몸뚱이는 온 우주를 품에 안은 듯 부풀대로 부풀어 올랐다. 어물전 냄새가 차 안에서 한동안 빠지지 않던 기억이 난다. 나는 다시 요의를 느낀다.

충주 나들목을 지나자마자 나는 졸음 쉼터에 들어선다. 차를 세우고 간이 화장실에서 소변을 보는데 문득 스승의 티슈 악보가 떠오른다. 스승은 이번 곡을 고향에서 작곡한 듯싶다. 바다를 보며 곡을 만들었을 것이다.

윤주도 함께 왔을까.

나는 주차구역으로 돌아와 운전석에 앉는다. 조수석에 놓인 가방에서 서류 봉투를 꺼낸다. 악보가 그려진 티슈를 봉투에서 빼내 한참을 들여다본다. 내비게이션의 목적지를 티슈에 인쇄된 리조트 이름으로 바꿔본다. 내비게이션에 남쪽 지도가 새로이 펼쳐진다. 스승의 노래비에서 1km도 떨어지지 않은 곳이다. 역시 곡은 구룡포에서 쓰였다.

나는 차를 다시 움직인다. 액셀러레이터를 깊게 밟는다. 빗줄기가 창에 넓게 퍼진다. 윈도브러시를 빠르게 움직이게 하고 속도를 높인다.

윤주는 내게 어떤 존재였나. 윤주가 진정 나만큼 나를 마음에 두었을까. 윤주를 다시 보면 예전처럼 뜨거워질 수 있을까. 윤주는 한 켤레 장갑이었다. 스승과 나 두 사람 사이에 한 손씩 끼워넣은 장갑이었다. 나는 그녀를 운명으로 받아들이려 했다. 스승도 마찬가지였을 것이다. 그런데 윤주는 두 사람 모두를 버렸다. 아니, 두 사람이 윤주를 버린 건 아닐까. 소문에 의하면 그녀는 지금 현우 선생 곁을 떠나 자립 중이다. 그녀는 현우 선생의 근황을 알고 있어도 그를 찾지 않을 것 같다. 내게도 먼저 연락해오지 않을 것이다. 그녀가 가요계에서 활동하면 언젠가는 만날 수도 있겠지.

사랑은 그렇게 가벼운 것인가. 무거운 것은 질투뿐인가. 누군가 그녀 가까이 있으리라는 낌새가 강하게 들었다. 현우 선생이 윤주와 깊은 관계라는 사실을 알아차린 것은 재작년 겨울이었다. 나는 스승한테 낙망하고 윤주에게 절망했다.

양쪽을 오가는 듯한 그녀가 불쾌했다. 윤주는 내게 미안해하면서도 그쪽을 놓지 않는 것 같았다. 그녀가 안절부절못해 하는 모습을 보면서 나는 그녀를 다그쳤고, 그럴 때마다 그녀는 내게 더욱 매달렸다. 그녀가

야속하고 미웠지만 나는 그녀를 떠나보낼 수 없었다.

사랑은 온전히 감정 그 자체였다. 어떤 대단하고 완전한 이성이라도 사랑의 감정에는 당하지 못한다. 손톱만한 크기의 사랑일지라도 그 작은 감정에 모든 것이 허물어진다. 사랑 한 방울이 온 세상을 홍수의 물결로 뒤덮는다. 한 조각의 사랑은 온 우주가 빠질 만큼의 깊이로 우리를 이끈다.

어느 날 나는 윤주를 불러 작정하고 술을 마시고 호텔로 갔다. 그녀에게 방황을 끝내고 모두를 내게 맡기라고 말하고 확답을 받고 싶었다. 나는 윤주의 어깨에 입을 맞추며 애원했다. 내게 올인해 달라고, 나도 그러겠다고, 사람들 앞에서 당당하게 윤주만 바라보고 살아가겠다고….

윤주는 만나고 있는 그 사람에 대한 감정을 솔직하게 털어놓았다. 물론 현우 선생임을 밝히지 않았다. 그녀는 내가 그 남자에 대해 언젠가 물어보리라 예상하고 준비해둔 듯한 말을 꺼냈다. 그와의 만남과 지금까지의 과정을 이야기하면서 그녀는 눈물을 보였다.

그 남자와 그만둘 수 없다고, 자신에게 그 남자는 하나님 같은 존재이고, 자기는 그 사람으로 인해 불안하고 궁핍했던 지난날로부터 벗어날 수 있었다고, 그녀는 훌쩍이며 말했다. 그 사람도 윤주 자신을 통해 인생의 행복을 알게 됐다고, 일생 동안 누군가를 애타게 기다려 본 적이 없다고 했단다.

그녀는 그렇다고 내게서도 떠나지 않겠다고 했다. 사랑하니까. 온종일 내 생각으로 가득 차 아무 일도 못 한다고, 나를 못 보는 것은 괴롭다고 했다. 누구를 더 사랑하고 말고가 아니라 두 사람의 사랑에는 차이가 있단다. 가족애와 이성애라고 했다. 어머니 없이 자란 자기에게 그 사람은 부모의 정을 주었고, 나는 이성의 사랑을 알게 해 주었단다.

거침없이 쏟아내는 윤주의 말을 오래 들으며 나는 내 연적이 누구인지 상상해보았다. 나이, 지위, 돈 따위가 나보다 높고 여유로운 사람이란 생각만 막연하게 들었다. 그런데, 그 남자 또한 윤주와 평생 연을 맺을 처지는 아닌 것 같았다.

나는 윤주에게 그 사람을 만나서 그녀로부터 떨어지라 말하겠다, 하고 싶었지만 입 밖에 내지 못했다. 나도 그럴 입장이 못 됐다. 딸아이는 부모의 이혼을 최근에야 알았다. 아이에게 더 실망을 주고 싶지 않았다. 어릴 때부터 캐나다 고모네에서 잘 지내고 있는 아이는 이 년 뒤에 대학을 간다. 그때까지라도 내가 평온하게 살아가는 모습을 보여야 한다는 생각이 늘 우선이었다.

그날 나는 윤주와 밤을 지새웠다. 그녀를 두 차례 깨웠다. 그녀가 그 남자에게도 전했을 자신의 정리된 마음을 몸과 말로 표현하는 사이사이 나는 그녀를 파고들었다. 그녀는 자신의 말에 취해 있다가 나의 몸짓에 취하기를 되풀이했다. 그녀는 나를 아름답게 받아들이는 중이었다. 아름답다는 말에는 진실하고 순수하고 싶다는 희망이 있음을 나는 안다. 두 사람의 눈에 서로의 모습이 들어와 화인으로 새겨지고 있었다.

포항시에 접어들면서 비는 내리지 않는다. 나는 구름을 붉히는 태양을 앞에 두다가, 옆에 매달다, 하면서 시내를 달린다. 내비게이션은 구룡포 해안까지 반 시간이 남았음을 알리고 있다. 바다가 가까워 오는지 차 안으로 생선 비린내 섞인 바람이 들어온다. 해는 구름 사이로 팔을 뻗다가 숨기기를 반복한다.

윤주의 뒤에 숨어 있던 남자는 나의 스승, 현우였다. 스승은 왜 윤주와의 관계를 내게 숨겼을까. 윤주의 반쪽 남자가 나였기 때문은 아닐 텐데…. 진작에 알았다면 나는 물러났을 것이다. 나는 윤주를 사랑했고, 스승도 존경했다.

윤주는 왜 알리지 않았을까, 왜 비밀로 하려 했나. 내게 부끄러울 만큼 사랑이 크지 않았나. 스승은 내가 윤주를 놓아주면 그녀를 절대로 내놓지 말았어야 했다. 괴로웠을 스승을 생각하면 죄송하지만, 스승은 결국 윤주를 버린 것 아닌가. 윤주의 말에 의하면 그 남자는 자신과 당당하게 결혼할 준비가 돼 있다고 했다. 윤주도 스승도 거짓된 만남일 뿐이었나.

그녀는 스승과 만나는 동안에 내게서 전화가 오는 것을 싫어했다. 둘 다에게 미안했을 테니까. 미안함이 죄책감으로 커질 즈음, 그녀는 현우 선생에게 털어놓았을 것이다. 선생은 그녀의 다른 남자가 나라는 것을 알고 괴로워했을 것이다. 그는 고민하다가 한 가지 방법을 제시했다. 윤주에 대한 내 의중을 파악하면서 자신은 커튼 뒤로 숨는 방법이었다.

어느 날, 윤주는 내게 문자를 보내 전화를 유도했다. 나는 윤주에게 전화를 넣었다. 윤주는 기다리라면서 누군가에게 전화를 바꿔 주었다. 전화 속에서 한 남자가 다짜고짜 내게 몇 마디를 퍼붓고는 바로 끊었다.

"난 윤주 외삼촌이다. 결혼시켜야겠다. 장난하면 가만두지 않겠다."

세 마디의 말이 사흘 밤낮 동안 머리를 쥐고 흔들어댔다. 나는 그 목소리의 주인이 현우 선생이라고 추리했지만 믿을 수 없는 일이었다. 변조한 선생의 목소리가 나의 힘을 온통 앗아갔다. 나는 사흘 밤낮 식음을 전폐한 채 잠을 이루지 못했다. 윤주와 현우 선생이 내게 큰 상처를 주었다는 생각밖에 없었다.

윤주는 그에게 정직함을 표하여 신뢰를 얻고자 했을 테고, 선생은 나로 인한 수치심을 조금이라도 덜어

보려는 심사였을 것이다. 그렇더라도, 그 협박조의 목소리가 선생의 것임을 알게 될 나의 입장과 상처를 헤아리지 못한 두 사람이 원망스러웠다.

나는 윤주에게 더 달려들었다. 그리고 윤주의 입으로 외삼촌의 실체를 말하게 했다. 비밀은 없다. 진정한 사랑은 비밀을 만들지 않는다. 윤주와 나, 그리고 현우 선생은 진정한 사랑을 나누려 했지만 현실이 그를 가로막았다. 우리의 현실은 너무 복잡했다. 모두의 욕심이 얽혀 있었다. 단순하고 진실을 원하는 사랑은 복잡한 현실을 견디지 못했다.

나는 윤주에게 외삼촌은 현우 선생이 아니냐고 물었다. 아무런 응대 없음으로 답을 준 윤주는 나를 달래기 위해 무진 애를 썼다.

그 사건 이후, 그녀는 오히려 편안해하는 모습이었다. 그녀는 두 남자 사이를 스스럼 없이 오갔다. 윤주는 내게 와서 함께 밤을 보낼 때 내 앞에서 스승과 문자를 나누기도 했다. 윤주에게 사랑은 외로움을 막아주는 방패였고, 내게 사랑은 그 방패를 뚫어야 하는 창이었다. 스승은 창이면서 방패로 윤주를 감싸고 있었다.

세 사람은 한쪽 손마다 수갑을 나눠 찬 채 일 년을 보냈다. 그러다가 수갑이 풀린 것은 윤주가 옴니버스 음반을 준비한다고 소속사에 들어가고부터였다. 작년 이맘때였다. 윤주는 감쪽같이 사라졌다. 그녀는 전화

번호를 바꿔 버렸고 협회도 그만두었다. 사랑이 그렇게 급격히 끝나버릴 줄 예상하지 못했다. 두 사람도 그럴 것이다. 나는 마음이 더 무거워졌다. 선생은 어떨지 모르지만, 나는 죄인이 되고 말았다.

노래비가 가까워온다. 구룡포로 빠지는 이정표를 보고 핸들을 꺾었는데, 차가 진행을 못하고 있다. 차선 없는 외길인데 사고가 났는지 좀체 길이 트이지 않는다. 더욱이나 내 앞에는 장례행렬이 비상등을 켜고 느릿느릿 기어가고 있다. 중부고속도로 음성휴게소에서 만났던 장례 버스가 내 앞을 벽처럼 가로막고 서 있다. 장의차에 혹시 휴게소에서 보았던, 외설스런 상념에 빠져들게 하던 여인이 있는지 올려다본다. 그녀가 버스에서 내 차를 내려다보는 것 같은 상상도 해본다.

나는 작곡 생각이 다시금 피어올라 선생의 최근 음반을 카오디오에 넣는다. 빠른 비트의 랩이 들어간 타이틀 곡이 나온다. 이 음악은 앨범이 출시되자마자 방송 차트 1위에 올랐다. 무려 10주 동안 1위에 머물러 모두가 스승의 저력을 칭송했다. 금세 흥이 나는 곡이다.

이번 앨범의 콘셉트는 '사랑'이라던 조카의 말이 떠오른다. 조카는 스승의 어느 곡보다 서정적이어야 한다고 말했다. 우리 전통음악의 느낌이 나면 좋겠다고 주문했다. 대중음악이 우리 것, 외국 것 따로 있었나

할 정도로 가요는 이미 세계화된 상황이다. K-POP도 우리의 전통가요라 할 수 없게 여러 문화의 것이 섞여 있는 상태다. 스승과 조카는 민요풍을 원하나? 트로트와 흡사하게 진행되는 건 어떨까…. 판소리 느낌도 좋을 것 같은데…. 도무지 감이 오지 않는다.

스승은 가끔씩 민족음악의 중요성에 대해 강조했다. 음악에는 국경이 없지만 음악가에는 조국이 있다고 자주 말했다. 나는 선생의 말에 온전히 동의하지 않았다. 음악이야말로 언어를 뛰어넘는 인류 공통의 감각예술 아닌가. 자기 것만 좋고 옳다는 생각은 이제 버려야 하지 않을까. 한 몸뚱이로 돼 가는 세계인데…. 스승의 세대와 다른 지구촌이라 불리는 이때 개별 국가마다 특별한 삶을 꾸려가고 있지는 않아 보인다. 우리 정서라는 것이 무엇이 있는지, 있다면 지금 대중들이 그것을 얼마나 익숙하게 받아들이고 있는지, 우리 아이들이 판소리와 국악, 그리고 민요를 실제로 얼마나 즐기는지, 해답은 없이 의문만 가득한 채 우리 것만 내세우려는 것도 문제 아닌가.

클래식이건 팝이건 시대와 국가, 민족을 넘어 공감하는 선율과 리듬이 지구촌 음악이다. 음정에 대한 절대적인 감각은 이미 정해져 있지 않은가. 우리나라 사람뿐 아니라 지금 세계인이 좋아하는 것은 민요나 판소리가 아니라 힙합이나 재즈, 특히 케이팝 아닌가.

스승의 생각에 나도 얼마간 수긍하는 편이다. 예술도 사람이 하는 일이기에 예술가의 개별적 경험을 존중해 주어야 할 것이다. 그의 창의는 그의 삶에서 나올 때 진정한 것이리라.

그런데, 그가 많은 사람들에게 감명을 주려면 보편에 맞닿아야 한다. 궁극의 조화로움, 우리 시대 소리들의 조화, 이 시대의 화음을 찾아야 할 것이다. 좋은 예술, 진정한 창의란 결국 새로운 조화의 원리를 제시하는 것이다. 절대음감을 지닌 채 상대음을 받아야 한다. 변하지 않는 게 어디 있나, 아름다움도 마찬가지다. 새로운 형식, 아름다움의 새 양식을 보여주어야 한다.

스승의 노래비 〈꿈의 그대〉가 보인다. 비는 약해져 물 먼지처럼 떠다닌다. 나는 주차장에 차를 세우고 해변공원으로 들어간다. 노래비를 중심으로 작은 공원이 꾸며져 있는 곳이다. 지난해 포항시에서 보수공사를 했다더니 오 년 전에 봤을 때보다 단정하다. 해변에 황금색 울타리를 쳐놓고, 그 색에 맞춰 꾸민 노래비가 정갈하다.

'꿈에 본 그대를 오늘 정말 보네, 그대 잠에 초대된 나, 꿈에 들어 그대를 만나네….'

노래비에 적힌 가사가 파도에 출렁거린다. 새로운 파도를 맞아도 노래는 흔들림 없이 흐른다. 이 노래는 많은 가수가 리메이크했다. 세대별로 중요한 가수는 모두 이 노래가 담긴 음반이 있을 것이다. 최근에는 가수지망생의 유튜브에서 필수연습곡으로 다시 불리고 있다. 명곡이다.

가사를 보니 입에서 절로 선율이 나온다. '꿈에 들어 그대를 만나네'를 흥얼거리며 나는 사진 몇 장을 더 찍는다. 스승이 좋아할 것 같다. 좋은 가요는 가사가 좋아야 한다고 스승은 늘 강조했다. 대화하듯 성부가 구성되고 푸념하듯 멜로디를 끌어간, 그런 노래여야 한다고 했다.

스승은 꿈결처럼 살아온 사람이다. 현실에 잘 적응하기 위해 스승은 꿈속을 헤매 왔다. 사람들의 고달픈 현실을 잠꼬대처럼 노래해 지금까지 사랑을 받고 있다. 하지만, 나는 가사를 염두에 두지 않는다. 선율이 중요하다. 사람들은 말에 지쳤다. 의미부여가 너무 많아 혼란스럽다. 선율에 담기는 의미는 단순해야 한다. 선율이 슬프면 슬픈 기억을, 선율이 기쁘면 즐거운 체험을 떠올리게 된다. 말은 별로 필요 없다. 사람들은 외국말 몰라도 외국 노래를 따라 부르며 자기감정에 취하고 있지 않은가.

나는 사진을 찍고 노래비를 등져 해변 쪽으로 나선다. 스승과 다른 길을 가려는 내가 잘못인가. 나는 머릿속에 가득한 〈꿈의 그대〉를 지우려 핸드폰에 담긴 음악을 뒤진다. 이 노래, 저 가곡, 드럼 솔로…. 하다못해 명상곡, 자연 소리까지 들어도 〈꿈의 그대〉는 떨어지지 않는다. 작곡 숙제 두 마디 이후를 이리저리 진행해본다. 멜로디가 노랫말을 겉돈다. 리듬도 조금씩 어긋난다. 무엇이 문제인지 모르겠다.

스승을 어떻게 만족시켜야 하는가. 어떤 리듬과 선율로 끌어가야 하나. 답답하다. 나는 심장이 터지도록 해변을 달려본다. 바닷물에다 욕지기를 토해낸다. 스승의 서정시는 두 소절 이후 진행되기나 했나?

나는 한 줌의 재능도 없으면서 음악계의 중심에 뛰어들려 했단 말인가. 음악에 대해 아무것도 몰라도 주제 선율만 있으면 어린아이라도 한 가닥 노래를 만들 수 있을 것을…, 그저 흥얼거려도 한 곡 뚝딱 나올 텐데…, 주제에 어울리는 애드리브 몇 소절만 변주해도 나올 곡을…, 아무 재주 없는 멍청이가 나다.

문득, '뛰어들라, 바다에 뛰어들라'라는 노랫말이 혀 밑에서 굴러다닌다. 스승의 가사 중 일부였다. 나는 윗도리와 신발을 벗고 바다로 들어간다. 아직 바닷물은 차갑다. 바닷물이 가슴까지 차오르자 숨을 한껏 들이마시고 잠수한다. 먹먹하다.

〈소리가 들리느냐.

안 들립니다.

노래할 수 있겠느냐.
소리를 낼 수 없습니다.
소리를 들으려면 열어야 하고 노래하려면 비워야 한다.
물속이어서 할 수 없습니다.
물 밖이라도 마찬가지다. 비어 있는 자리에 소리 있다.〉

나는 몸이 얼어붙는 것 같고 숨이 차서 물 밖으로 머리를 내민다. 이렇게 꽉 막혀 있는데, 어찌하란 말인가. 나는 다시 해변으로 올라가 윗도리를 입고 신발을 신는다. 모래 한 줌을 쥐어 바다에 뿌린다. 저녁 어스름이 마지막 노을빛을 빨아올리며 해변을 끌어당기고 있다. 파도 위에 음을 이리저리 던져보지만 엮여서 건져지는 선율은 하나도 없다. 모래 속에 묻혀 있는 조개껍질을 끌어모아 음표처럼 늘어놓는다. 헛구역질만 또 치밀어 오르고 제대로 된 멜로디 한 줄도 떠오르지 않는다. 온몸에 모래만 가득하다. 나는 조개껍질을 발로 뭉개고 고개를 든다.

어느새 하늘은 어둡다. 내 마음처럼 먹먹하다. 스승의 뜨거웠던, 사랑의 파도는 어디 숨어 있는지. 사랑을 기억하고 있는 파도는 언제야 밀려오는지.

나는 핸드폰을 열어 시간을 본다. 저녁 여덟 시다. 서울로 가도 곡이 나올 것 같지 않다. 어떻게든 여기서 몇 마디라도 건질 테다. 나는 차 안에서 밤을 새며 파도를 바라볼까, 하다가 스승이 묵었을 리조트에 가 보기로 한다.

운전석에 올라앉아 내비게이션을 켜고 리조트 주소를 찍는다. 리조트에 전화를 걸어보려다 그만둔다. 비수기여서 방은 남아돌 것이다. 차창을 내리니 바람이 들어온다. 비를 담은 바람이다. 바다 끝에서 검은 구름이 몰려오고 있다. 구룡포를 벗어나자 빗방울이 차창을 때리기 시작한다.

나는 내비게이션이 지시하는 대로 핸들을 움직인다. 차는 내비게이션의 목소리를 따라 천천히 움직이는데, 길은 어색하기만 하다. 큰 아스팔트를 벗어나는가 싶더니 어느새 구불구불한 시멘트 도로 위를 달리고 있다. 차량이 하나도 없다. 컴컴한 길을 나 혼자서 간다. 끝이 안 보이는 파밭을 헤드라이트가 훑고 지나간다. 파 냄새 가득한 바람이 코를 후빈다.

파밭의 청녹색 물결 너머로 차량 불빛이 보인다. 멀리서 봐도 알 수 있는, 장례 행렬이다. 예식을 마치고 가는 길인지, 이제 장지에 도착했는지, 차들은 꾸물꾸물 멈추다가 움직이고, 전진하다 선다. 나는 장의 차량의 빛에 따라 속력을 낸다. 어느새 파 냄새도 사라지고 나무가 빽빽이 들어선 산길이 나타난다. 나는 숲으로 향하는 언덕길을 천천히 거슬러 오른다. 물푸레나무, 상수리나무가 늘어서 있고, 한쪽 끝에는 플라타너스

군집도 있다.

플라타너스를 지나니 길은 완전히 없어지고 언덕이 나타난다. 언덕 너머로 파도가 출렁인다. 바다다. 장의차 행렬은 보이지 않는다.

구불거리는 외길 언덕뿐인데, 내비게이션은 바다 쪽으로 꺾으라고 말한다. 내비게이션 화면의 화살표는 자꾸 바다 쪽을 가리킨다.

언덕을 내려가자 플라타너스 가로수길이 뻗어 있다. 가로수 끝에 물결이 비치는 듯싶다. 가로수 길도 더 이상 연장되지 않아 나는 길가에 멈춰 선다. 사이드 브레이크를 올리고 차창을 내려 바깥을 둘러본다. 플라타너스는 없고, 상수리나무가 빽빽하다. 헤드라이트를 끄니 아무것도 보이지 않는다. 차도, 인가도, 가로등도 없다. 우주에 홀로 남겨진 기분이 바로 이렇지 않을까. 바깥이 안 보이니 나도 없는 듯하다.

나는 전조등을 켜서 상향으로 밝히고 차에서 내린다. 하늘을 올려다본다. 먹구름 사이로 달이 얼굴을 빠끔히 내밀고, 상수리 숲 너머에는 물결이 달빛을 튕기며 푸들거린다. 나는 달빛을 좇아 숲속으로 더 들어간다. 안으로 갈수록 나무 빈 데가 많다. 좀 더 앞으로 나가자 확 트인 공간이 나타난다.

숲이 끝나는 곳에 시멘트벽이 둘러쳐 있다. 벽 아래는 물이다. 바다로 나서기 전, 숲을 가로지르던 물이

고인 저수지다. 내비게이션이 알려주는 대로 진행하면 내 차는 이 물에 빠져야 한다. 내비게이션에 리조트의 주소가 잘못 입력된 모양이다. 혹은 리조트가 이전했거나.

119나 보험회사에 전화를 걸어 내 위치를 알려 주고 리조트 주소를 물어보아야겠다는 생각에 휴대폰을 켰는데, 가까이에서 사람들 목소리가 들려온다.

— 뭐야, 너. 잘 났어 정말.

깜짝 놀라서 나는 다리에 힘이 풀린다. 바닥에 털썩 앉는다.

나는 소리의 정체를 파악하려 집중한다.

— 돈 떼먹은 놈 가만 안 둬. 내 돈 먹고 체해서 죽어버려.

마치 통화하는 사람들의 수화기를 여러 대 동시에 듣는 것 같다. 사람들 음성은 저수지 쪽에서 흘러나오고 있다. 목소리가 점점 크게 들려온다. 나는 잔뜩 긴장한다. 소리를 좇아 세포 하나하나가 반응하지만 몸은 가위눌린 듯 꼼짝달싹할 수 없다.

— 성형수술이 잘못 됐어.

— 얼마나 충성했는데.

— 이렇게 고여 있으니 답답하다.

— 잘 먹고 잘살아.

남자, 여자, 아이, 노인의 목소리가 내 귀를 휘젓고

는 사라진다. 환청이 분명하다는 생각이어도 목소리들은 창창, 내 살갗을 파고든다. 여러 목소리가 잠시 뒤에는 하나의 음성으로 묶여 한 음으로 윙윙댄다. 바람소리 같다. 저수지에서 나온 소리가 숲으로 들어가 메아리친다. 바람을 받아낸 나무들, 이파리 하나하나가 되뇌는 소리가 웅장하다.

삶의 소리를 받아 자기 몸에 구겨 넣고 오래 삭힌 소리. 노래는 여러 삶의 진동을 받아 묵힌 소리가 돼야 한다, 그 소리는 우리를 끌어안고 어루만져 주는 다른 진동이어야 한다…. 스승의 가르침이 한 음정으로 울려 흐른다.

나는 스승의 티슈 악보를 다시금 떠올려 선율을 전개해본다. 자연스럽게 이어진다. 저수지에서 물고기가 뛰어오르며 내는 물장구 소리, 바람에 비벼 내는 나뭇잎들의 마찰음…, 주변의 소리가 여러사람들의 목소리와 뒤섞여 바로 선율로 이어진다.

구룡포 바다가 토해내고 숲이 받은, 저수지와 리조트 가로등이 기억하고 있는 사랑의 노래를 나는 읊어나간다. 바람이 알려 주는 스승과 윤주의 대화를 나는 채보해 나간다. 곡이 순식간에 완성된다.

나는 길게 심호흡하고 고개를 들어 위를 올려다본다. 어느새 맑게 갠 하늘에 별들이 낮게 떠 있다. 손을 뻗으면 닿을 듯 가깝다. 저수지 건너에도 빛이 보인다.

마을의 불빛이다. 리조트 건물인 듯, 객실에서 밝히고 있는 불빛이 선명하다. 산책 나온 사람들도 가로등 사이로 거뭇거뭇 보인다. 리조트에서 부르던 스승과 윤주의 사랑 노래는 이제 내 입에서 소리 되어 나온다.

제때 제자리 제대로

현우 〉〉

기다렸던 성재가 다녀갔다. 곡을 다시 만들어온 것이다.

성재는 오자마자 내 눈빛을 읽고 피아노 앞에 앉았다. 그는 굳은 표정으로 신곡을 연주해 나갔다.

좋았다. 곡 전체가 균형이 잡혀 있었다. 낯선 전개였지만 곧 익숙해졌다. 지난 곡보다 안정돼 있었다. 후렴에 샵을 많이 쓴 마디가 있는데, 과장됐어도 서정적으로 들렸다. 당장 발표해도 좋은 선율이었다.

하지만, 두 번째 들을 때는 좀 어색했다. 어딘지 모르게 비어 있는 느낌이었다. 모자라서 오히려 채워지는 경우가 아닌, 확실한 뭔가가 빠진 듯했다. 후렴을 시작하는 부분은 특히 허술했다. 중요한 재료를 넣지 않은 요리 같은, 좋은 사람임에는 분명하지만 마음이 통하지 않아 가까이 못하는 친구 같은.

성재는 윤주로부터 그 노래를 정말 듣지 못했나, 아니면 계속 나를 속이려 하나. 나는 성재의 작업을 칭찬했다. 좋다고 했다. 하지만 흡족하지 않다고 했다. 좀 더 애를 써 보라, 더 수고해 달라 했다. 조카도 성재가 만들어온 곡이 좋았던 모양인지 성재에게 미안한 표정을 지으며 내 마음을 전했다. 나는 성재에게, 학교의 내 연구실에 가서 지난 앨범 자료를 차근차근 살펴보라고 권했다. 악보도 있고 작사 메모도 있다. 혹시 이번 곡의 기초 작업을 찾을 수 있을지 모르겠다고 조카가 말했는데, 맞았다. 전체는 아니더라도 지난 메모보다 완성된 채보가 책상 서랍에 굴러다닐지 몰랐다. 내가 진작에 찾아보았어야 했다.

성재가 가자 나는 조카에게 성재의 악보를 보여 달라고 했다. 어스름한 기억에 걸려 있는 내 곡의 느낌과 비슷했지만, 뭔가 부족함은 처음 들었을 때보다 더했다. 성재가 연주할 당시에는 그 이유를 몰랐는데 그가 가고 난 뒤에 알았다. 성재의 곡에는 토포필리아가 없었던 것이었다. 장소에 대한 애틋함이 없었다. 나의 바다, 구룡포는 나의 고향이었지 성재와는 아무 상관도 없는 장소였다.

그가 태블릿 PC를 열어 내게 보여준 구룡포 풍경은 여전했다. 내 눈꺼풀은 순식간에 구룡포와 하나가 되어 물결치듯 떨려왔다. 어린 시절의 나, 완벽한 나 자신을 그 바다에서 나는 다시 만났다. 구룡포가 나였다. 내 노래비 뒤편의 파도가 내 손이고, 해변이 내 발이었다. 나는 구룡포에서 태어나 중학교 여름까지 그 앞바다에 수시로 뛰어들었다. 어머니와 나를 두고 서울로 갔던 아버지가 돌아온 그해 겨울, 나는 구룡포를 떠났다. 중학교의 마지막 학기였다. 객지로 떠돌면서도 한 해에 한 번씩은 꼭 구룡포를 찾았다.

포항시청에서 노래비를 세우고 해상공원을 만들고부터 나는 그 바다에 자주 갔다. 구룡포에 〈현우음악기념관〉을 만들자던 언약은 내가 움직이지 못하자 꼬리를 감추었다. 나는 반드시 그 바다를 다시 마주하게 될 것이다.

돌이켜보면 내 히트곡 대부분은 그쪽을 그리며 쓴 것이었다. 성재가 그 바다에서 윤주를 만난 것 같지는 않았다. 성재가 만든 곡에는 구룡포가 없었다. 윤주와 나, 그리고 구룡포가 함께여서 작곡이 가능했던 것이다. 지금도 그 바다 앞에서라면 몇 곡을 더 뽑아 올릴 수 있겠다. 나의 사랑, 나의 음악, 나의 죄, 시간, 윤주, 나의 바다….

> 내가 버렸나요. 나를 버렸나요. 나는 그만두려 했고, 현우 님은 그만두지 않으려 했지요. 만나고 떠남은 진리입니다. 떠나고 다시 만남도 진리입니다. 해안 동굴에 쓰나미처럼 밀려온 현우 님, 쓸려나간 석순처럼 사라진 당신, 흔적 남은 자리에 고인 물이 좀처럼 마르지 않습니다.

윤주를 만나면서 나는 어린 시절 어머니와 행복하던 풍경을 자주 떠올렸다. 그 시절로 자주 되돌아갔다. 예전에 일렁였던 파도는 행복으로 덮쳐온다. 추억을 주는 사람을 사랑할 수밖에 없잖은가. 내게 윤주는 고향이었고 행복이었다. 동시에 처벌이었다. 지옥이 윤주였다. 윤주와 성재가 만나고 있음을 눈치챘지만 막상 알게 되니 나는 절망했다. 두 사람을 증오했다. 미워하는 내가 미웠다.

과연 내가 모든 것을 정리하고 떳떳하게 나설 수 있을까 하는 의문이 들기 시작했고, 윤주에 대한 소중함도 차츰 옅어져 갔다. 나는 그래도 윤주가 다가오면 자석처럼 달라붙었다. 그녀를 만나는 행복 깊숙한 곳에서 나는 수없이 뇌수를 태웠고, 심장을 터뜨렸다.

나는 심신이 지쳐갔다.

그러던 어느 날부터 윤주가 달라졌다. 나를 사무적으로 대하고 경계하는 모습이었다. 윤주는 다른 마음을 가지게 된 사람처럼 협회 일을 건성으로 했고, 평창동엔 발길을 끊었다. 그녀가 갑자기 사무실에도 나오지 않아 연락했지만 닿지 않았다. 수소문해보니 변두리 라이브 카페에서 노래한단다.

나도 협회, 내 책상에 사직서를 올려놓고 사무실에 나가지 않았다. 이런 자리는 감투 좋아하는 사람들이 줄 서 있기에 사표는 즉시 수리될 것이다. 아내에 대한 미안함도 짙어졌다. 십수 년 떨어져 살아 남보다 못한 관계인 듯하지만, 젊은 날 궁핍한 살림을 꾸려나간 사람이었다. 가난에 지쳐 삼촌 따라 미국으로 날아가 버린 지 십수 년이 지났고, 히트곡이 나오면서 정식으로 결혼식 올리자고 약속한 지도 그만한 세월이 흘렀다.

나는 비겁한 사람인가. 윤주가 나만의 여인이 아니었기에 나는 그녀를 놓아줄 수밖에 없었다, 라고 생각하면 속 편한가.

나는 기다린다. 이 꼴을 보여주고 싶지 않지만 더 가까워질 수 있음을 희망한다. 그녀를 욕심 아닌 희생으로써 맞이하리라. 윤주가 오면 마지막까지 온전히 그녀만을 위하리라, 나는 다짐한다. 나를 버리듯 미국으로 돌아가 버린 아내는 이제 잊으리라.

요즘은 거실에서 햇볕을 쬐는 이 시간이 제일 좋다. 정원을 손질하는 조카를 바라보다가 햇빛을 견디다가 깜박 졸다 보면 내 처지를 금방 잊게 된다. 이대로 잠들어 영영 깨어나지 않으면, 그러면 나도 사람들에게 금방 잊혀지겠지.

봄이 시작되면서 햇살이 두꺼워졌다. 햇빛을 받아 힘이 생긴 은행나무가 몇 개 남지 않은 지난해 나뭇잎을 떨어뜨린다. 진달래도 새순을 내밀고 있다. 얼마 지나지 않아 모든 것들이 활짝 깨어나리라. 목련은 혀를 빼물고, 벚꽃도 비늘을 벗고 꽃을 피워내겠지. 여름 해를 맞아 튼실해진 정원수의 줄기와 꽃은 가을바람에 긁히고 겨울 눈보라에 얽히며 늙어 가리라.

문득 아카시아 향기가 맡고 싶다. 초여름, 숲에 가면 풍겨오던 아카시아 냄새, 은박의 껌 종이 안쪽에 붙어 있던 향기…. 거실 창에 무언가 풀럭거리는 게 있다. 나비다. 부전나비, 작은 날개가 마치 흩날리는 벚꽃 같다. 아직 부화할 때가 아닌데, 부화 시기를 잊고 서둘러 나온 나비가 창문에 붙어 파닥이다가 은행나무 쪽으로 날아간다.

> 저는 당신의 자랑이길 바랐지만 당신의 비밀이었습니다. 누군가에게 잘 길들여진 첼로처럼 저는 좋은 소리 낼 수 있게 됐습니다. 현우 님의 손길에 따라 저는 연주됐습니다. 현우 님이 세워두면 저는 고요했습니다. 아무도 튕겨주고 쓸어주지 않는 첼로는 녹슬어 갑니다.

성재가 새로 만들어온 음표가 풀럭거린다. 나비가 은행나무에 앉은 모습이 절정 부분 스타카토처럼 보인다. 성재의 새 곡은 샵이 많아 화려하지만 절실함은 없었다. 가사에 흐르는 정서를 성재는 잘 모를 것이다. 겪어보지 못했기에 성재의 곡은 울림이 약했다. 내가 듣고 싶은 것은 내 경험이 녹아든 소리다.

윤주가 나에 대한 의리를 지키려 했는지 나는 잘 모르겠다. 그녀가 나를 생각하고 있는지도 의문이다. 윤주 자체를 온전히 사랑했는가. 나의 욕심, 나의 연민을 받아주고 감싸줄 대상이 필요했던 것은 아닐까. 나와 비슷한 과거를 겪었기에 아련해 보였던 윤주였다. 그것이 사랑의 전부는 아니었다.

돌아보면 사랑은 모두 짝사랑이다. 상대를 온전히 자기처럼 사랑한다는 것은 불가능하다. 상대의 감정을 고스란히 느낄 수 없다. 나 자신도 내가 잘 모르는데, 상대를 완벽하게 안다는 것이 가능한가. 내가 예상하는 대로만 상대를 느낄 뿐이다. 대신 작곡한다는 것도 그와 마찬가지다. 내 속의 선율을 작곡 당시의 느낌대로 내가 채보하거나 녹음해놓지 않았는데, 어찌 다른 사람이 완성할 수 있겠는가. 나 자신도 작곡 당시의 느낌을 지금 그대로 재현할 수 없는데…. 제자에게 음악 세계를 전수한다는 것도, 음악을 가르친다는 것도 모두 짝사랑과 같다. 노래도 그렇다. 가사가 선율을 짝사랑하게 해서는 안 된다. 젊은것들은 아무 고민 없이 선율을 우선시한다. 노랫말 자체에 음률이 있다. 멜로디는 가사와 일심동체여야 한다. 가수는 입으로 전하고, 듣는 사람은 몸으로 받는다. 몸이 기억하는 멜로디, 체험 어린 가사는 몸을 뒤흔든다.

말은 의미이고 음악은 느낌이기에 둘을 맞추기가

어렵다. 느낌을 완벽하게 의미화하기가 어디 그리 쉬운가. 우리의 삶은 그렇게 돼 버렸다. 말을 아직 모르던 우리의 조상은 아마도 꿈속 같이 살았으리라. 꿈의 삶이 현실이었던 우리의 조상은 늘 행복했으리라.

음유시인에게 무한한 존경을.

나비가 꽃을 찾는 이유는 꿀 때문일 뿐, 꽃의 수정 따위는 나비에겐 안중에도 없다. 노래도 그와 같지 않은가. 한 음절은 그가 겪어낸 삶의 소리이고, 한마디 가사는 그의 생활의 리듬이며 멜로디다. 그것을 노래할 뿐이다.

절대정신을 숭상하여 선율의 형식에만 모든 걸 맞추려던 때가 있었다. 전통가곡이 그런 모습이다. 가사 전달은 잘 안 되지만 장엄하다는 느낌은 전해져온다. 가사 내용에 초점을 맞춰 곡을 전개하는 우리의 판소리, 우리 민요와는 다르다.

문화 개방 시대가 오면서 우리는 서양의 리듬과 멜로디를 흉내 내기 급급했다. 이제는 우리 가사의 내용과 우리말의 운율에 우리 형식이 맞춰지는 노래를 불러야 한다.

정치권력자에게 축가를 지어 바치고 그들의 회합에 맞춰 작곡해서 발표한 나의 과거 일은 옳지 않았다. 친구와 술을 같이 마시고 금지된 담배를 피운 잘못이 이제 시작인 우리의 인생을 끝내리라는 두려움이 너무

켰다. 노래를 못 한다는 것은 죽음과 같았다. 친구들과 음악을 다시 하기 위해, 친구들을 감옥에서 끌어 내와야 하기에 나는 권력에게 아첨했다.

나는 반성한다. 노래는 특정 집단에 바쳐지는 것이어서는 안 된다. 그를 넘어서야 진정한 노래가 된다. 그릇된 삶도 올바른 삶도, 비루한 삶도 부유한 삶도 모두 아우르는 노래여야 할 것이다. 그러기 위해서는 모두에게서 한 발짝 물러나 있어야 한다. 모두 긍정하면서 모두 부정해야 한다. 노래는 누구나 불러 모두 힘을 내야 하므로 한쪽으로 치우치면 안 된다. 내 노래는 권력자도, 그의 욕심에 희생당한 사람들도 불렀다.

사람들은 서로 다른 가치관으로 싸웠다. 생각이 다른 의미를 두고 다퉜다. 음악은 어떤 가치관도 품는다. 그리고 제각각 의미를 만들어낸다. 가치판단, 윤리의식은 음악과는 어울리지 않는다. 음악은 음악 세상을 살아갈 뿐이다. 음악의 위대함이 여기 있다. 음악은 어떤 의미 부여도 원치 않고 느낌만으로 스스로 완전하다. 무의미로 모든 의미를 포용한다.

선생님, 저는 음악을 좋아하면서 저를 좋아하게 되었고, 노래를 부르면서 사람을 좋아하게 됐습니다. 내가 노래하면 누구나 활짝 열어놓은 채 다가옵니다. 그런데 곧 자기에게 돌아가 문을 닫습니다. 그들이 떠난 자리에 노래는 없습니다. 세상을 흘러가는 수많은 노래 속에서 내 노래 찾기 힘들어요.

어떻게 들어왔는지 청부전나비가 거실 안을 날아다닌다. 펄럭이는 부전나비 날갯짓이 점점 빠르고 커진다. 녀석이 내게 다가온다. 내 무릎에 앉았다가 내 뺨에 올라와 날개를 파르르 떤다. 내가 꼼짝못하는 줄 아는지 녀석은 천천히 걸어 내 콧잔등에 올라 가만히 있다. 녀석은 촉수로 내 얼굴 여기저기를 찔러댄다. 간지러움은 곧장 통증이 된다.

눈 깜박임만으로는 나비를 쫓을 수 없다. 나비의 움직임에 따라 통증은 커진다. 권투 선수의 주먹에 맞으면 이처럼 아플 것이다. 느낌만 선명하고 의미를 표내지 못하는 내 몸. 그저 아름답기만 한 멜로디, 삶이 비어 버린 선율 같은 나. 스스로 모순이 돼 버린 내 몸과 마음.

싫다. 버겁다. 누가 내 몸 좀 가져가 주오. 조카는 어디 있나.

솟아오르는 샘물

윤주 〉〉

성재는 내 소재를 늘 궁금해 하고 확인하려 들었습니다. 현우는 모르는 척할 뿐, 이미 알고 있다는 눈치를 보냈습니다. 그래서 나는 성재에게 거짓말하고 현우에게도 꾸며서 말하고 행동했습니다. 두 사람 모두 사랑했기 때문에 변심을 내 힘으로 돌릴 수 있다고 생각했습니다.

정직함이 덫이었나요. 현우와 성재는 똑같이 솔직해 달라고 내게 요구해놓고 그것을 빌미 삼아 나를 다그쳤습니다. 덫은 질투를 낳았나요. 질투는 사랑의 꽃봉오리이면서 이별의 씨앗이었나요.

모자란 재능을 채워주는 성재와 아버지 같은 정을 얻을 수 있는 현우 님, 두 사람 모두 내게는 필요했습니다. 하지만 두 사람 모두 사랑을 의무처럼 여겼고, 그 의무의 이행 여부를 따졌습니다. 어떤 관계가 더 질긴 의무인지 나는 뒤에 알았습니다.

나는 따뜻한 가정을 꾸리고 싶었습니다. 두 사람 모두로부터 가정을 상상했습니다. 그러나 두 사람 다

만난 뒤면 나는 혼자가 됐습니다. 혼자 돌아와 혼자 밥 먹고 혼자 잠들어야 했습니다. 두 사람, 겉으로만 혼자였지 속내에는 아내와 자식을 버리지 못하고 있었습니다.

내게도 가족이 있었습니다. 어머니가 돌아가시자 아버지는 여자를 들여놓았습니다. 그녀가 나를 자꾸 가출로 몰았지만, 나는 곧장 집으로 돌아왔습니다. 아버지 곁에 있고 싶었습니다.

그녀에게 아버지를 빼앗기고부터 나는 더 외톨이가 됐습니다. 아버지는 내가 어떤 상황인지 알려고 하지 않았고, 나도 내 생각을 굳이 말하지 않았습니다. 나는 학교에서도 따돌림당했습니다. 아무도 내게 관심을 가져주지 않았습니다. 모두 나를 버려진 강아지 정도로 취급했습니다. 나 스스로도 사람들 사이에 끼지 않으려 했습니다. 대신 나는 헤드폰을 끼고 살았습니다. MP3 플레이어에 귀를 연결해놓고 나를 맡겼습니다. 흘러나오는 노래를 따라 부를 때에는 혼자가 아니었습니다. 노래가 있으면 나도 있었습니다.

사장이 요즘 내게 신경을 부쩍 써 줍니다. 오후에 손님이 없는데도 나 때문에 매상이 올랐다며 내 월급을 인상해 주었습니다. 그는 내 방문 앞에 꽃을 놓아두기도 했고, 내 악기함에 지갑이나 화장품 같은 선물을 넣어두기도 했습니다.

그는 외로웠던 것입니다. 나도 황량한 사막에 홀로 남겨진 듯한 나날이었습니다. 하지만 나는 더 이상 상처받기 싫었습니다. 병이 더 깊어질까 두려워 끊지 못하는 마약 같은 게 사랑이었습니다. 중독되기 싫은 내게 남자들은 약을 주려고 했습니다. 내 병이 깊어져도 나는 참아야 합니다. 더 아끼는 것을 위해 나는 참아야 합니다.

사랑이 급작스러워도 예감되듯, 이별도 마찬가지였습니다. 현우 선생님을 떠난 이유는 사랑해서라기보다 무서워서, 라고 말해야 옳을 것 같습니다. 사랑은 용기를 준다는데, 나의 사랑은 비밀을 지키기 위한 용기만 주었습니다. 비밀이 드러날까 두려웠습니다. 나는 비겁했습니다. 두 사람도 마찬가지 아니었나요.

지난해 봄, 여느 때와 마찬가지로 나는 평창동 현우 님의 집 지하연습실에서 〈진달래꽃〉을 노래하고 있었습니다. 나는 기척을 못 느꼈습니다. 누군가 곁에서 나를 지켜보고 있는 줄을 전혀 몰랐습니다. 노래를 마치고 몸을 돌리니 문 앞에 사람이 서 있었습니다. 중년 부인이었습니다. 누구세요, 라고 물으려다 나는 고개를 숙였습니다. 사모님인 줄 직감했습니다.

— 누구세요.

부드러운 미소, 온화한 눈빛, 상냥한 어조로 부인이 내게 물었습니다. 내가 답을 못하자 부인은 또 물었습니다. 협회 직원이세요? 여전히 부드러운 음성이었지만, 눈빛은 날카로워 나는 사모의 시선을 피했습니다.

다음 날, 가수협회에서 점심시간에 만나 본 현우 님의 눈빛도 부드러웠지만, 많이 흔들렸습니다. 나는 현우 님의 눈을 마주 보지 못했습니다. 사모의 눈빛이 배어 있었습니다. 현우 님은 내게 왜 그리 냉랭하냐고, 아내는 곧 미국으로 돌아갈 거라고, 이렇게 갑자기 들이닥칠지 몰랐다고, 더듬거리며 말했죠. 현우 님이 아내와 십수 년 동안 별거 중이라는 사실, 아내는 LA에서 사업에 열중하고 있다는 사실이 새삼스럽게 나를 일깨웠습니다. 그동안의 꿈을 사모가 깨운 것이었습니다.

나는 무서웠어요. 호랑이가 달려드는 꿈이 생각났습니다. 어릴 때부터 벗어나고 싶었던 꿈의 그 장면이 또 선명하게 떠올랐습니다. 나는 다시 꿈으로 들어가기가 두려웠습니다.

용기를 낼 수 없는 상황도 있습니다. 사랑이 해결하지 못하는 두려움이 있는 것입니다. 나는 현우 님이 나를 막아주지 못하리라는 생각에 두려웠습니다. 사모에게 멱살을 잡히고 머리채를 쥐어 이리저리 끌려다니는 내가 떠올랐습니다. 공포를 이겨내지 못하는 나는 현우에게서 떠나리라 마음먹었습니다.

그날 저녁 나는 책상을 비웠습니다. 사람은 채용하지 않아도 될 것이었습니다. 인턴사원이 내 후임으로 자연스레 올라올 테니까요. 다른 고시텔로 옮기는데 한 시간도 걸리지 않았습니다. 휴대폰 전원도 껐습니다. 나를 찾을 수 없게 하는 것이 이렇게 간단한데…. 온종일 가슴이 아파 눈물이 나왔습니다. 떠남이 이렇게 쉬운 줄 몰랐습니다.

아니, 그렇게 갑작스럽지만은 않았습니다. 현우 님과의 작별은 성재를 만나고부터 이미 시작되었습니다. 현우 님은 나를 성재로부터 놓여나게 하거나, 성재에게 맡기지도 않으면서, 나를 당신 곁에 묶어두려고 했습니다.

나를 응원하고 위로해줄 사람이 있었습니다. 성재는 내가 보듬어 줄 사람이기도 했습니다. 스승으로부터, 아내로부터 받지 못했을 사랑을 내가 줄 수 있다고 믿었습니다.

성재의 노래교실을 찾아간 것은 현우 님에게서 떠난 지 두 계절이 지난 뒤였습니다. 그가 구청의 문화센터에서 강의한다는 소식을 알고 있었습니다.

성재는 여전히 노래를 잘했습니다. 현우 님의 창법과 음색이 비슷했지만, 성재는 더 맑고 더 부드러웠습니다. 그는 서른 명 정도 앉혀놓고 〈가을을 남기고 간 사랑〉을 노래하고 있었습니다. 소절 연습이 끝난 모양입니다. 합창이 시작됐습니다. 성재는 여가수를 모창하듯 불렀습니다. 서른 명의 주부들 목소리가 그 혼자만의 음성보다 작았습니다.

강의실 문 옆에 서 있는 나를 의식하는지, 그는 평소보다 열창했습니다. 그의 음성이 주부들을 이끌며 강의실을 채워나갔습니다. 그의 소리를 받아들인 주부들은 풍선처럼 점점 부풀어 올라 강의실을 메워나갔습니다. 강의실은 금방이라도 터질 듯 빵빵하게 고조됐다가, 그가 끝 소절을 마치자 빠르게 가라앉았습니다.

성재는 나를 데리고 커피점으로 갔습니다. 잠시 뒤에 성재의 휴대폰은 서너 차례 오 분 간격으로 통화 벨이 울렸습니다. 모두 다른 사람에게서 온 전화로 보였습니다. 성재는 번호를 보더니 바로 끊었습니다. 노래교실 회원들이 서로 따로 만나자는 전화인 듯싶었습니다.

나도 성재와의 만남을 그렇게 시작했지요. 주부회원들과 통화하러 화장실에 가는 성재를 보며 나는 그가 왜 노력한 만큼, 실력만큼 대우를 못 받는지 짐작할 수 있었습니다. 그는 음악에만 집중하는 것 같지 않았습니다. 일부러 그런 인상을 주려는지 모르겠지만, 그는 재능을 허비하는 폐인처럼 보였습니다.

'스승한테 질려?'라는 말이 결정타였습니다. 커피숍에서 술집으로 옮겨서도 전화는 계속 오고, 성재는 술에 취하지도 않았는데, 내게 짜증을 내듯 그렇게 말했습니다.

— 선생님한테 질려?

나는 다시는 성재와 가까울 수 없을 것 같았습니다. 위로받고 위안해 줄 더 이상의 어떤 계기도 없을 듯싶습니다. 그가 왜 스승으로부터, 아내로부터 경계로만 위치해 있었는지 알 것 같았습니다. 나 또한 그에게는 경계인일 뿐이었습니다. 나는 완전히 혼자가 됐습니다. 철저하게 노력해서 우뚝 서야겠다는 오기만 생겼습니다.

사랑이 끝나면 세상 이치에 밝아지는가요. 두 사람으로부터 벗어나는 것이 모두가 평온할 수 있는 길이라 생각했습니다. 나는 노래에만 열중하리라 다짐했습니다. 마침 라이브 카페 무대와 옴니버스 앨범 참여 제의가 한꺼번에 들어왔습니다.

잠시 뒤면 내 스테이지입니다. 나는 요즘 실험을 하고 있습니다. 내 음색이 재즈에 어울리는지 시도하는 중입니다. 재즈 보컬리스트는 내가 진정 가고픈 길이에요. 우리의 민요를 재즈 풍으로 부르고 싶은 게 진정 꿈이에요.

늘 그렇듯 나는 턱을 스트레칭하고 입술을 풉니다. 심호흡을 하고 무대에 오릅니다. 첫 곡으로 〈Cry me

the river〉를 노래하려 합니다. 스승님은 호흡을 중시했고 성재는 발성을 강조했지요. 이 노래는 두 가지를 모두 잘해야 하는 곡입니다. 혼자서 수십 차례 불러 보았지만 무대에서는 오늘이 처음입니다. 많은 재즈보컬리스트처럼 직접 피아노를 연주하며 불러야 멋있는데, 나는 기타 반주로 부를 생각입니다. 이 곡은 스케이트를 타고 얼음판을 천천히 달리는 기분으로 노래해야 제맛이 납니다. 미끄러져 넘어질 듯하면서도 전진하고 회전하는 피겨스케이팅이 꼭 이럴 것입니다.

오늘따라 여기저기 손님이 많습니다. 업소 한가운데 있는 원형 테이블에는 어제도 왔던 미군들이 앉아 무대를 쏘아보고 있습니다. 장교들인데 예전에 몇 차례 본 적이 있습니다. 그들은 어디선가 잔뜩 취해 와서 큰 소리로 떠들다가 맥주를 한 박스 정도 마시고 가곤 했어요. 내 노래엔 크게 관심을 보이지 않고 분위기를 즐기는 듯했습니다. 오늘도 많이 취해 보였습니다.

빌리 홀리데이를 살고 있어야 하겠지. 나는 그녀가 되어 노래해야 하리라 생각했습니다. 현우 님 집에서 그녀의 전기를 읽으며 〈Summer time〉을 듣다가 나는 펑펑 울었습니다. 그녀의 처지와 내가 다를 바가 없었습니다. 인종과 시대만 다를 뿐, 살아온 환경이 비슷했습니다. 나는 노래로도 그녀와 비슷하고 싶었습니다. 좋아하는 만큼 그녀를 잘 흉내 내야 하는데…, 긴장돼서 입술이 마르고 목이 잠깁니다.

심정만이라도 닮아야 그녀의 소리가 나오지 않을까. 타고난 그쪽 리듬감을 따라갈 수는 없겠지만 음색은 닮으려 하면 얼마든지 비슷해질 수 있겠지요. 빌리 홀리데이를 살 수 있을 거예요.

음색과 리듬, 둘 다 타고나야 하지만 음색은 훈련으로 가능하다고 스승님도 그랬었죠. 재즈에서는 리듬이 제일 중요하다고 알고 있어요. 호흡이 자연스레 받쳐 줘야 리듬이 살아날 것입니다. 내 호흡이 사람들의 귀에, 얼굴에, 몸에 끼얹혀지도록, 깊이 숨쉬며 조금씩 목을 열어야 하겠지요. 나는 기타를 튕겨 음을 잡고 노래를 부르기 시작했습니다.

두 번째 소절, 엇박자로 이어지는 중얼거림에서 문제가 생겼습니다. 노래하는 중에 음정이 틀린 것을 즉각 알아챘어요. G를 F#으로 끌어내렸지요. 음정 때문에 발음도 꼬였습니다. 가운데 테이블에서 크게 웃는 소리가 무대까지 들렸습니다. 미군들이었습니다. 나는 리듬을 놓쳐 기타 코드를 잘못 짚었습니다. 가사도 깜박 잊어 어물거렸습니다. 나도 모르게 〈Summer time〉의 후렴구를 끼워 넣어 부르고 있었습니다.

— Hey stop! come down stage!

가운데 테이블, 중간에 앉은 백인이 소리쳤습니다. 처음부터 주눅이 들어 있었지만 나는 연습했던 대로 끝까지 부르리라 마음먹고 계속 노래했습니다. 어긋나는 호흡을 가다듬고 음정을 바로잡아나갔습니다.

기타 간주 부분. 무언가 무대 위로 날아들었습니다. 앞을 보니 한 백인이 먹던 과일을 내게 던지는 것이었습니다. 토마토 조각이 뺨을 치고, 바나나 껍질이 머리를 스쳤습니다. 다른 테이블에서도 야유가 들렸습니다. 그래도 나는 연주를 멈추지 않았습니다.

백인이 벌떡 일어섰습니다. 나를 향해 손가락질하며 고함을 쳤습니다. 영어로 욕지거리를 하는 듯싶었습니다. 그래도 나는 노래를 계속했습니다. 나는 가수입니다. 무대에 오른 이상 내가 주인입니다. 듣기 싫다면 나가라는 오기로 그를 보고 미소까지 지어가며 노래했습니다.

미군은 나의 계속되는 노래가 비아냥거림으로 들렸는지, 스스로 커진 노여움을 어쩌지 못하겠는지 그는 발을 구르며 테이블을 두드렸습니다. 사장이 달려와 그를 잡지 않았더라면 맥주병이라도 잡아 던질 기세였습니다. 사장은 머리를 조아리며 백인을 의자에 앉혔습니다.

사장은 정중한 사과의 모습을 보이면서도 위협의 말도 그에게 던진 듯했습니다. 그는 금세 풀이 죽어 조용해졌습니다. 노래가 끝나기 전에 그들은 일어서서 나갔습니다. 몇 테이블 없던 손님도 막내의 마지막 스테이지 전에 모두 나갔습니다. 나는 마이크를 막내에게 넘겼습니다.

막내는 듣는 사람이 없어도 열창했습니다. 나는 무대에서 내려와서야 눈물을 쏟았습니다. 잘못이 있었다면 가사가 틀렸을 뿐, 호흡과 리듬은 맞게 끌고 갔습니다.

내 노래가 어때서. 개자식들, 너희만 블루스를 알아?

나는 도시에 갓 올라와 능욕당한 시골 소녀 같은 기분이 들었습니다. 화가 나고 부끄러웠습니다. 차라리 〈아리랑〉을 부를 걸 그랬나 봅니다. 아리랑을 재즈 선율로 바꿔 연습한 적이 있었습니다. 다음에는 묵사발을 한 그릇 먹는 기분으로 〈아리랑〉을 불러야겠습니다.

바깥에 나갔다 들어온 사장이 막내 보고 그만해도 된다고 손사래를 쳤습니다. 오늘은 여기까지, 내일 보자는 사장의 말이 끝남과 동시에 카페 문이 활짝 열렸습니다. 발길질로 문을 젖히고 들어오는 사람들은 좀 전의 미군들이었습니다. 아까보다 두 배는 더 많은 수였습니다. 짧은 머리의 군인들이 우 들이닥쳐 테이블을 발길질로 쓰러뜨렸습니다.

나는 위험을 직감하고 곧바로 무대 뒤로 들어가 숨었습니다. 대기실 불을 끄고 빠끔히 바깥을 보니 미군들이 사장을 에워싸고 있었습니다.

명치를 맞았는지 사장이 풀썩 꼬꾸라지고는 다시 세워져 무릎을 꿇렸습니다. 미군 무리 중 작은 백인이 사장의 머리를 주먹으로 내리쳤습니다. 그의 입에서 욕지거리가 튀어나왔습니다. 사장은 옆으로 쓰러졌다가 다시 일어나 앉았습니다.

사장은 대항하려는 모양새가 아니었습니다. 무리들의 응원을 받은 키 작은 백인의 기세를 사장은 누를 힘이 없어 보였습니다. 백인이 발로 차면 사장은 그저 배를 움켜쥐고, 그가 주먹을 날리면 사장은 머리를 감쌀 뿐이었습니다.

그들의 같은 동작이 몇 차례 되풀이되다가 멈춘 것은 막내의 악다구니 때문이었습니다. 막내는 아직 퇴근하지 않고 있었습니다. 주방에서 튀어나온 막내는 백인에게 달려들어 그의 주먹질을 자신의 어깨로 막았습니다.

— Stop! Get out. 나가요!

막내는 사장 앞에 서서 우리말과 영어가 섞인 악다구니를 쓰며 백인을 노려보았습니다. 같이 온 미군들도 주춤했습니다.

백인이 손을 부르르 떨다가 주먹을 펴고 자신의 뺨을 쓸었습니다.

— 여기서는 노래만 들어야지. 이렇게 난리를 치면 노래할 수 없잖아요. Go away.

막내가 눈을 풀고 백인을 바라보았습니다. 부드러워진 그녀의 눈을 마주 보던 그가 몸을 돌렸습니다.

사태는 순식간에 마무리됐습니다. 미군들은 모두 카페를 떠났습니다. 아무도 없는 실내에 사장만 남아 테이블을 정리했습니다. 나는 대기실에서 나와 그의 손을 거들었습니다. 사장은 부끄럽다는 듯 고개를 숙이고 나를 곁눈질했습니다.

사장은 급히 주방으로 가더니 맥주를 내왔습니다. 컵에 넘치도록 맥주를 따르며 하는 사장 말에 의하면 그 미군이 막내의 열렬한 팬이랍니다. 막내가 공연하는 다른 업소에는 아예 진을 치고 막내를 기다렸다가 노래를 모두 듣고 간다고 합니다. 미군의 편지와 선물도 주방장을 통해 몇 번 전달하는 것을 봤답니다.

미군을 내보내며 그를 따라갔는지, 퇴근했는지 막내는 보이지 않았습니다. 사장은 맥주를 벌컥벌컥 마셨습니다. 그는 막내를 미군으로부터 떼어놓고 싶어 하는 눈치였습니다. 사장이 막내에 대한 마음이 깊다는 것을 나는 알아차렸습니다. 그의 눈빛이 막내를 그리고 있었습니다. 나는 무대를 돌아보았습니다. 텅 빈 무대에서 막내가 〈Cry me the river〉를 부르는 환영이 보입니다. 완벽하게 소화해서 자기식으로 부르는 곡입니다. 〈아리랑〉도 부릅니다. 스키를 타고 눈 덮인 벌판을 지치듯, 〈아리랑〉이 출렁입니다. 메인 가수 타이

틀이 인쇄된 막내의 브로마이드가 무대에서 펄럭거립니다.

나는 사장이 맥주를 따라 주는 대로 마셨습니다. 취기가 금세 올라왔습니다. 성재가 생각나고 현우 님이 떠올랐습니다. 현우 님에 대한 원망을 내 품에서 녹이려는 성재의 기분을 알 것 같았습니다. 사장은 무엇이 슬픈지 갑자기 울먹이며 내 손을 잡았습니다. 나는 그의 손을 슬며시 빼고 소파에서 일어났습니다. 그가 다가와 내 무릎에 얼굴을 묻었습니다. 목젖을 치고 올라오는 구토기를 참으며 나는 황급히 화장실로 달려갔습니다.

한 수 던지다

성재 ⟩⟩

선율이 좀 복잡해도 잘 진행된 곡 아닌가. 스승은 샵이 많은 게 싫으셨나. 스승을 만족시키려면 대체 어떤 곡을 써야 하는가.

나는 '지음'으로 향하는 택시 안에서 다시금 새 곡을 뇌어 본다. 몇 차례 되풀이 연주해 보라는 스승의 의중을 알다가도 모르겠다. 딱히 어디가 나쁜지 모르겠다. 지난번보다는 좋은 반응이지만 역시 오케이는 아니었다. 뭐가 문제인가.

스승이 다녀오라는 학교에는 내일 가야겠다. 시간도 어중간하고, 당장은 선배와 한잔 마시련다. '지음'으로 가서 선배에게 곡을 들려주고 싶다. 선배는 요즘 유행하는 음악을 전혀 듣지 않지만 이번 작업에 대해 소중한 조언을 해줄 것이다.

'지음'은 고등학교 밴드부 선배의 일터다. 서대문에 있는 7080 카페인데, 그곳을 떠올리면 〈Feel So Good〉 멜로디가 입안에서 웅얼거려지고, 디스크자키 박스 안에서 수만 장의 레코드판을 돌리며 몸을 흔드는 선배의 모습이 어른거린다. 1990년대에서 벗어나지 않겠다는 선배의 몸부림이다.

마침 택시 안에서 척 맨조니의 〈Side Street〉가 흘러나온다. 나도 한때 디제이를 본 적이 있다. 척 맨조니가 우상이던 선배는 〈산체스의 아이들〉을 연주하기 위해 같은 레코드판을 다섯 개나 갈아치웠단다. 디스크자키 시절 나의 오프닝 음악도 〈필 소 굿〉이었다.

스무 살, 군입대를 앞둔 육 개월 동안 나는 음악으로 시간을 채웠다. 그 육 개월이 어쩌면 내 음악 생활의 기조음 같은 것일지 모르겠다. 그때 나는 하루 중 스무 시간을 뮤직 박스 안에서 보냈다. 밥 먹고 화장실 가는 시간 외엔 그 안에서 온종일 음악을 틀었다. 턴테이블에 놓일 엘피판을 고르고 신청곡 트랙에 바늘을 얹는 디제이의 모습이 그렇게 멋질 수가 없었다. 그의 음악 보는 능력을 닮고 싶은 스무 살이었다.

디스크자키들은 선곡하는 일을 '음악을 본다'라고 표현한다. 나는 그 말을 레코드판 재킷을 고른다는 뜻으로 알고 있었다. 그러나 음악을 보는 일이 그것만이 아님을 디제이 일하면서 알게 되었다. 음악은 시간을 주요소로 한 예술이다. 사람의 귀에 시간을 흘려넣어 감응을 주는 예술 장르다. 우리 삶이 시간의 흐름이기에, 생명은 모두 호흡이 있기에, 자연 모두가 음악을 좋아한다. 아니 자연은 그 자체로 음악이기도 하다. 자연스러움이란 음악스러움이라고도 할 수 있다. 나는 뮤직 박스 안에서 하루에도 수십 번씩 우주의 탄생과 소멸을 보았다. 한 장의 판이, 한 곡의 음악이 하나의 우주였고 별들이었다. 나는 음악을 선곡하고 들으며 우주의 시간을 사람들과 함께 했다.

음악은 시간을 표현하더라도 감상하는 사람들에게 그를 공감각으로 받아들이도록 한다. 디스크자키가 음악을 본다는 것은 그 곡이 담고 있는 공간화된, 어떤 그림을 보는 것이다. 곡마다, 소절마다 삶이 편편이 담겨 있는데 그 삶의 풍경을 보게 해 주는 게 디스크자키의 역할이었던 것이다. 사람들은 귀에 익은 선율마다 자기 삶을 얹어두는데, 디스크자키는 그것을 환기해 주는 사람이었다.

언젠가 윤주에게서 잠깐 들었던 낯선 선율이 스승이 원하는 곡이 아닐까.

문득 윤주가 떠오른다. 윤주와 뜨겁던 그 계절, 윤주의 입에서 흥얼거려지던 멜로디가 스승의 시 · 공간에 녹아 있는 곡이라는 생각이 퍼뜩 스친다. 스승과 윤주가 함께 있었을 바다의 풍경이 담긴 그 시간의 흐름이 스승에게 바쳐질 노래일지 모른다.

나는 그 곡을 기억하지 못하고 있다. 그저 막연하게 따스한 물 같은 곡이었다는 느낌만 있을 뿐, 한 소절도 선명하게 떠오르지 않는다. 튤립이 만개한 정원의 모습이 어렴풋할 뿐, 온천수에 몸을 담그고 앉아 있는 남녀의 흐뭇한 미소가 일렁일 뿐이다. 모든 이미지는 환영일 뿐 아무 쓸모없다.

택시가 홍제동을 지나 무악재로 들어서더니 목적지에서 멈춘다. 나는 택시에서 내려 건물을 올려다본다. 아파트 증축 현장 곁, 오래된 벽돌 이층 건물에 '7080' 네온 간판이 번쩍인다. '지음' 네온도 점멸한다. 나는 계단을 올라 카페 문 앞에 선다.

이 카페 문을 열 때마다 고등학교 때의 내 어수룩한 모습이 어른거린다. 친구 따라 취주악대부에 가입하고 처음으로 악장 선배를 만나기 위해 악기실 문을 들어서던 내가 떠오른다.

긴장과 설렘, 불안으로 눈앞이 깜깜했던 그 당시의 내가 이십여 년이 지난 지금 다시 돌아와 카페 문을 연다. 그는 뛰는 가슴을 가라앉히려 심호흡을 한다. 악기실 안은 담배 연기로 가득 차 있었고, 뿌연 연기 사이로 트럼본을 무릎 위에 세운 악장 선배가 얼굴을 서서히 드러냈다. 눈매가 매섭고 입술이 두터웠다. 선배는 담배 연기로 도넛을 만들어 내 얼굴 쪽으로 보내며 나의 신상에 대해 이것저것 물었다. 부모 형제와 살고 있는 동네를 질문했고, 그 동네의 불량한 친구들 이름을 대며 본 적이 있는가 물었다. 그의 말이 느릿느릿하고 나지막해서라기보다 너무 긴장해서 나는 깜박 졸았던 듯

싶다. 어이, 하는 소리에 놀라 감았던 눈을 뜨니 트럼본 주둥이가 번쩍, 코앞에 다가와 있었다.

카페 문손잡이를 밀어 나는 그때의 풍경속으로 들어가고 있다. 여느 때처럼 카페 안에는 손님이 몇 없다. 나는 문 앞에 서서 뮤직 박스를 본다. 선배가 뮤직 박스 안에 들어앉아 음악을 본다. 테너색소폰이 연주되고 있다. 내가 제일 좋아하는 스탄 게츠다. 나를 본 선배는 헤드폰을 벗어 목에 걸고 마이크로 나를 부르며 앉아서 음악을 들으라 한다. 선배는 빽빽이 들어찬 레코드판들을 뭉텅 집더니 빠른 손놀림으로 하나하나 밀어넣고 한 장을 뽑아들어 턴테이블에 올려놓는다. 트럼펫. 쳇 베이커다. 선배는 연주자에 대해 간단히 설명한다. 트럼펫과 어우러진 선배의 목소리는 여전히 감미롭다.

나는 맥주를 시킨다. 강냉이를 오물거리며 쳇 베이커의 〈Tenderly〉를 듣는다. 연주 실황 음반인 듯 박수와 탄성이 간간이 들려온다. 애드리브 중간중간에 환호성도 튀어나온다. 스튜디오에서 녹음한 곡보다 훨씬 부드럽다. 금관악기를 들을 때마다 초등학교 가을 소풍 때가 생각나는데, 오늘은 그때의 모습이 더 뚜렷하다. 막 물들기 시작한 단풍 아래에서 김밥을 먹고 쉬던 그 시절, 여름을 지난 바람은 시원하지만 햇빛은 여전히 짱짱하다. 공부, 가족, 친구 걱정은 따가운 햇볕에 말끔히 씻겨나간다. 그 햇살에 비치는 공원의 모든 것이 부드럽다. 셀로판지에 씌워진 듯하다. 셀로판 비닐 막을 구르는 트럼펫 솔로….

나는 날라 온 맥주를 홀짝이며 트럼펫 소리에 집중한다. 인절미 맛이랄까, 트럼펫 피스가 내 입술에 닿는 듯 간지럽고, 입안에 트럼펫 맛이 되살아난다. 선배는 나를 보면 쳇 베이커가 떠오른다고 했다.

선배가 어느새 뮤직 박스에서 나왔는지 손에 장기판을 들고 내 앞에 앉는다. 내기 장기를 두자는 뜻이다. 여기 오면 꼭 다섯 판을 둔다. 오판 삼승 동안 손님은 하나둘 사라져 간다. 쟁반을 들고 다니던 점원도 퇴근한다. 선배가 탁자 위에 놓여 있는 맥주잔과 안주를 치우고 장기판을 올리자 음악이 바뀐다. 〈Tenderly〉가 끝나고 빌 에번스 트리오가 카페 안을 흐른다. 데뷔 20주년 기념 연주 실황이다. 레코드를 두 개의 턴테이블에 연속으로 걸어두었던 모양이다.

나는 초(礎), 선배는 한(漢)을 잡고 장기를 시작한다. 늘 그렇듯 우리의 게임은 중반까지 똑같은 길로 전진한다. 서로가 순식간에 한나라, 초나라의 군사 절반을 죽이고서야 한숨을 돌린다. 내 포를 넘기고 선배의 차를 밀면 나는 장군을 부를 수 있다. 선배의 선비가 왕을 막을 것이다. 상을 올려야 외통인데 맞바꾸기 수가 모자라다.

'선배님, 곡을 써야 하는데 도무지 감이 안 와요.'

'노랫말을 따라야 좋다. 가사 운율을 살펴봐.'

내가 상을 움직이니 기다렸다는 듯, 선배의 차가 달려와 상을 먹어 버린다. 차를 보지 못했다.

'선율에 리듬이 있어요. 가사는 거기에 맞추면 되겠죠.'

내 포가 선배의 차를 치워 버린다. 다시 원점이다.

'노랫말에 리듬이 있다. 호흡이 음색을 정한다. 잘 쓰인 가사에는 리듬이 있다.'

선배가 총공격한다. 내가 우물쭈물하는 사이 선배의 말과 상이 올라와 초나라 왕 항우를 에워싼다.

'멜로디를 가사의 리듬으로 잡아.'

'화음이 중요해요. 화음으로 축을 삼고 전개해야 자연스러워요.'

선배가 장군을 부른다.

'자연스러움. 그래. 맞다. 자연스러움은 정해져 있는가, 정해지는가.'

외통이다. 선배의 상이 치고 들어올 기세에 항우는 안절부절못한다.

'어려워요. 어떻게 하란 말이오.'

나는 졌다.

'호흡 안에 리듬이 있다. 리듬이 자연이다.'

'그래서요? 이미 정해져 있는 소리를 찾는 건가요?'

'시간은 정해진대로 흐르지 않는다. 시대, 사람, 처지마다 다른 줄 잘 알잖아.'

'노래 속에서는 시간이 정지돼요. 시간 없음이 음악의 시간이잖아요. 시간의 공백, 음악에 밀려들어간 현실의 시간, 그 공백은 꿈으로 메워지지 않나요.'

나는 장기판의 말을 새로 배열한다. 선배도 새롭게 진영을 갖춘다.

'꿈이 현실이다. 현실 아닌 진짜 꿈으로 가는 시간, 꿈에서 보이던 내가 안심하고 현실을 살아갈 수 있게 되는 시간, 우리를 평화로 끌어주는 시간이 음악의 시간이다.'

'그런 곡을 어떻게 쓰면 된단 말이오.'

'가사의 의미, 그 뜻의 짜임과 흐름을 살펴봐. 말할 때는 느낌이 뜻에 묶여 버리지만, 노래할 때는 뜻이 느낌에 묻히게 해야 한다. 말 못하는 아이의 옹알이처럼. 말 모르던 원시인의 외침처럼.'

나는 선배에게 내리 세 판을 진다. 예전처럼 선배의 수를 예측하기 어렵다. 잡념 때문이라 속으로 핑계 대고 약속대로 벌칙을 받으러 일어선다. 나는 맥주를 벌컥벌컥 마시고 뮤직 박스 안으로 들어간다. 선배도 가게 문을 잠그고 뮤직 박스 안으로 들어온다.

나는 레코드 판꽂이에서 듀크 엘링턴을 빼내 턴테이블에 얹는다. 바늘을 세 번째 트랙에 올려놓고 바지

춤을 올린다. 스피커에서는 〈심플라이프〉가 흘러나온다. 나는 앰프 모서리에 손을 짚고 엉덩이를 내민다. 내 뒤에 우뚝 선 선배의 손에는 어느새 마대자루가 들려 있다. 고등학생 시절, 큰 행사를 앞두고 밴드 합주실에서 체벌 받을 때와 같은 분위기다.

가게 안은 컴컴하고 뮤직 박스에만 불이 켜져 있다. 두 사람 외엔 아무도 없다. 빠따를 때리겠다는 선배와, 장기에서 패한 벌칙을 받겠다는 나는 고교시절로 돌아간다. 듀크 엘링턴의 연주에 맞춰 선배는 목봉을 흔들다가 내 엉덩이를 내리친다.

억.

나도 코러스 넣듯 신음을 토한다. 마대자루가 또 춤을 추다가 트럼펫 스타카토에 맞춰 내 엉덩이를 가격한다. 하나, 둘, 셋, 넷. 아픔은 엉덩이에서 허리로, 허리에서 뒤통수로 올라와 몸 전체를 뜨겁게 달군다. 그러다 차츰 차가워지며 안정되는 몸이다. 극도로 예민한 상태 뒤의 평온이다. 고통은 평화를 가져다주기도 한다.

때려요. 선배, 더 세게 때려! 멈추지 마, 선배. 내가 선배 정강이를 걷어차기 전에!

음악은 어머니처럼

>> 현우

점점 기운이 없어지는 듯하다. 기억이 엉킨다. 머릿속에 그려지는 풍경의 시간대가 분간 안 되고 눈 앞에 펼쳐지는 모습이 정말 현실인지, 혹은 꿈속인지 모르겠다. 보이는 것들은 희미해가고, 보려는 모습들도 적어졌다. 소리도 마찬가지다. 한두 가지 소리만 반복해서 들린다. 윤주의 목소리처럼 들려온다. 그녀가 부르는 노래 같기도 하다.

봄이면 눈이 녹습니다. 물기 품은 봄 공기는 새 생명 꾸리려 바삐 흐릅니다. 흐르다 멈춘 곳에 새 생명이 움터요. 물을 채우는 여자가 어머니입니다. 저는 말라버린 우물입니다. 비바람 맞아도 물 한 방울 맺히지 않는 석녀입니다. 생명 못 담는 여자를 위로해주시면 안 되나요.

요즘은 한 곳만 바라보며 하루를 보내기도 한다. 어제는 온종일 커튼 봉에다 시선을 두었다. 커튼 봉과 커튼이 오선지 비슷한 모양이어서 음표를 찍어가다 지우고 이어가다 지웠다.

나는 중학교 때 상경한 이후 지금까지 오십 년 동안 하루도 음악 없이, 노래 없이 지낸 적이 없었다. 종로에서 구두 닦고, 청량리에서 신문 팔다가 버려진 기타를 주워 튕기면서 음악을 시작했다. 누구에게도 배운 적 없고, 학교나 학원에도 발을 들여놓은 적이 없었다. 카세트테이프를 계속 되감으며 기타 음을 건져냈다.

가수보다 기타리스트가 꿈이어서 돈이 모이면 기타연주곡 레코드를 사서 바늘이 튈 때까지 들어서 음을 땄다. 테이프가 늘어져 엉키고 끊어질 때까지 돌리고 또 돌리며 암보했다. 카세트를 다섯 개, 전축을 세 대쯤 고장 냈을 때, 귀가 조금 열렸다.

성재가 더 노력해 주면 좋겠는데…. 성재 세대들이 온갖 매체를 활용하고 기계를 동원해 녹음해도 명반이 몇 없지만, 우리 세대는 녹음 장비 하나 똑바른 것 없었어도 여러 개의 명곡들을 만들어 냈다.

나는 고등학교 과정을 검정고시로 패스하려 했다. 신설동 검정고시 학원을 한 달 다니다 그만두고 종로에 있는 밴드 연습실을 드나들었다. 연습실의 악기와 앰프를 몇 차례 고쳐주면서 기웃거렸더니 사장의 눈에 들어 아예 녹음실에 들어앉게 됐다. 급료는 없지만 숙식이 해결되는 곳이었다.

밴드 연습실 시절, 그때가 가장 평온하고 즐거웠다.

당시에는 매일 미국 팝송만 들었다. 우리 가요보다 팝송이 훨씬 음향이 좋았다. 연주 기법도 더 세련됐다. 라디오에서 새로운 팝송을 접하면 카세트에 녹음해서 계속 들었다. 매일 한 달 이상을 되풀이해서 들어도 물리지 않는 노래가 내겐 좋은 곡이었다.

새로운 기타 주법이나 사운드를 들으면 비슷한 소리가 날 때까지 잠을 안 자고 연습했다. 밥맛이 없어지면 특별한 소리를 들었을 때였다. 감기 몸살에 걸려 누워 있으면 기타 연주가 시원찮을 때였고, 잠이 오지 않는 나날이 계속되면 목소리가 풀리지 않을 때였다.

성재 세대는 혼자서 컴퓨터로 며칠 작업해도 들을 만한 사운드를 낼 수 있지만, 우리 때는 녹음 한 번 제대로 하려면 십수 명이 한 달 이상 곡을 맞춰 봐야 했다. 만족스런 녹음이 나올 때까지 수십 차례 합주를 반복했다. '팬시'가 나의 첫 그룹 이름이다. 키보드, 베이스, 기타, 드럼, 사인조였다. 베이스가 이민 가면서 밴드는 깨져 버렸지만 의정부에서 꽤나 인기가 높았다. 한국인뿐 아니라 미국인, 일본인도 우리 음악을 들으러 왔다. 소프트 록을 주로 연주해서 미군, 특히 백인들이 좋아했다. 우리는 그들을 위해 컨트리록과 최신 가요를 연습해서 무대에 올렸다.

우리 팀 숙소인 '의정부쉼터' 옥상에서 새벽 별을 보며 곡을 만들어갈 때가 내 음악 생활에서 최고로 행복했던 시기였다. 업소에서 일을 끝내고 멤버들이 부킹 손님들과 술잔을 기울일 때, 나는 숙소 옥상으로 올라갔다. 옥상 한 켠에 놓인 파라솔과 평상은 나의 우주선이었다. 금방이라도 우주로 쏘아 올릴 준비가 돼 있는 로켓 발사대가 파라솔이었고, 유인 우주선은 평상이었다. 나는 우주선에서 새로운 곡을 떠올리고 음표를 적어나갔다. 누구에게도 들려주지 않은 자작곡을 열 개째 만들었을 때, 우주선이 날아올랐다.

하늘을 향해 노래하는 내 얼굴에 달빛과 별빛이 흐르고 몇 방울 물이 떨어졌다. 별이 박수해 주었다. 달도 감동했다는 듯 눈물을 떨어뜨렸다. 달빛의 기운과 별빛의 호응으로 나는 곡을 완성해 나갔다. 대표곡 〈꿈의 그대〉가 바로 그때 비를 맞으며 만든 노래다. 노래가 끝나자 우주선 발사대가 미끄러져 내리고, 로켓추진 꽁무니에 불길이 타올랐다. 굉음이 터져 나왔다. 나를 태운 우주선은 하늘로 치솟아 올랐다.

의정부와 동두천의 나이트클럽 몇 군데를 돌다 보니 이십 대가 훌쩍 지나갔다. 삼십대 중반으로 들어선 멤버도 있었다. 군입대와 가정 문제로 베이스와 드럼을 몇 번 교체하고 첫 음반을 냈을 때가 직선제 개헌 즈음이었다. 클럽에까지 시위 학생들이 숨어들어왔던 기억이 난다.

〈꿈의 그대〉가 실린 두 번째 음반이 나오면서 우리

는 세상에 알려졌다. 〈꿈의 그대〉 외에도 〈바람 끝에서〉, 〈사진을 찍다〉, 〈출발 그 앞에서 서서〉라는 발라드도 크게 히트했다. 우리 음악은 클럽에서뿐 아니라 방송국에서도, 공연장에서도 울려 퍼졌다. 라디오 방송에서는 하루에 꼭 한 번 이상 우리 곡을 틀었다. 많은 청소년들이 우리 노래를 입에 올렸다. 여기저기 행사뿐 아니라 클럽에서 출연해 달라는 요청이 쇄도했다. 매니저가 스케줄을 관리해줘야 했고, 빠른 이동을 위해 승합차도 필요했다. 팬들이 우리 일정을 따라 움직였기에 승합차 속이나 가수 대기실이 우리가 머무는 공간이었다. 숙식도 대부분 차 안에서 해결했다.

우리는 현충일을 뺀 삼백육십사 일 동안 일했다. 이동할 때 편곡하고, 악기 구입을 계획하고, 페이를 결산했다. 나머지 시간은 온통 노래와 연주로 채워졌다. 점심때 서울에서 부른 노래를 저녁에 대전에서 다시 불렀다. 마치 돌림노래를 부르듯 같은 노래를 다른 장소에서 계속 불렀다. 밤에 부산에서 부른 노래는 메아리처럼 아침에 서울에서 들려왔다.

그렇게 수년을 보내고 나자, 우리는 차츰 자신만의 심신을 챙기려 했다. 다른 멤버보다 혼자 편하려 했고 많이 가지려 했다. 몸은 편해졌지만 마음이 불편해서 많이 다퉜다. 밴드마스터였던 나도 중재에 한계가 있어 팀은 결국 또 깨졌다.

나는 솔로 음반을 내면서 독립했다. 실망했던 팬들이 다시 내 노래를 입에 올렸다. 나는 매니저 없이 여기저기서 노래했다. 공영방송에서 뽑는 인기가요 순위에서도 5주 동안 1위에 올랐었다. 삼당 합당 후 문민정부가 들어섰던 때였다. 나는 일거리가 더 많아졌다.

내게 있어 시간은 한결같았다. 흐르지 않았다. 나는 멈춰진 시간 속에서 노래에만 열중했다. 변하지 않는 것은 없는 것처럼 내 노래도 전통 민요를 닮아가고 있었다. 한 평론가는 내 음악이 민요에서 동요 쪽으로 옮아간다고도 했다. 그런 것 같았다. 나는 더 단순해지고 더 맑아지기를 원했다.

오늘은 낮달이 오래 떠 있다. 정원 조명등 위에 머물러 있는 달이 허공에 붙박여 있다. 중천에 해가 짱짱 떠 있는데, 반대편 한구석에 떠오른 달을 보면 늘 어머니 생각이 난다. 어머니는 요양원에서 나처럼 꼼짝없이 누워 있은 지 십 년이 됐는데 여전히 내 곁에서 나를 돌봐주는 것 같다. 내가 예술대학 실용음악과에 부임하던 해였다. 나는 어머니를 모시고 서울을 구경시켜 드렸다. 서울의 명소라 불리는 데를 다녔다. 육삼빌딩, 롯데월드, 조선호텔, 명동, 롯데백화점, 가는 곳마다 어머니는 작고 추레해 보였다. 휘황한 서울의 빌딩 아래에 서 있는 어머니는 낮달이었다. 태양이 환히 비추는 하늘 한켠에 희미하게 떠 있는 낮달. 나는 보일 듯 말듯 자그마한 어머니를 보고 웃다가 울었다.

어머니, 좀 더 계셔야 한다. 늘 그랬듯이 새로운 앨범이 나오면 어머니가 들어 주어야 한다. 〈낮달〉이란 노래를 새 앨범에 넣을 생각이다. 〈낮달〉은 세상의 모든 어머니들의 노래다. 어머니들이 〈낮달〉을 부르면 저 하늘 구석에 숨어 있던 달이 환하게 웃지 않을까.

현우 님, 아버지 떠나고 아버지는 당신이었습니다. 그리고 어머니였습니다. 돌아가신 어머니와 아버지가 내 안에 있는 것처럼 당신은 늘 함께 있습니다. 수백 번 문지르고 헹궈내도 반짝이는 놋그릇처럼 마음 가운데 그 자리에서 빛나고 있습니다.

간병 여사가 내 얼굴을 씻기려 세면대를 들고 온다. 그녀의 손에서 풍기는 냄새가 좋다. 손과 가슴께에서 어른거리는 냄새는 어머니를 더 그립게 한다. 간병 여사의 손길이 내 눈을 감긴다. 감긴 눈 안에 낮달이 도장처럼 박혀 있다. 내일도 낮달을 볼 수 있게 되기를. 아니 몇 년 더 볼 수 있기를. 어머니 노래를 내가 부를 수 있게 되기를. 내 노래가 어머니가 되기를….

금지된 담배 사건 이후에도 나는 승승장구했다. 동료가수들이 나를 박쥐 취급해도 나는 부끄럽지 않았다. 철면피가 아니라, 내 음악관이 뚜렷해졌기 때문이었다. 당시 나는 음악과 생활은 별개라 생각했다. 위대한 음악가는 인간을, 사회를 무시한다는 생각이 뚜렷했다. 감상을 초월해야 한다고, 자기만 더 많이 먹으려 싸워대는 비루한 삶을, 아귀다툼의 정치를 넘어서야 한다고 생각했다. 그래서 사람들의 공통된 감정을 울리는 노래를 만들어 불렀다. 내 노래는 학생이나 노동자들의 시위 현장에서도, 정치권력자들의 룸살롱 회식에서도 불렀다. 음악이 특정 종교나 윤리, 정치를 위해 연주되면 안 된다는 생각이었다. 낮달은 누구에게나 낮달이지 않은가.

삶의 괴로움과 고단함에서, 말을 구사하면서부터 알게 된 원죄의식과 죽음의 불안에서 벗어나기 위해 우리는 제사를 지내게 되지 않았나. 음악은 제사에서 제일 중요한 의식자료였다. 우주의 떨림을 선율의 질서에 담아 우리의 우주를 만들어냈다. 백오십 억 년 전 우주 탄생의 주파수를 전하는 음악, 그 리듬을 담은 음악이야말로 인류에게 전하는 진정한 가르침 아니던가.

한때 나는 정치 권력에 아첨하는 음악을 했다. 음악은 특정인의 눈치를 보면 안 되는데, 많은 이들에게 공정한 호응을 얻을 수 있어야 하는데, 나는 당장 배고프다고 권력개인에게 노래를 지어 바쳤다. 배곯아도 개인을 뛰어넘는 높은 위치에서 불러야 진정한 노래인데….

다른 음악가라면 어땠을까, 그는 어떤 선택을 했을까? 선택은 없다. 그저 삶을 노래할 뿐. 그것이 노래의 운명이다. 노래의 운명은 삶과 같다는 생각은 갈수록 절실해진다.

노래가 모두를 아우르는 높은 위치에만 있어야 한다는 생각 또한 수정돼야 한다. 노래는 사람 위나, 사람 아래에 있지 않다. 사람과 나란히 있어야 한다. 대중 곁에 있어야 한다. 음악은 대중의 삶을 위해 존재한다. 음악을 위해 삶이 존재한다는 생각을 빨리 벗어날수록, 삶을 위해 음악이 존재한다는 생각일수록 사람들이 사랑해 준다는 것을 젊은것들은 모른다. 대중은 무시하고 나만을 위한 음악, 특별해야 초월할 수 있다고 믿는 젊은 작곡가들, 새로운 것만 쫓는 그들, 아직 몰라서 찧고 까부는 것이다. 무조건 새것이면 좋다는 생각을 버려야 한다. 새로운가, 구닥다리인가보다, 얼마나 당시 대중의 삶을 진실하게 담으려 애썼는가에 초점을 맞춰야 한다.

성재가 가끔 나를 무시하는 태도는 나의 곡학아세 때문이기도 하다. 나도 잘 알고 있다. 실수를 인정하고 있지 않은가. 그래도 나는 잘난 척하며 특별한 것만 만들려 하지 않았다. 누구든 편히 부를 수 있는 곡을 만들었다. 편히 노래하기가 얼마나 어려운지 요즘 가수들은 모른다.

음악은 소리다. 소리는 우리 곁 어디에나 있다. 옹이처럼 단단히 웅크려 있는 우주 탄생의 주파수를 누군가 퉁겨 주면 소리는 깨어나 어디든 퍼져나간다. 진동이 사람의 귀에 흘러들어 그의 마음을 흔든다. 그 소리가 자신의 삶을 잘 대변해 준다고 느낄 때 그는 감동한다. 우주에 있는 그 소리를 찾아 노래하는 사람이 가수다. 그의 몸에 우주의 소리가 통한다. 그가 슬픈 몸이 되면 슬픈 소리가, 기쁜 몸이면 즐거운 소리가 울린다.

평탄치 않은 세월이어서 내게는 애달픈 노래가 많다. 내 연배들은 대부분 순탄치 않는 삶이었다. 사람들은 슬픔을 통해 위안을 얻으려 하는지도 모르겠다. 모든 음악은 그래서 슬픈 모양이다. 우리의 삶이 고달팠기에 우리의 가락도 대개 슬프다. 나는 서양음악, 특히 미국의 대중음악을 흉내 내며 젊은 날을 지내왔다. 지천명을 넘어서면서 우리 가락이 자주 귓전에 들러붙었다. 샐러드와 스프보다 김치와 된장찌개가 우리의 입맛을 돋우듯, 우리 민요와 국악 장단이 귀맛을 돋웠다. 외국 음악을 받아들이지 말라는 것이 아니라 우리 것을 낮추거나 모른 척 말아야 한다는 것이다. 우리의 기억이 우리의 지표를 제시하듯, 우리 정서는 우리의 현재나 미래의 선택을 도와준다.

내가 마지막으로 애써 찾아간 소리도 바로 그에 닿아 있다. 내 곡의 음계나 리듬이 자꾸 우리의 가락을 좇는 것이었다. 계속 들어도 싫증 나지 않을 소리였다. 물리지 않는 사랑의 모습이 그에 견줄 수 있지 않을까. 윤주는 내게 그 감정을 새삼 일깨워 주었다. 윤주를 위해 쓴 곡을 되새길 때마다 나는 온몸이 저렸다. 윤주는 성재를 만나지 않았을지도 모른다. 괜한 의심이었나 보다. 두 번씩이나 완전히 다른 곡을 만들어오지 않았던가.

윤주는 왜 임신을 몰랐을까. 임신을 모르는 병도 있다는데, 윤주가 왜 그런 병에 걸렸나. 나와 헤어지기 전에도 임신이었을 텐데, 그녀가 내색을 않으니 어떻게 내가 그녀의 임신을 알아챌 수 있겠나. 윤주의 몸은 오히려 비쩍 말라갔다.

윤주가 임신을 알려주었더라면, 그 아기가 내 아기였다면, 내가 얼마나 기뻐하고 아기를 금지옥엽으로 키웠을까. 설혹 성재의 아이라 해도 나는 최선을 다해 아이와 윤주를 보살폈을 것이다. 모두가 내 책임이다. 내 몫의 책임을 끝까지 지고 난 뒤, 내게 씌워진 운명의 얼굴을 떳떳하게 바라볼 수 있어야 하지 않겠는가. 나는 죄인이다. 중한 벌을 받아야 마땅하다. 나도 냉동고에 들어가야 한다.

비바람 같은 시간을 함께 보낸 현우 님은 그렇게 떠난 것인가요. 곁을 내어 줄 수 없어 우산 속으로 파고드는 미안하다는 말은 비바람에 급히 쓸려나갔습니다. 그 외에는 바쁜 일이 없다는 듯이, 우산을 던지고 기차에 오르는 모습이었어요. 미리 끊어놓았던 기차표였을 텐데요. 떠남을 예정했어야 할 사람은 내가 아니었나요.

요즘은 시야가 좁아진 대신 촉감이 더 생생해졌다. 조카가 몸을 씻길 때, 간병 여사가 옷을 갈아입힐 때, 온몸이 아팠다. 피부에 무언가 살짝만 닿아도 뼛속까지 쓰렸다. 그래도 이나마 느낌이 있다는 것은 살아 있음을 증명하는 것이다. 내 의지대로 느낌을 전할 수는 없지만 받을 수 있음에 감사해야겠지.

바람이 불어와 이마에 스친다. 머리가 아프다. 나는 다시 커튼 봉을 바라본다. 커튼에 윤주의 곡을 한마디 한마디 찍어 넣어본다. 곡을 만들고 몇 달 뒤 다시 찾은 구룡포 리조트에서 윤주에게 전하던 선율은 나를 울렸다. 우리가 더 이상 가까이 할 수 없으리라는 예감이 있었다. 왜 울음이 나왔는지 모르겠다. 선율은 해질 무렵의 갯벌 같았다. 무겁고 갑갑했다. 그녀도 눈물을 흘렸다. 노래의 클라이막스에서 우리는 꺼이꺼이 울었다. 사랑의 후렴구는 밀물처럼 다가와 갯벌에 이별의 골을 만들어나갔다.

어느새 통증이 밀려가고 뺨에 닿는 바람이 부드럽고 따스하다. 바람은 달에서 불어온다. 어머니의 노래가 밀려온다. 달빛이 거실 창을 밀치고 들어와 물결 친다.

나는 달빛 물결에 이끌려 일어난다. 휠체어에서 내린 나는 바람에 따라 흔들린다. 나는 달빛과 춤을 춘다. 훠이훠이 팔을 움직여 달빛을 휘감아 본다. 왈츠의 삼박자가 온몸을 일깨운다. 입에서는 절로 노래가 나온다. 내 노래 〈낮달〉이다. 비어 있는 두 마디 이후가 이번에는 〈낮달〉로 이어진다.

어머니.

노래는 잦아든다. 조카가 전축을 켜서 에릭 사티를 내보낸다. 피아노 소리가 새털구름처럼 흐르다 흩어져 사라진다. 내가 잠들었다고 생각하는지 조카가 볼륨을 완전히 내린 듯하다.

아니, 전화가 와서 통화하려는가 보다. 조카는 미안하다는 말을 되풀이한다. 수화기에서 희미하게 들려오는 전화 상대는 지난달에 내게 인사시켰던 여자 친구인 듯했다. 혼기가 지난 두 사람, 자주 만나서 서로를 알아가고 가정을 꾸려야 하는데…. 나는 다시 무거워진다.

조카는 내 휴식을 방해하지 않으려는 듯 베란다 쪽으로 통화 자리를 옮긴다. 조용한 곳에서 전화를 오래하려는 모양이다.

거기, 베란다, 관음죽, 방치된 냉장고, 아기…. 안 된다. 냉장고 문을 조카가 열면 안 된다. 조카는 이미 냉장고를 치워 버렸는지도 모른다. 그는 우리의 모든 관계를 알고, 아기를 처리해놓았는지도 모르겠다. 작곡도, 앨범 제작도, 퇴임 공연도 모두 조카의 계획이지 않았던가.

아니, 유기된 아기는 냉동고에 여전히 있을 것이다. 지금까지 조카에게 다른 낌새는 없었다. 조카가 아기를 발견했다면 그의 급한 성격에 진즉 경찰이 달려오고, 온갖 조사가 진행되고, 나는 심문을 받는 신세가 됐을 것이다. 조카의 통화 소리 속에서 아기 목소리가 비어져 나온다.

나는 벌떡 일어나 베란다로 뛰어가고 싶었다. 조카의 전화기에서 흘러나오는 소리인지, 베란다의 냉장고에서 나오는 소리인지 분간하기 어려웠지만, 분명히 여리고 높은 음색의 아기 음성이 들려왔다. 소녀의 푸념, 아기의 옹알이가 뒤섞여 내게로 흘러들었다. 그 소리를 더 잘 들으려고 나는 힘을 다해 귀를 열었다.

'강가에 핀 꽃은 금방 꺾이고 말았어요. 나는 죄인인가요. 벌로 얼어붙어야 하나요.'

가슴이 미어졌다. 온몸이 찢겨지는 것처럼 아팠다. 분명 아기의 목소리였다. 베란다 냉장고에서 새어 나오는 아기의 말이었다. 아기의 말은 이내 노래로 바뀌어갔다. 윤주를 위해 만들고 그녀에게 들려주었던 바로 그 노래다.

'거울에 드리운 커튼을 걷어요. 사랑을 사랑하고픈 내 얼굴, 거울 속엔 그대 눈빛이, 바깥엔 사랑의 흔적 있어요. 이제 커튼을 치고 거울을 닫을 때, 사랑을 열고 미움을 닫아요.'

강에서 강아지 울음

윤주 >>

날이 풀리니 카페 발코니에 나가 앉아 있는 시간이 많아졌어요. 오늘도 나는 강물을 바라보려고 테라스에 나왔어요. 여기 있으면 잡념이 없어지고 피로가 풀려요. 몇 날 며칠 꼼짝하지 않고 강물만 보라 해도 그럴 수 있겠다 싶어요. 강변 바람이 싱그러워요. 한 줌 흙모래가 바람에 날려 금빛 한숨을 뱉어냅니다. 화려한 노을이 무거운지, 낚시꾼들 바지 밑단으로 수평선을 끌어올립니다. 그들이 낚아 올리는 것은 살아갈 생각이겠지요. 저도 지난날을 정리하고 앞으로 살 궁리 낚아야 합니다.

요즘 막내 스테이지가 길어졌습니다. 사장이 막내에게 시간을 더 주었습니다. 급료를 올린 모양입니다. 지난가을에는 보너스로 등록금도 내줬다는 말을 주방장에게 들었습니다.

내 무대에 막내가 올라가는 횟수도 잦아졌습니다. 막내 스스로 더 하고 싶어 하는 눈치여서 내 시간을 떼주었습니다. 나는 덜 피곤해서 좋았고, 막내는 더 많이 벌어서 좋겠죠.

사장이 테라스로 나왔습니다. 사장의 손에 냄비가 들려 있습니다. 애견한테 주려는 미역국입니다. 며칠 전 사장의 애견 '나나'가 새끼를 낳았습니다. 사장은 연신 싱글벙글하며 만나는 사람들에게 강아지를 자랑했습니다. 나나는 보더필더 종이에요. 나나는 사장뿐 아니라 손님들에게도 인기가 많아요.

나도 가끔씩 나나를 운동시켜 주었습니다. 공놀이를 좋아하던 녀석이 언제부턴가 보이지 않더니 새끼를 낳은 것이었습니다. 암수 하나씩 두 마리였는데, 암놈 한 마리를 사장이 자주 빼내 와 입을 맞추었습니다. 나나는 내가 가까이하면 경계하는 모습이어도 주인에겐 아양을 부렸습니다. 녀석은 얌전히 젖을 물리다 내가 들여다보면 젖을 감추고 으르렁거렸습니다. 공연 시간이 다가와 나는 카페 안으로 들어갔습니다.

마이크 앞에 앉은 막내가 〈Over The Rainbow〉를 시작합니다. 그녀는 요즘 에바 캐시디의 노래를 자주 부릅니다. 테라스 밖 강물까지 출렁거리게 하는 목청 좋은 막내 소리입니다. 타고나는 것도 있지만 열심히 흉내 내서 얻은 것도 있습니다.

막내는 어떤 가수든 완벽히 모사해냈습니다. 좋은 목청을 가지려 노력했습니다. 요즘은 흉내 이상으로 가창력을 뽐냅니다. 그녀만의 개성이 발휘되는 모습입니다. 그녀의 몸에는 생기가 넘쳤습니다. 움직임도 더 가벼워졌습니다. 가수는 몸이 악기라는 것을 막내는 잘 알고 있습니다. 그녀는 늘 운동하는 모양이었고 자기 먹을거리도 따로 챙겨 지니고 다녔습니다.

그녀가 한 번은 고음처리 방법을 내게 물어왔습니다. 그녀는 노래에 관한 것이라면 무엇이든 얻어 내려 열심이었습니다. 나는 선생님께 배운 호흡 조절의 중요성을 말해 주었죠. 모든 음정이 마찬가지겠지만 특히 고음은 좁은 지름길을 만들어내야 하니까 최대한 몸을 작게 하라 했어요. 온몸의 구멍을 좁게 해서 천천히, 긴 호흡에 음을 자연스레 실으라고요. 나는 그녀에게 복식호흡과 함께 괄약근 호흡도 알려 줬어요.

— 찰떡을 입에, 그리고 항문에 잔뜩 물고 있다고 생각해. 노래를 찰떡 바깥으로 조금씩 빼낸다는 느낌으로…, 힘을 빼고.

내 말에 그녀는 활짝 웃으며 고개를 끄덕였습니다. 그녀는 이미 알고 있을 겁니다. 연습을 했는지 고음이 금방 자연스러워졌습니다. 비행기가 하늘길의 정상궤도에 오르는 모습에 비유할 수 있을까요. 아무 걸림 없이 힘차게 올라가는 고음입니다. 이제는 내가 그 비법을 물어야 할 정도로 시원시원합니다.

고음처리에 자신이 생긴 막내는 차츰 음역대가 높은 곡으로 레퍼토리를 채워나갔습니다. 손님들은 거침없이 삼단 고음을 뿜어내는 막내의 소리에 환호했습니다. 그녀가 노래를 마치면 벌떡 일어나 손뼉 치며 입휘슬을 부는 사람도 많아졌습니다. 사장도 막내가 가게의 보물이라면서 드러내놓고 좋아했어요. 가장 어리고 경력 없는 가수가 가게에 행복을 주고 있는 셈이죠.

막내가 에바 캐시디의 〈Autumn Leaves〉를 이어서 부릅니다. 에바 캐시디와 막내가 차례로 테라스 난간에 뛰어오릅니다. 노래를 휘어잡아 이리저리 비틀고 뒤집어 채고 거꾸러뜨리는 막내의 자신만만한 모습이 어른거립니다. 이제는 흉내가 아니었습니다. 그녀는 어떤 곡이든 자기 노래로 여과해서 토해냅니다. 치기가 아닌 진정한 자신감이었습니다.

— 저는 차분하면서도 고음이 많은 노래가 좋아요. 스트레스가 풀려요.

지난달에 막내와 대화를 오래 나눈 적이 있습니다.

— 힘들어도 짜릿해요. 손님들이 조마조마해 하는 모습이 참 재미있어요.

그렇습니다. 가수가 힘들어하면 관객도 부담입니다. 같이 힘들죠. 가수가 정직하게 뿜어내면 관객은 즐겁게 받아냅니다. 충만한 소리는 모두를 충만하게 해줍니다.

— 내 몸에 있는 물기를 모두 빼내 버리는 느낌으로 불러요. 내 땀, 내 피, 내 지방, 내장 속 수분을 모두 밖

으로 빼버리는 거예요. 내 몸에서 빠져나간 물기가 사람들을 적셔요. 사람들이 흠뻑 젖고 가게 안도 온통 물로 출렁거려요. 저기 강물처럼 말이에요. 노래하는 중에 나는 돌멩이가 됐다가 다시 강물이 되기를 되풀이하는 거예요.

자신의 노래에 대해 신나서 이야기하는 막내가 부러워요. 지금도 막내의 〈Autumn Leaves〉는 부슬비로 내리다가, 시냇물로 흐르다가, 강물로 출렁이다 바다로 빠져들 즈음, 강둑에 올라 웅크려 쉬는 돌멩이의 모습으로 불리고 있습니다. 나는 테라스에서 일어나 카페로 들어갑니다. 막내가 마이크에 입을 대고 푸푸 풍선을 불 듯 노래하고 있습니다.

요즘 사장이 막내를 보는 눈길이 더 그윽했습니다. 초롱초롱한 그녀의 눈빛도 사장을 바라볼 때 더 빛났습니다. 둘 사이에 비밀스러움은 없어 보이는데, 있어도 잘못은 아닌데…, 내가 질투하는가 봅니다.

나는 더 이상 남자와 내밀한 관계를 맺고 싶지 않습니다. 그럴 겨를이 없습니다. 나를 돌아보고 앞날을 꾸려가기에도 나는 정신없었습니다.

현우 님 이전에, 처음으로 이성에 대한 사랑을 알게 해 준 남자가 있었습니다. 나에게 사춘기 이후의 이성은 모두 아버지 같은 존재여야 했습니다. 그래서 나이 든 남자가 내게 이어져왔는지…. 나는 가장의, 울타리의 든든함을 그리워했는지 모르겠습니다. 나를 낳자마자 죽은 어머니가 주지 못한 사랑을 아버지가 내게 쏟아부었다지만 한계가 있었던 모양입니다. 어머니의 사랑과 기대는 내게 해당되지 않았습니다. 나는 어머니를 모릅니다. 내게는 아버지를 향한 어머니의 사랑을 시샘할 겨를도 없었습니다.

아버지는 내가 중학교 때부터 아프기 시작하더니 고등학교에 입학하고는 병원에서 나오지 못했습니다. 셋방을 줄여가도 치료비, 약값이 모자랐습니다. 새엄마도 홀연히 사라졌습니다. 내가 돈을 벌지 않으면 모든 것이 멈춰 섰습니다. 아버지 병원비와 생활비를 마련하기 위해 나는 두세 가지 아르바이트를 하면서 학교에 다녔습니다.

고등학교 삼 학년 끝 학기, 나는 직업 반에 다니고 있습니다. 등하굣길, 버스 정류장 뒤에 카페가 있었습니다. 어느 날, 카페 출입문에 '가족처럼 일하실 분'이라는 직원 모집 광고가 붙었습니다. '가족처럼'이라는 문구가 나를 자석처럼 들러붙게 했습니다. 사장은 카페에서 돈가스 전문점으로 업종을 전환하려는 중이었습니다. 막 실내인테리어를 마치고 종업원을 뽑고 있었습니다. 가게에 들어서자 돈가스 튀기는 냄새와 페인트 냄새가 코를 자극해왔습니다. 사장은 간이무대에서 색소폰을 불다가 나를 보고 미소했습니다. 그의 가슴에 붙은 브로치가 빛을 내며 내 눈을 찔러왔습니다. 남자가 브로치라니. 사장은 나를 면접하면서 생음악을 좋아하는 사람들이 오도록, 가족이 돈가스를 즐기는 공간으로, 지역의 명소를 만들겠다고, 들떠 말했습니다. 자신의 포부를 밝히는 브로치 사장을 내가 면접하는 느낌이었습니다.

내가 최선을 다해 돕겠다고 하니 그는 주방에서 앞치마를 주며 즉시 일을 시켰습니다. 가족같이 일해 달라는 그의 말대로 나는 내 일처럼 열심히 했습니다. 고등학교 삼 학년인 내가 제일 잘할 수 있는 일은 청소였습니다. 나는 한 달 동안 인테리어 마감을 도우며 쓸고 닦았습니다.

나는 브로치 사장이 부자인 줄 알았습니다. 그는 전등을 달면서, 아버지에게 물려받은 땅과 건물이 많아 세만 받아도 생활이 너끈하다고 했습니다. 싱크대를 닦으면서는, 돈가스 카페는 취미로 운영하는 것이라 했습니다. 가끔 그의 부인도 가게에 나타났는데, 친구들과 무대에 오르기도 했습니다. 브로치와 부인은 음악 동아리에서 만난 모양이었습니다. 그런데 부인은 그를 남편으로보다는 돈을 빌려준 사람처럼 대했습니다. 항상 말끝에 돈은 언제 갚을 수 있냐고 물었습니다.

사장은 정말 채무자였습니다. 그의 전화 통화 내용은 늘 빚 독촉과 양해 구하기의 반복이었습니다. 전화번호를 바꿔도 독촉 전화는 계속 오고 채무 서신은 쌓여갔습니다. 그는 내게도 갚을 빚이 아직 남아 있습니다. 밀린 월급은 그만두고라도 친구에게 빌린 삼백만 원을 그는 아직도 갚지 않고 있습니다.

의리는 서로 돕는 것이라 믿었습니다. 지금도 그렇고 그때도 마찬가지입니다. 나는 사장을 도우려 최선을 다했습니다. 그 당시 브로치는 나를 위안해 주는 유일한 사람이었습니다. 경제활동이 엉망이었지만 그는 나를 가족처럼 아껴 주었습니다. 나도 그를 믿고 정해진 일 이상을 했습니다.

그런 열심은 노래를 부를 수 있다는 희망에서도 나왔습니다. 사장은 내게 무대에 오르게 해 주겠다고 약속했습니다. 가게는 오픈 직후 한 달 동안 성황이었습니다. 취업반인 나는 등교 출석만 하고 가게로 나갔습니다. 서빙하고 계산하고 청소했습니다.

가게의 조그만 라이브 무대에서는 주로 브로치가 색소폰을 연주하거나 그의 후배와 친구들이 기타를 쳤습니다. 무대에 설 수 있다면 나는 사장이 시키는 일은 무엇이든 할 수 있었습니다. 몸살에 걸렸어도 마이크 앞에 서 있는 나를, 노래를 마치고 박수받는 나를 상상하면 금세 가뿐해졌습니다.

나는 무대에 올랐습니다. 딱 일주일 동안이었습니다. 가게는 내가 노래를 시작한 뒤 일주일 뒤에 문을 닫았습니다. 채권은행으로부터, 사채업자로부터 가게 안의 물건들은 딱지가 붙여지거나 분해되어 사라져 버렸고 브로치도 숨어 도망 다녔습니다.

나는 아버지를 한 달 동안 간병인에게 맡기고 브로치와 함께 거리를 떠돌았습니다. 브로치의 중고 프라이드 승용차로 그와 나는 남쪽 바다, 동쪽 산맥, 서쪽 공단을 돌아다녔습니다. 내가 왜 브로치를 떨쳐 버리지 못했는지, 그는 내 월급은커녕 내게 빚까지 남겨줬는데 왜 그를 벗어나려 하지 않았는지….

그가 불쌍했습니다. 가게에서 야반도주한 뒤 그는 비루먹은 강아지 꼴이었습니다. 무일푼이었고, 가족 중 어느 누구도 그의 곁에 없었습니다. 나도 그와 같은 처지라 생각했습니다. 한 줌 바람만 불어도 떨어지는 벼랑 끝 낙엽과 같았습니다. 그는 나마저 떠나면 죽어버리겠다고, 아예 같이 죽어버리자고 했습니다. 차 안에서 잠을 자며 전국의 국도를 달리던 때 카오디오에서 자주 나왔던 노래가 〈Over The Rainbow〉였습니다. 브로치는 그 노래를 들으며 엄마 잃은 아이처럼 꺼이꺼이 울었습니다. 그가 기댄 내 어깨는 그의 눈물로 축축했습니다.

막내가 노래를 마치고 무대에서 내려오자 사장이 그녀를 보며 활짝 웃습니다. 다음은 내 스테이지입니다. 나는 무대에 올라 곧장 기타를 잡고 노래를 시작합니다. 오늘은 세대별 유행곡을 묶어서 노래할 예정입니다.

사장은 막내와 주방에 들어가더니 한참 뒤에야 모습을 보였습니다. 주방에서 나와 고개를 숙이고 밖으로 나서는 둘의 모습이 비밀스럽게 느껴집니다.

오늘따라 노래에 힘이 들어가지 않습니다. 나는 문득 양치질이 하고 싶어졌습니다. 노래 끝나면 깨끗이 이 닦고 잠이나 자야겠다고 생각했습니다. 나는 흥 없는 노래를 마치고 무대에서 내려왔습니다. 다음 가수가 오늘 못 온다는 연락을 해와서 나는 음악방송을 틀어놓고 대기실로 들어갔습니다. 문득 강아지가 보고 싶어졌습니다. 이 닦고 자야겠다는 생각은 없어졌습니다. 나는 대기실 밖으로 나와 테라스로 향했습니다.

발코니 한켠에 있는 나나의 집을 들여다보니 강아지가 한 마리밖에 없었습니다. 나나가 한 마리뿐인 강아지에게 젖을 물리다 고개를 돌려 갸우뚱 나를 쳐다보았습니다. 구석구석 살펴봐도 다른 한 마리는 보이지 않았습니다. 사장이 가져가서 놀고 있는 모양입니다.

나나와 눈을 오래 마주치고 있는데, 강 쪽에서 강아지 울음소리가 들려왔습니다. 낑낑대는 강아지 소리를 따르던 시선은 강변 쪽 사장의 승용차에서 멈추었습니다.

어둠이 두텁게 깔린 강변 주차장으로 다가가니 강아지의 울음소리가 더 크게 귀에 닿았습니다. 강아지 소리와 함께 인기척도 선명하게 들렸습니다.

남녀의 웃음소리, 두 사람의 시간이 강변 주차장을 행복의 공간으로 만들어가고 있습니다. 격렬하면서도 부드럽고, 들어차 있으면서도 비어 있는, 둘의 공간에서 사랑의 소리가 흘러나옵니다. 입에서 몸에서 차에서, 둘의 사랑이 만들어내는 소리가 주차장을 울립니다.

나는 사장의 승용차에 가까이 다가갑니다. 강물이 가로등 빛을 되받아 승용차를 비춥니다. 원래 하나였던 자신을 떼었다 다시 붙이는 사랑의 움직임, 자신의 비밀을 드러내는 사랑의 속삭임이 바깥까지 전해집니다. 나도 힘이 솟습니다. 좋은 가수의 노래는 그와 같은 힘을 사람들에게 줄 것입니다.

내 노래는 왜 이 느낌에 못 미치는지, 왜 사랑에 닿지 못하는지 안타까울 뿐입니다. 차의 흔들림과 흥분된 소리가 엉킨 승용차의 조수석이 빠끔히 열립니다. 강아지가 뽀르르 나옵니다. 나는 강아지를 소리 죽여 부릅니다. 강아지가 내게 달려옵니다. 내 가슴에 안긴 강아지를 부여잡고 나는 강물 쪽으로 빠르게 걸어갑니다. 강아지는 몸을 떨며 끙끙거립니다.

나는 강아지를 풀썩, 강물에 던져 버립니다. 강아지는 첨벙첨벙 몇 차례 물 밖을 바라보고 헤엄치다 움직임을 멈춥니다. 머리를 내밀고 허우적대는 강아지를 뒤로하고 나는 강변에 오릅니다.

번지점프를 한 것처럼 갑자기 현기증이 일었습니다. 누군가 따라붙는 느낌이 들어서 나는 제자리에 멈춰 섰습니다. 아기의 울음소리가 들려왔습니다. 주차장 끝 둔치였습니다. 나는 털썩 주저앉아 웅크렸습니다. 숨을 깊이 들이마셨다가 천천히 내쉬었지만 어지럼증은 가라앉지 않았습니다.

당신이군요. 긴 손가락, 난도질한 손금, 칼날 같은 손톱, 당신 손이로군요. 엄마 손길이 내 숨길을 막았어. 첫소리, 첫 호흡은 다시 이어지지 않았죠.

강아지 울음 같기도 하고, 아기의 칭얼거림 같은 소리가 강물에서 올라오는 듯했습니다. 가슴이 미어졌습니다. 무릎 사이에 얼굴을 박고 웅크렸습니다. 치받아 올라오는 울음이 숨을 막았습니다. 아이를 낳을 때처럼 온몸이 뜨거워졌습니다.

나는 숨이 차올랐지만 뱉어낼 수 없었습니다. 숨통이 무언가에 움켜잡힌 듯 옴짝달싹할 수 없었습니다.

곧 터져 버릴 것 같은 갑갑함을 벗어날 방법은 없어 보였습니다. 차라리 이대로 숨이 막혀버린다면…, 하는 생각 끝에 음악이 들려왔습니다. 첼로와 해금 반주 위에 피아노가 멜로디를 끌어가기 시작했습니다.

— 거울에 드리운 커튼을 걷어요. 사랑을 사랑하고픈 내 얼굴, 거울 속엔 그대 눈빛….

피아노 선율에 얹힌 노래는 바다에서 현우 님이 불러주던 그 곡이었습니다. 나는 간신히 고개를 들고 귀를 기울였습니다. 노래는 계속 이어졌습니다. 누군가에게 쥐어 잡힌 듯한 목이 풀리고, 오열이 터져 나왔습니다.

나는 강변을 내려 물로 텀벙 들어갔습니다. 강아지는 물살을 이겨내려 허우적거리고 있었습니다. 나는 강변에서 점점 멀어지는 강아지에게 헤엄쳐 다가가 강아지를 부여안았습니다. 내 머리에 달라붙어 떨어지지 않으려는 강아지를 이고 나는 강변으로 나왔습니다. 끙끙거리던 강아지가 내 품에서 이내 잠들었습니다. 물에 젖은 나와 강아지를 달빛이 어루만져 주었습니다.

어둠에 쓰고 빛에 토하다

>> 성재

현우 선생의 연구실에 가기 전에 나는 교회에 들른다. 평생교육원 제자가 목회하는 개척교회다. 그는 며칠 전에 메일로 안부를 물어왔다. 찬송을 편곡하는 중이라며 작업한 음원도 보내왔다. 내 의견과 조언을 들어보려는 것이었다. 그의 작업을 몇 번 도운 적 있어 그는 가끔 연락을 해오고 그리스도 향한 믿음을 권한다. 그는 내 시간과 노동을 하나님의 은혜와 감사로 여긴다.

마음의 평화를 주는 종교와 예술은 같은 문화체계다. 특히 음악은 예배와 같은 양식이라고도 볼 수 있다. 찬양과 말씀, 통송과 성가, 모두 말씀과 소리를 중심으로 이뤄진다. 죄의식 근원은 자기연민으로부터 오는데, 그를 풀어내기 위해 통송하고 찬양하며 자기를 낮춘다. 그러면서 자기 위안을 얻는다. 신념의 차이가 있을 뿐 음악과 구하는 바는 같지 않은가. 아멘. 사바하. 코다와 피네.

지하 개척교회에는 열정 어린 예배의 흔적이 없다.

성도가 모이지 않는 모양이다. 재작년, 작년에 왔을 때와 별반 다르지 않다. 교회 현관문 종이 마치 절간의 풍경 소리처럼 들려온다. 종소리는 곧장 피아노 소리에 파묻힌다. 목사가 보내온 찬송 음원이다. 기도를 주재하는 목사의 축원과 몇 성도의 '아멘'이 반복된다.

나는 마치 어제도 그랬던 것처럼 자연스레 피아노 앞에 앉는다. 들려오는 찬송에 이리저리 애드리브를 넣어가며 연주한다. 목사의 찬송 음원은 어디로 가고 전혀 다른 곡이 울린다. 빠르기도 바꿔본다. 원래 4박이지만 3박으로 나누어 연주한다.

페달을 힘주어 밟고 거칠게 건반을 누르니, 목사의 기도 소리가 멎는다. 나는 벌떡 일어나 피아노 덮개를 내리고 교회 밖으로 나간다. 달아나듯 골목을 빠져나온 나는 편의점 파라솔 의자에 앉아 숨을 몰아쉰다.

삼 년 만인가, 오랜만에 학교 건물을 올려다본다. 평생교육원 강의를 마지막으로 학교에는 발길을 하지 않았다. 누군가 알아볼까, 나는 후문 쪽으로 가기로 한다. 후문 아래, 동굴이 아직 있을 것이다. 산학협력단 사무실로 통하는 조그만 길이다. 직원 몇 명만 아는, 개구멍이라 불리는 토굴을 지나면 현우 선생의 연구실이 바로 나온다. 산학협력단 곁에 있는, 계단 밑 공간이다. 현우 선생은 실용음악과 건물과 떨어져 있어 오히려 호젓한 연구실이라고 자랑했다. 사람들과 부딪히

지도 않고, 연주 연습하기에 최적의 장소라고 했다. 동굴은 강의동을 거치지 않는 지름길이었다.

개구멍을 아는 사람은 지금은 거의 없다. 학교를 개축할 때 시공사가 메우려다 깜빡했다는 소문이 있다. 무속 신앙을 유독 신봉하는 이사장이 일 년에 한 번씩 그 옆에서 제를 지낸다는 소문도 있는데, 학생도 직원도 그쪽으로 학교가 통하는지 모르는 것 같았다.

숨을 가라앉히고 땀을 들인 나는 편의점에 들어간다. 다행히 알고 지내던 편의점 주인은 없고 아르바이트 학생이 계산대에 서 있다. 나는 캔 커피와 마스크를 골라 계산하고 나온다. 커피를 빠르게 마시고 학교 쪽으로 걸어간다.

학교에 가까워갈수록 학생들이 많아지고, 음악 소리도 선명해진다. 대금 소리, 트럼펫 소리, 드럼 소리, 장구 소리…. 예술학교다운 소리로 둘러싸인, 학교 건물을 올려다본다. 이십여 년 가까이 현우 선생의 심부름을 해오며 언젠가 학교에서 강의하고 지내리라 생각해왔다. 음악가에게는 더할 나위 없는 직장이라 고대해 왔다. 학생들과 음악에 대해 토론하며 작품을 공연하고 함께 성장해 나가는 시간으로 내 삶을 채우고 싶었다. 하지만 그럴 수 있는 기회가 올 때마다 나는 자리를 얻을 수 없었다.

좌절했다. 학교를 원망했다. 현우 선생이 답답했

다. 모두 내가 적임자라고 생각하고 있었는데, 결과는 늘 다른 사람에게 돌아갔다. 나는 현우 선생으로부터 버려졌다고 생각했다. 스승이 왜 나를 외면했는지 이리저리 생각해봐도 답을 얻을 수 없었다.

과욕이었나. 학교는 내게 맞지 않는 공간인가. 이제는 교육을 포기하고 자유로워져야겠다고 생각하고 있다. 음악에 더 집중해야겠다는, 현우 선생의 세계에 버금가는 음악 활동이 내가 진정 원하는 일이라고 자위하는 중이었다.

이번 곡을 완성하면 얼마간 희망에 도달한다. 이 일이 지난 불운을 상쇄해 주리라 기대하고 있다. 스승의 세계가 아닌 나만의 음악 세계가 될 것이다. 곡을 완성하면 현우 선생은 곁에 없는 사람이 될 듯한 느낌이다. 곡만 남게 되겠지. 노래가 있으면 되지 않나.

윤주는 대체 어디 있나, 스승이 식물인간 상태인데…, 사랑한다더니…, 하나님이라더니…, 숨만 간신히 쉬는, 갓난아이 같은 노 환자인데…, 이렇게 무심할 수 있나. 윤주가 궁금하다. 그녀가 내게서 떠났듯 현우 선생과 이별했음이 분명한데, 어디서 무얼 하나, 스승의 소식은 들었는지…. 그녀에게 사정이 있으리라 생각하니 더 보고 싶다. 현우 선생과 윤주가 나를 속이며 외면하더니, 이젠 두 사람 모두 떨어져 있다.

코끝이 시려온다. 더 살갑게 대해 줘야 했는데, 못

해 주었던 내 한계에, 미안했다. 윤주는 나를 사랑하기나 했나. 누구든 사랑하지 않고는 자기를 사랑하지 못한다던 윤주 아니었나. 오로지 나만을 사랑한다던, 오로지 현우 선생만의 사랑이기를 원했던 윤주. 윤주가 스승과 나를 떠난 것은 스승을 위해서인지, 나를 위해서인지….

아무도 아니었다. 윤주 자신을 위해서였으리라고 짐작할 수밖에 없다.

나는 학생 기숙사 건물을 끼고 돌아 후문 곁으로 빠르게 걸어간다. 지나는 사람이 없어 재빨리 동굴 입구를 찾아 들어가려 하는데, 없다. 동굴 입구가 보이지 않는다. 분명히 이 자리인데…. 자취조차 없다. 수업이 끝났는지 학생들이 몰려 내려온다. 나는 뒤돌아 걷는다. 국악 합주가 아련히 들려온다. 국악과 실습시간인 모양이다.

기숙사 골목을 한 바퀴 돌아 다시 동굴 입구로 가본다. 있다. 좀 전과 같은 모습인데, 동굴 자리가 있다. 가까이 가 보니 확실하다. 증축 공사를 했다더니 동굴 입구를 스티로폼으로 막고 콘크리트 색으로 덧씌워놓았다. 나는 스티로폼을 들어 밀친 다음, 안으로 들어간다.

동굴에 고인 어둠이 빛살에 밀려 동굴 안 속살이 드러난다. 동굴은 여전하다. 차갑고 습한 바람이 얼굴에 끼얹힌다. 나는 스마트폰 플래시를 켜고 어둠 속을 헤쳐 나간다. 스마트폰 작은 불빛에 어둠은 성큼 물러나 앉고 동굴은 금세 길을 연다. 습기 품은 어둠이 내 움직임에 물결치듯 흔들리고 작은 내 발자국소리가 북처럼 울린다.

동굴 안 풍경에 익숙해지자 여러 소리가 들려온다. 시냇물 소리도 들리고 물이 떨어지는 소리도 난다. 코골이 같기도 한, 돌 구르는 소리가 들린다. 그 소리는 내가 내는 소리가 아니다. 으르렁거림, 짐승이 위험에 처했을 때 내는 자기방어 소리다.

그 울음소리가 어디에서 시작되는지 나는 긴장해서 스마트폰 플래시를 여기저기 비쳐 본다. 소리가 큰 곳에서 스마트폰 빛이 멈춘다. 비쩍 마른 개가 모로 누워 있다. 생김새가 피추종으로 보인다. 개는 누워 있는 게 아니라 새끼에게 젖을 물리고 있다.

녀석은 유기된 듯하다. 털은 뭉텅뭉텅 빠져 있고, 한쪽 눈은 함몰돼 검붉은 털만 보인다. 제대로 먹지 못했는지 갈비뼈가 드러나 있다. 앙상한 뒷다리에 강아지가 붙어 있다. 강아지는 계속 어미젖을 빨아댄다. 내가 가까이 다가가니 녀석은 강아지를 다리로 감싸고 이를 보이며 으르렁거린다. 모성 본능이다. 강아지의 털 색깔과 귀 모양이 어미와는 다르다. 자기보다 큰 종을 낳은 모양이다. 강아지에게는 아직 생기가 있다. 털에 윤이 흐르고 코끝이 젖어 있다. 어미는 죽어도 새끼는 살아갈 모습이다. 무슨 보호막처럼 어미가 둘러쳐 놓은 기운이 나를 더 이상 접근하지 못하게 한다.

나는 동굴을 빠르게 빠져나온다. 현우 선생의 연구실 앞까지 단숨에 오른다. 고개를 숙이고 연구실 주변을 기웃거리다가 몸을 문에 바짝 붙인다. 주위에 아무도 없는지 확인하고 문을 자연스럽게 열고 들어간다. 디지털 키 비밀번호뿐 아니라 내부도 아무 변화가 없다.

나는 현우 선생의 지시대로 책상 서랍을 열어 악보를 찾는다. 조카는 최근 것을 참조하라고 했다. 서랍에 든 악보는 스크랩 북 한 권 분량이다. 훑어보니 작년 앨범에 쓰였던 곡들이다. 새것은 없어 보인다.

스승의 악보는 남이 잘 알아보지 못하는 음표와 기호로 가득했다. 그만큼 스승은 즉흥성을 중시했다. 스승은 순간의 느낌 위주로 곡을 만들어갔다. 녹음해두지 않으면 음표는 제각기 어디론가 날아가 버리고 말 것이다. 현우 선생은 기호와 양식에 집착하면 오히려 깊은 울림을 놓칠 수 있다고 했다. 스승은 그래서 음표보다 곡의 흐름에 집중하라 했다.

그래도 곡의 의도는 제대로 전해줘야 하지 않을까, 너무 순간적인 느낌만 강조하면 지나치게 개별적인 음악이 되지 않을까.

나는 처음 보는 악곡을 스마트폰 카메라로 몇 장 찍어 저장해둔다. 작곡에 별 도움이 안 될 악보지만, 현우 선생에게 연구실에 다녀갔다는 증거를 남겨 둬야 한다.

스승의 심부름이어도 학교에서 누군가와 마주치기 싫어 나는 급히 연구실을 빠져나온다. 동굴로 들어가기 전에 강아지가 생각나 자판기에 돈을 넣고 바나나우유 두 개를 빼낸다.

나는 우유를 들고 동굴 안으로 몸을 밀어 넣듯이 들어선다. 입구 안쪽에서 주춤하다 발걸음이 어긋나 휘청, 무릎이 꺾인다. 예비 없이 어둠을 맞이한 탓이다. 전등을 비추려고 스마트폰에 집중하다 더욱 균형을 잃는다. 엎어지면서 가슴이 동굴 바닥에 받힌다. 배에서 시작된 타격감은 곧장 머리에서 발끝까지 번져 숨을 막아온다. 어둠이 어깨를 무겁게 내리누른다.

나는 정신을 놓칠 것 같아 손에 쥔 우유를 버리고 일어난다. 스마트폰에서 뿜는 빛에 빨려들 듯 나는 동굴 안을 발바닥으로 훑듯 걸어간다. 그러나 몇 발자국 옮기기도 전에 풀썩 무릎이 꺾인다. 힘이 없다. 온몸의 기운이 순식간에 빠져나간다. 나는 다시 꼬꾸라진다.

아픔만 밀려온다. 이마가 깨질 듯하고 코끝이 싸늘

하다. 어깨가 상했는지 팔이 저리다. 갈빗대도 하나 정도 깨진 듯싶다. 가슴과 배가 쇳덩이에 눌린 듯 묵직하다. 손가락 하나 움직일 수 없는데, 정신은 바삐 돌아간다. 스마트폰. 그래 먼저 스마트폰을 찾아 어디든 전화를 걸어야 한다. 긴급통화로 내 상황을 어서 알려야 한다. 엎어질 때 손에서 떨어져 나간 스마트폰은 어디로 갔는지 보이지 않는다. 깜깜하다. 잠을 자는지 깨어 있는지 분간하기 어렵다.

잠이라면 깨어나지 않아도 상관없지 않은가. 나를 보고 싶어 하고 생각해 주는 사람이 누가 있을까. 내 이름을 불러주거나 나를 위해 눈물을 흘린 사람 있을까.

…곡을 기다리는 스승과 조카가 있다. 아이도 있다. 아이가 자기 앞가림하는 것을 보아야 눈 감을 수 있다.

해야 할 일을 이것저것 떠올리며 고개를 조금 움직여 본다. 간신히 머리를 들어보니 시야가 넓어진다. 스마트폰도 보인다. 폰은 십 미터쯤 앞에 엎어져 바닥에 빛을 비추고 있다. 바닥을 밀쳐내다 남은 빛이 어둠을 묶어 버린다.

개가 희미하게나마 보인다. 개는 내가 버린 우유를 핥고 있다. 강아지가 개의 배에 붙어 젖을 물고 있다. 다시 암전. 나는 목에 힘을 주어 본다. 가슴에 눌린 팔을 빼내 땅을 딛고 일어나 앉고 싶다. 하지만 마음뿐,

몸은 꼼짝하지 않는다. 팔을 가슴에서 빼내 세우려다 오히려 팔을 부러뜨릴 것만 같다.

국악과 학생들이 연습 중인가 보다.

가야금과 대금이 합주하는 국악 가락이 들려온다. 못 들어본 곡이다. 합주가 개인 연습으로 바뀌었는지 어지러운 선율이 이어지다 잦아든다. 여러 선율 가닥 속에서 비나리가 들린다. 북한산 그 숲속에서 들리던 가락이다.

현실임을 일깨우듯 스마트폰 벨 소리가 동굴을 울린다. 벨 소리에 따라 개가 끙끙거린다. 한참 울던 벨이 그치고 다시 정적. 그러나 동굴 속에 남아 있는 국악 가락과 비나리, 그리고 벨의 음은 메아리쳐 내 귀에 쟁쟁하다. 그 소리는 이내 명료한 멜로디가 된다. 그 멜로디는 계속 이어져 나를 감싼다. 내 얼굴을 쓰다듬고 뒷덜미를 어루만지다 온몸을 휘감아 돈다.

일어나, 어서. 곡을 완성해야 하잖아. 일어나, 어서.

내 속의 외침인지, 현우 선생의 꾸중인지, 윤주의 바람인지, 채근이 들려온다.

— 거울에 드리운 커튼을 걷어요. 사랑을 사랑하고픈 내 얼굴, 거울 속엔 그대 눈빛이, 바깥엔 사랑의 흔적 있어요. 이제 커튼을 치고 거울을 닫을 때, 사랑을 열고 미움을 닫아요.

먹먹하던 동굴 속에서 스승의 노랫말이 선율을 밟아 가며 솟아오른다. 소리에 힘이 실려 있다. 나는 소리의 리듬에 맞춰 발가락을 까닥인다. 금방이라도 곡을 완성할 것 같다.

현우 선생이 원하는 곡이 어떤 흐름인지 알겠다. 문제는 리듬에 있었다. 리듬을 좀 더 빠르게, 두 마디의 멜로디를 감싸는 비트가 분명해야 했다. 리듬을 선명하게 타야 했다. 멜로디가 밀려날 정도의 리듬감을 스승은 원했던 것이다. 그랬다. 중모리였다. 중모리 후의 자진모리와 휘모리까지 밀어붙였던 것이다. 아마 가끔 세마치도 넣었을 것이다. 그래야 흥을 더욱 돋울 수 있을 테니까. 리듬이 곧 멜로디인 우리의 흥. 흥겨움 속에 서글픔이 녹아 있는, 덩,덕쿵 덩기덕덕쿵덕. 어깨를 들썩이게 하는 두 박이 곧 서정어린 멜로디가 되는 가락이었다. 나는 첫 박과 아홉 박에 힘을 준다. 그렇지, 얼쑤, 이거다.

어느새 다가왔는지 개가 내 머리를 핥는다. 강아지도 어미를 따라 내 입을 킁킁거리다 입술을 빤다. 강아지한테서 참기름 냄새가 난다. 간지럽고 아프다.

간신히 고개를 돌려 위를 본다. 개들은 계속 나를 핥는다. 현우 선생의 연구실 쪽 동굴 입구에서 사람의 모습이 어른거린다. 실루엣뿐이지만 그들이 누군지 나는 알 것 같다. 홀로그램처럼 떠오른 이미지가 내게 기운을 넣어준다. 현우 선생과 윤주가 서로 엉켜 춤을 추고 있다. 만들어지는 중모리 곡에 맞춰 두 사람이 어깨를 들썩인다. 리듬에 맞춘 춤이 선율을 더 뚜렷하게 만든다. 이 멜로디와 리듬을 기억해둬야 한다.

윤주와 현우 선생은 리듬에 맞추어 오래도록 춤을 추리. 윤주의 고음과 현우 선생의 가성이 조화를 이루리. 윤주의 손가락 마디에 끼인 다른 이의 손가락은 누구의 것인가. 스승이다. 윤주의 발등에 얹힌 발바닥은 누구의 것인가. 내 것이어야 하리. 윤주의 사랑이어야 노래는 완성되리.

나는 몸을 굴려본다. 첫 뒤집기 하는 갓난아이처럼 잔뜩 힘을 모은다. 한참 만에 간신히 몸을 뒤집는다. 다리도 움직여 본다. 힘이 붙는다. 주먹도 쥘 수 있다. 어떤 걸림이 없고 아무 어려움도 없다. 가뿐하다.

나는 일어나서 스마트폰을 주워 빛을 비추며 천천히 동굴을 빠져나간다. 입안에 고인 멜로디는 머릿속에서 악보로 새겨진다.

그는 나다

>> 현우

모든 것은 현우 님으로부터입니다. 물과 산, 빛과 그늘, 하늘과 땅 모두가 선생님에게서 비롯됩니다. 나도, 아기도 그렇고요. 강물에 비추는 하늘은 현우 님의 눈짓이고 실려 오는 바람은 현우 님의 숨결, 쓰러지고 일어서는 물결은 현우 님의 맥박입니다. 강가에서 강아지 한 마리가 온종일 뛰어놀아요. 피었다 지고 다시 피는 개나리, 튤립, 장미, 수선화가 강물에 뒤집히고 떠올라요.

성재가 곡을 다시 써왔다. 새 곡은 좋았다. 처음부터 끝까지 모자람이 없었다. 과장되지도 않았다. 빈 곳이 있는 듯하지만, 그 또한 의미가 전해졌다. 어색하지 않았다. 내가 만든 곡이 정말 있기나 했나, 가물가물했는데 성재가 또렷하게 되살려 주었다.

아, 어디 갔다가 이제야 돌아왔나, 우주의 끝에서 머물다 날아온 사랑의 멜로디였다. 〈거울 커튼〉. 제목도 성재와 조카가 정했는데, 아주 적절했다. 중모리…, 좋은 아이디어였다. 산조의 리듬이 충분히 살아 있는 발라드였다.

잔잔한 강에 띄워진 나룻배의 진행처럼 부드럽게 시작하는 선율은 중모리장단에 실려 서서히 흥을 낸다. 배는 폭풍우를 만나 출렁거리며 위기에 빠져 침몰하는 듯하다가 다시 안정을 찾고 서서히 부두에 매인다. 일부러 어긋나는 박자, 반음씩 흔들려 오히려 자연스러운 경과음…, 곡 전체는 힘을 줄 때와 뺄 때를 정확히 짚어줘 듣는 긴장과 이완을 조율하고 있다. 리듬이다. 우리의 리듬. 성재는 우리 리듬을 살린 것이다.

이 곡이었다. 내 머릿속에서 어슴푸레 떠돌던 풍경이 확연히 드러났다. 뼛속의 가려움이 사라졌다. 성재가 내 감금증후군을 풀어주는 듯싶었다.

성재가 연주를 끝내자 나는 벌떡 일어나 박수를 쳐주고 싶었다. 힘도 불끈 솟았다. 나를 보고 있는 조카에게 나는 빠르게 눈을 깜박여 보였다. 흡족하다는 의미였다. 조카도 고개를 깊이 끄덕여 호응해 주었다.

조카는 성재에게 다시 연주를 부탁했다. 녹음하려는 모양이다. 편곡하고 가수 정해서 반주와 코러스 넣으면 그대로 모든 사람의 귀를 즐겁게 해 줄 곡이다. 제대로 된 무대에서 연주하는 이 곡을 들어보고 싶다. 그럴 때까지 맑은 정신으로 살아 있으면 좋으련만.

아니, 욕심 없다. 이제 귀먹고 눈멀어도 상관없다.

잠자다 숨이 멎어 깨어나지 않아도 무방하다. 이제 내려놓으리라. 나는 이 한 곡으로 내 삶의 마지막을 아쉽지 않게 보냈다고 자부할 수 있다. 내가 없어져도 이 곡이 나를 증명해 줄 것이다.

죽음은 열려 있는 육체, 그 육체에 생명을 불어넣는 좋은 음악, 만물의 가슴을 열게 하는 열쇠. 나는 얼마 지나지 않아 눈 깜박임도 못하게 되리라. 내 시간은 없어져도 내 노래는 오랜 시간 속을 흐르리.

선생님으로부터 떨어지니 냉해 입은 녹보수처럼 말라가기 시작합니다. 라이브 카페 구석에 서 있는 녹보수, 얼음 같은 이파리 떨궈내고 뿌리는 썩어갑니다. 예고 없이 찾아온 아기도 빠르게 사라져 버렸어요, 저는 괴물입니다. 벌건 핏덩이를 안고 절규하는 입에서는 새빨간 거짓말만 나옵니다. 바싹 마른 사막 한 가운데의 삶. 맥주 쉰 냄새와 니코틴 절은 업소에서 노래하다 쓰러져 자고, 쥐가 집을 지은 낡은 소파에서 배달 음식 먹고 노래하고 또 잠에 빠지는 이 세월. 뜨겁고 메마른 사막을 건너기 위해 목청 높이는 괴물의 울음은 잠겨갑니다.

며칠 전부터 같은 꿈만 꾼다. 불타오르는 건물에 내가 걸어 들어가는 꿈이다. 건물 안은 얼음 가시가 곳곳에 튀어나와 내 걸음을 막는다. 건물 입구 한구석에 비닐 봉투가 반쯤 입을 벌리고 있다. 봉투 바깥으로 아기의 팔다리가 삐져나와 있다.

일주일 전, 실제 있었던 화재 사건 탓이리라. 저녁 8시쯤 화재경보기가 울렸다. 처음엔 도둑이 든 줄 알았다. 한 번도 울린 적 없던 경보기가 집 안을 찢을 듯 소리쳤다. 곧이어 거실의 스프링클러에서 물이 쏟아져나왔다.

가끔 앞집 정원에서 무언가를 태우던데, 이번에도 불을 놓다 불씨가 옮겨온 모양이었다. 베란다 앞 재활용 쓰레기통에 불이 붙은 듯했다. 조카가 현관에 있는 소화기를 들고 나가더니 불을 잠재우고 돌아왔다. 조카가 없었더라면 온 동네가 화마에 휩쓸렸을지도 모르겠다.

불 속의 얼음.

화재경보기가 울리고 고무 탄내가 날 때 제일 먼저 아기가 떠올랐다. 베란다 냉장고가 생각났다. 얼어 있는 아기가 녹아 사라질지도 모른다는 걱정으로 머리가 끓어올랐다. 뜨겁다는 아기의 절규도 들려오는 것 같았다. 아기의 소리가 뇌수를 태웠다.

아기가 녹아 새로 빚어진다면 내 노래도 녹아 새로 빚어질까. 이렇게 간절히 나를 찾아 부르는 아기의 소리가 쟁쟁한데, 그 소리가 나를 새로 짜맞추려 온 세상을 뒤흔드는데, 나는 아기 아빠로 할 일 하나도 없는데….

내 몸은 타버려도 상관없다. 하지만, 베란다에 있는 아기는 아무 잘못 없다. 아가야 미안해. 나는 눈을 감는다. 눈꺼풀 사이로 비어져 나온 눈물이 뺨을 긁고 내려간다.

불이 말끔히 진정되니 다시금 고요하다. 아무 소리 없는 세상은 두렵다. 적막은 삶이 아니다. 이 세상을 이제 떠날 때가 되었나, 적요가 무겁다.

나 떠나면 아기와 나를 화장해서 구룡포에 뿌려다오. 해변과 노래비에 뿌리고 남으면 북한산 우리 집 은행나무에 묻어다오. 바람 불 때마다 은행나무잎이 박수하고 뒤뜰에서 앙코르 메아리 울리리.

감았던 눈을 뜬다. 조카가 음악을 틀었나 보다. 거실의 컴포넌트 음향이 안방에 들어와 울린다. 녹음된 성재의 연주가 재생되고 있다. 조카가 채보하는 중인지 같은 멜로디가 몇 마디 반복되다가 진행되고, 반복하고 진행된다. 몇 번을 들어도 물리지 않는 곡이다.

나는 천천히 휠체어에서 몸을 움직여 본다. 손가락뿐 아니라 팔과 다리가 흔들리기 시작한다. 누군가 내 뒤에 있는 것 같다. 그가 내 겨드랑이를 부축해 나를 일으켜 세운다. 이런 좋은 음악에 맞춰 춤을 안 추면 안 되지. 나는 혼잣말하고 그의 손을 뿌리친다. 가슴이 벅차오르고 발목에 힘이 생긴다. 나는 벌떡 일어선다.

나의 발은 어느새 리듬에 실려 제자리걸음까지 할 수 있게 되고, 나의 팔은 허공을 휘저을 수 있게 된다. 가슴이 벅차오르고 눈이 뜨겁다. 나는 성재가 가져온 새 음악에 맞춰 몸을 흔든다. 어깨가 들썩들썩, 무릎이 출렁출렁, 점점 더 신명이 난다. 당장 살풀이춤이라도 나올 듯하다. 발짓, 손놀림이 이렇게 가벼울 수가. 뒤에서 누군가가 내 어깨를 부여잡고 흥을 부추긴다. 나는 고개를 돌려 그를 바라본다.

그는 나다.

선인장의 세월

>> 윤주

어제오늘 같은 꿈을 꿉니다. 전에도 비슷한 꿈을 꾼 적이 있어요. 나는 피로한 몸을 강변에 맡기고 있습니다. 바닥에 엎드려 음료를 빨고 있는데, 개가 다가와 내 음료를 핥습니다. 털이 뭉텅뭉텅 빠져 있는, 비쩍 마른 피추입니다. 새끼를 낳았는지 늘어진 젖을 땅에 질질 끌고 다니며 먹을 것을 찾고 있습니다. 피추 뒤를 따르는 강아지도 있는데, 녀석의 허리에서 뭔가 번쩍입니다. 가까이 들여다보니, 칼이 박혀 있습니다. 강아지는 그 상태로 어미젖을 문 채 길을 쓸고 다닙니다.

녀석들은 내 음료를 빨다가 내 팔을 핥는 것 같아요. 녀석들의 혀가 팔에 닿는 느낌에 소스라쳐 일어납니다. 꿈. 깨어나 팔을 보면 젖어 있습니다. 내가 흘린 침과 눈물입니다.

꿈을 꾸고 나면 어머니 생각이 간절해집니다. 꿈 안에서의 모습은 기억에 없지만, 꿈 밖으로 나오면 어머니인 줄 알겠습니다. 따스하고 포근한 느낌이 온종일 나를 감쌉니다. 어머니, 따스한 물속 같은 어머니.

나는 막내와 카페 근처의 찜질방에 왔습니다. 막내가 여러 번 권했지만 나는 한 번도 오지 않았습니다. 업소에서 버스 한 정거장 거리지만 지구대를 지나야 했습니다. 낯선 곳, 낯선 사람, 파출소는 두려웠습니다. 옴니버스 음반 녹음 뒤에 내가 숨은 방에서 이렇게 멀리까지 나가본 적 처음입니다.

내게 일어난 그동안의 모든 사건들은 노래를 잘하기 위한 여정이라 나는 생각했습니다. 노래에 열중했지만 노래를 잃어 다시 노래를 찾기 위한 수행이라고 스스로를 다잡았습니다. 이 칩거가 언제 끝날지 나도 잘 모르겠습니다. 사장과 막내 외엔 사람들과 눈을 마주치기도 어려워졌습니다.

무대 아래에서 간혹 나를 쏘아보는 손님도 있는데, 그럴 때마다 나는 눈을 감아 버립니다. 그가 계속 내 눈을 보는 느낌이어서 불안해하다가 가사를 놓친 때도 있습니다. 그 손님이 한동안 날마다 와서 나는 아예 고음 위주의 곡으로 레퍼토리를 구성했습니다. 그가 무대 위로 뛰어올라 내 멱살을 잡고 수갑을 채울지 모른다는 상상이 들면 더 악쓰는 노래를 불렀습니다.

현우 님과 성재에게서 멀어진 뒤 나는 막내를 위안 삼아 살아갑니다. 그녀와 함께 있으면 불안과 두려움이 사라집니다. 막내는 요즘 사랑에 빠져 있는 것 같습니다. 상대는 노총각 사장입니다. 둘은 비밀인 척 행동하지만 주변 사람은 다 알고 있습니다.

막내가 한층 맑아졌어요. 여자는 남자를 사귀면 얼굴빛이 달라진다는 말이 맞는 듯싶습니다.

— 언니, 왜 다른 라이브에서는 노래 안 해요?

막내가 한증막 안에서 마대 천을 둘러쓴 채 물어옵니다. 바깥출입을 하지 않는 내가 답답해 보였나 봐요. 막내는 내 사정을 모릅니다. 내가 답을 않자, 막내가 눈치를 보다가 뜨겁다며 먼저 한증막을 나갑니다. 노래는 나를 비추는 거울입니다. 제일 예쁘던 때의 내 모습을 비춰줍니다. 그런데, 거울은 이제 막내를 보여주기 시작합니다. 나는 한증막에서 나와 숯방에서 스마트폰을 보고 있는 막내 곁으로 갔습니다. 막내가 식혜를 사놓고 나를 기다리고 있었습니다.

— 나, 언니 노래 닮고 싶어요. 흉내 내보려고 집에서 매일 연습해요.

막내는 식혜를 주고 나를 추켜세웁니다. 친화력과 눈치 빠름도 그녀의 장점입니다. 좋은 가수의 재능이 바로 눈치 빠름인 줄 그녀는 잘 알고 있습니다. 우리가 사랑하는 것은 좋은 노래입니다. 더 사랑하는 것은 그 노래를 부르는 사람입니다. 그 노래와 하나가 된 가수입니다. 막내가 그런 사람입니다.

나는 피곤해서 눕습니다. 막내도 곁에 엎드립니다. 나는 스마트폰에서 나오는 음악을 들으며, 그를 따라 부르는 막내의 흥얼거림을 들으며 무슨 노래일까 좇다가 잠 속으로 빠져듭니다. 잠 안에서 노래가 더욱 선명하게 들려옵니다.

스승의 대표곡입니다. 구룡포 노래비에 새겨진 〈꿈의 그대〉. 꿈속에서도 가슴을 파고드는 〈꿈의 그대〉를 따라 읊으며 나는 울컥, 울음을 삼킵니다.

'꿈에 본 그대를 오늘 정말 보네, 그대 잠에 초대된 나, 꿈에 들어 그대를 만나네….'

잠결 따라 흐르는 〈꿈의 그대〉에 막내 목소리가 얹힙니다. 그녀가 홀로 부르면 제맛을 살리는 곡이 될 것입니다. 막내는 이 곡을 자기식으로 바꿔 부르겠지요. 더 좋은 노래로 변주되겠죠.

이맘때면 재즈 페스티벌이 열리는데 막내를 데리고 가야지, 하는 생각이 희미해지면서 잠은 더 강하게 나를 끌어당깁니다. 이제 꿈에서 나와야 합니다. 오늘은 많이 연습하리라 계획했습니다. 〈봄날은 간다〉, 〈그대는 가고〉, 또 뭐더라 레퍼토리를 늘여야 하는데, 어서 일어나야지….

생각만 있을 뿐 몸은 움직여지지 않아요. 해야 할 일 생각도 사라지고 꿈속 풍경으로 들어갑니다. 강아지가 뽈뽈거리며 내게 다가옵니다. 나는 옴짝달싹할 수 없습니다. 강아지로부터 도망치지 못합니다. 강아지가 내 허벅지에 올라 오줌을 누고 내 발가락을 핥습니다. 나는 다리를 온전히 강아지에게 내어줍니다. 강아지가 철철, 내 다리를 핥지만 나는 일어나야지, 일어나야지 하는 생각뿐입니다.

앗 차가.

허벅지가 차가워 눈을 뜹니다. 일어나 아래를 보니 식혜 그릇이 엎어져 있습니다. 식혜가 엎질러지며 다리를 적신 것입니다. 나는 식혜 병을 세우고 다시 잠을 부릅니다.

이미 달아난 잠은 다시 찾아들지 않았습니다. 이번 의정부 재즈페스티벌에 꼭 참가하리라는 다짐이 더 굳어집니다. 나는 막내를 남겨두고 혼자 한증막을 나왔습니다. 이런 용기가 어디서 나왔는지 나도 모르겠습니다. 라이브 카페에 처음 올 때 유독 눈에 달라붙던 절에 직접 가 보기로 했습니다. 카페테라스에서도 잘 보이는 작은 사찰인데, 볼 때마다 언젠가 꼭 찾아가리라, 마음에 두었던 절입니다. 테라스에서 보면 절은 금방이라도 강물에 떨어질 것처럼 기울어져 있었습니다. 산등성이에 박힌 큰 바위가 어부바하고 있는 것처럼 보였습니다.

절 입구 천왕문에 들어서자 사천왕이 버티고 있습니다. 아름드리 문설주를 넘어 자갈 마당에 들어섭니다. 마음이 빠르게 가라앉습니다. 한걸음, 한걸음, 발길이 조심스러워집니다. 누군가 내 모습을 지켜보는 듯합니다. 나는 탑을 거쳐 대웅전 오르는 계단에서 멈칫, 합니다. 송아지만한 개가 불쑥 나타나 계단 위에 섭니다. 진돗개입니다.

나는 놀라 뒤로 물러섭니다. 개는 그럴 줄 알았다는 듯 고개를 한 번 끄덕여 보이곤 대웅전 뒤로 돌아갑니다. 나는 심호흡으로 한층 더 마음을 가라앉히고 문고리를 당겨 대웅전 문을 엽니다.

바깥에서 예상했던 크기가 아니었습니다. 넓었습니다. 부처님도 세 분 모셔져 있습니다. 석가모니 부처님 왼쪽에 문수보살, 오른쪽에 보현보살님. 나는 허물어지듯 무릎을 꺾고 앉습니다. 두 손을 모아 가슴에 얹으니 저절로 탄식이 나옵니다.

아버지 죄송해요.

무릎을 세우고 일어나 다시 절합니다.

미안해 아가야.

절은 계속 이어집니다.

세 번에서 열 번, 스무 번에서 잠시 쉬었다가 서른 번…, 일어섰다 다시 엎드려 조아리는 되풀이 기도는 힘들지 않습니다. 정수리에서 맺혀나온 땀이 관자놀이 아래로 흘러내립니다.

모았던 손을 바닥에 짚고 이마를 바닥에 댈 때마다 아기에게 미안하다는 말이 입 밖으로 저절로 나옵니다. 온몸을 짓이기던 죄책감이 떨어져 나가기를 바랄

뿐입니다. 나는 입술을 깨물고 절을 계속 올립니다.

한 시간을 훌쩍 넘깁니다. 허리가 무겁습니다. 장딴지에 쥐가 난 듯합니다. 일어나다가 비틀, 다시 무릎을 꿇습니다. 어디선가 불경 외는 소리가 들립니다. 가끔 목탁 두드리는 소리도 얹힙니다. 대웅전 실내에는 아무도 없는 줄 알았는데, 불경 소리가 낭랑합니다.

소리를 찾아 둘러봅니다. 근원지는 미륵부처 앞입니다. 제단 아래, 공양 쌀가마니에 가려진 숨은 공간이었습니다. 일반 신도로 보이는데, 경소리가 유창합니다. 곡조가 단단하고 박자도 정확합니다.

경소리에 맞춰 내 몸이 움찔거립니다. 노래처럼 들려오는 소리가 겨드랑이를 찌르고 어깨를 칩니다. 무슨 업을 지었기에 이렇게 소리에 민감한가요. 소리가 업인데, 나는 좋은 소리를 낼 수 없는 업을 지었는지요.

아기를 낳아야 했어요. 곱게 키워 평생 내 곁에 두어야 했어요. 아가야 용서해줘. 풍선 같은 속울음이 입 밖으로 나와 터집니다. 경소리가 멎습니다. 오열은 대웅전 실내를 울립니다. 경을 외던 불자가 뒤를 돌아 나를 봅니다.

나는 일어서서 바깥으로 나갑니다. 뺨에 흐르던 눈물이 댓돌에 놓인 신발 위로 떨어집니다. 강아지가 한 마리가 달려와 내 신발을 물고 달아납니다. 나는 신발 한쪽만 신고 강아지를 좇습니다. 대웅전 뒤를 돌아가니 좀 전의 큰 진돗개가 으르렁거립니다. 강아지가 내 신발 한 짝을 누르고 있습니다. 나는 문득 허기가 몰려오고 어지럽습니다. 눈앞이 아득해집니다. 뭔가 먹어야겠다는 생각뿐입니다.

나는 개를 마주하고 털썩 주저앉습니다. 개가 이상하다는 듯 나를 보고 고개를 갸웃거립니다. 나는 개가 물었던 뼈다귀라도 먹고픈 심정입니다. 기운이 하나도 없습니다. 공복은 아무 생각도 못 하게 합니다. 언제 후회의 눈물이 있었냐 싶게 내 위장은 아무거라도 당장 넣어달라고 아우성칩니다.

나는 개가 깔고 앉은 신발을 낚아채 신고 빠르게 달립니다. 개는 내 뒤를 쫓다가 천왕문 앞에서 멈춥니다. 나는 경내 바깥으로 가서 눈에 보이는 중식당으로 들어갑니다.

나는 자장면을 허겁지겁 입에 우겨넣으며 생각합니다. 이번 의정부 오디션을 마치고 곧장 경찰서로 달려가는 나를 떠올립니다. 가서 수갑을 채워 달라고 손을 내미는 나를 그려봅니다. 나는 죄의 대가를 치르며 참회의 시간을 보내겠다고, 자장면 그릇이 말끔히 비워질 때까지 다짐합니다.

풍선을 타고 여행 떠나듯

>> 성재

오늘은 복지관 수업이 있는 날이다. 나는 학교 강의를 그만둔 뒤 구청 복지관 센터에서 노래를 가르치고 있다. 저녁 시간에 주부들과 노래하며 몇 가지 발성 요령을 전해 주면 시간이 금방 흐른다.

스승이 내 곡을 그렇게 칭찬할 줄 예상하지 못했다. 내게 건네던, 그런 따스한 눈길은 스승을 만나고 처음이다. 이제 나도 음악계의 중심에 선 듯싶다. 사람들의 시선을 가볍게 받아치며 으쓱대는, 자기 세계가 뚜렷한 작곡가가 된 것 같다. 희망을 이룬 기분이다.

요 며칠 동안은 그 노래만 귀에 가득하다. 오늘 아침에는 후렴구 첫 소절이 입술에 붙어 떨어지지 않았다. 초고 악보를 조카에게 주었는데, 조카가 더 세세하게 채보할 것이다. 이제 녹음만 하면 되리라. 조카가 스승과 의논해서 뮤지션을 부르고 편곡해서 합주하겠지. 녹음에 대해서도 지난번에 내 의견을 잠깐 말했을 때, 스승은 즉각 답을 안 했지만 수긍하는 낌새였다. 배경은 국악 현악 사중주인데 거문고가 기조음을 연주하고, 해금이 주선율을 끌어나간다. 콘트라베이스와 피아노도 있고 어쿠스틱 기타도 함께한다. 간주를 아쟁과 기타가 치고 나가며 클라이맥스는 가수와 해금이 한마디씩 주고받는 형식이다.

윤주가 노래하면 어떨까. 남자 가수 곡이지만 변조하면 상관없다. 스승한테 건의해 볼까, 하는 생각은 이내 꼬리를 감춘다. 윤주와 스승이 또 엮이는 상황은 역시 부자연스러워 보인다.

나는 수업 전에 예약해 둔 병원에 들르기로 한다. 위를 비워 둔 상태여서 내시경 진료를 받고 복지관에 가도 될 시간이다. 국민건강보험공단에서 격년으로 건강검진을 시행하고 있는데, 올해 내게 무료로 위암 검진을 해 준단다. 나는 빠른 걸음으로 동네 의원 쪽을 향한다.

이 의원은 동네에서 제일 큰 데, 의사 혼자 외래 환자와 건강검진 주민을 모두 진료하고 있다. 간호사가 두 명 있지만 손이 늘 부족하다. 욕심 많은 의사지만 주민들이 신뢰하는 분위기다. 다음에는 여기 오지 않으리라 다짐하기를 서너 차례다. 나는 두 시간을 기다려 프로포폴을 맞고 마취에 젖는다. 아무 생각 없이, 아픔 없이, 말없이 잠깐 눈을 감았다 뜨니 위내시경이 끝나 있다. 의사는 없고 간호사가 기구를 정리하며 내게 휴게실에서 대기하라고 외치듯 말한다.

나는 휴게실에서 기다렸다가 의사 앞으로 가 앉는다. 의사는 컴퓨터 모니터를 가리키며 위염 기가 있으니 처방 약 먹고 다시 오라고 빠르게 말한다. 그의 기계적인 언행이 싫어 나는 알겠다, 당신이 더 병이 있어 보이니 좀 쉬라,고 마음 속으로 말하고 벌떡 일어나 나간다. 마취 기운이 남아 있어 어찔, 쓰러질 뻔하다 바로 선다. 의사가 밉다. 이렇게 욕심이 많아야 성공하는 의사가 되는지.

복지관 가는 내내 어지럽고 목이 아프다. 마취가 풀리면서 어깨와 목 부근이 뻐근해 온다. 입술도 자꾸 마른다. 제대로 강의할 수 있을지 모르겠다. 사정을 이야기하고 몇 곡 완창하는 방식으로 수업하기로 한다. 시간 분배를 가늠해본다. 새로운 주부가 의욕을 보이는데, 그녀에게 마이크를 맡기면 엉성하지 않은 진행이 될 것이다.

복지관 강의실은 자리가 거의 찼다. 오늘따라 출석률이 높다. 수업을 시작한다. 마취가 가시지 않은 채여서 혀가 말린다. 발음이 어눌하다. 나는 준비한 〈꽃밭에서〉와 〈그대 가까이〉, 〈바람의 노래〉 악보를 수강생들에게 나눠주고, 〈해주아리랑〉과 〈진달래꽃〉의 해금 악보를 빔 프로젝터에 링크해놓는다.

늘 그렇듯이 세대별 대표 여가수의 히트곡을 두 시간 동안 부르는 것이 수업 내용이다. 대중가요는 시대와 함께 살아있다는 현우 선생의 생각을 흉내 낸 것인데, 수강생들 모두가 이런 구성을 좋아한다.

나는 앰프에 전원을 올리고 세 곡의 반주 녹음파일과 악보를 컴퓨터에 띄워놓는다. 마춰 기운 때문에 음정을 맞추기 어려워 나는 마이크를 신입 회원에게 넘긴다. 신입 회원은 부끄러워하지만 곧 과도한 자신감으로 열창을 시작한다. 나는 노래 간주 때마다 생각해 둔 강의내용을 말한다.

노래교실에서마다 자주 해온 이야기가 차츰 정리되는 요즘이다. 오늘은 종강일이어서 학기수업내용을 복습해 나간다. 노래에 취한 사람들에게 무슨 말이 필요할까만, 오늘 수업에서는 나도 마음껏 감상에 취해 보려 한다.

— 노래를 이해하려 마십시오. 즐기십시오. 한마디, 한 소절 그저 몸으로 느끼십시오. 항구에 가서 바다를 보며 소주 한 잔 마십니다. 횟감은 입에 감기고 한 잔 술로 피곤이 풀립니다.

신입 회원이 한 다리로 기우뚱 서서 노래한다. 곧 쓰러질 듯하다. 자기 소리에 젖어 있는 모습이다. 나는 그녀의 곁으로 가서 자세를 바로 하라고 손짓한다.

— 대중가요는 힘을 빼고, 말하듯 노래하는 것이 중

요합니다. 청중에게 가사를 잘 전달해야 하는데, 그러려면 가사의 내용을 충분히 느끼고 그 감정을 백 프로 살려야 합니다. 감정을 말하듯 전해야 합니다. 성악곡은 가사보다 선율을 중시합니다. 그래서 성악곡은 가사를 못 듣는 경우가 많습니다. 우리는 성악처럼 부르지 않아도 됩니다.

— 악보 그대로 따라 부르려 하지 마십시오. 자기만의 악보를 만드십시오. 자신의 기호로, 머리보다 가슴에, 온몸에 음을 새겨 넣으십시오. 노래는 머리로 부르는 게 아닙니다. 몸에 기억된 느낌이 소리치는 것입니다. 노래의 내용을 자신의 몸에 무늬로 그려 넣으십시오. 속삭일 때, 다그칠 때, 절규할 때, 칭찬할 때…제각각의 감정을 놓치지 마십시오.

나는 빔프로젝터에서 쏘아주는 빈 악보에 손바닥을 대고 이리저리 움직여 그림자를 만들어 보인다. 여러 형상이 화면에 비친다. 노래할 때는 자신의 몸에 새긴 감정의 흔적을 보여주는 것이라 말하고 손을 움직인다.

— 노래는 숨소리입니다. 살아 있어야 들이마시고 내뱉을 수 있는 숨결입니다. 생명입니다. 내 속의 숨을 바깥 공기에 조화롭게 들락거리게 하는 숨. 그 소리가 자연스러울 때 가장 좋은 소리가 납니다. 죽은 사람은 말을 못합니다, 살아있을 때 살아가는 이야기를 말해 주십시오.

나는 신입 회원의 배를 손가락으로 가리킨다. 회원이 노래를 부르다 멈칫, 숨길이 어긋나 박자를 놓친다.

— 가슴보다 배꼽으로 호흡할 때 숨이 깊고 오래 갑니다. 숨을 열고 막는 꼭지가 배꼽입니다. 배꼽이 곡 전체 흐름을 조절해 줍니다. 가장 힘을 줘야 할 곳입니다. 배꼽으로 지구를 들어 올린다고 생각하십시오.

— 노래를 이성으로, 논리로 파악할 수 있나요. 사랑이 그렇듯 노래도 이성이 닿지 않는 곳에 있습니다. 아무 조건 없이 그냥 주듯, 그냥 부릅니다. 배에 오르면 처음에는 멀미로 괴롭습니다. 배의 흔들림에 맞추기 시작하면 멀미는 사라집니다.

신입 회원이 노래를 마치고 남자 회원을 가리킨다. 중년남성이다. 그가 일어서서 마이크 앞으로 나온다. 그는 〈그대 가까이〉를 자기 음역대에 맞춰 낮은 키로

부른다. 중년은 시작부터 워워, 소리를 크게 뱉어낸다.

— 구강을 넓혀 공명 기관을 크게 할수록 울림이 깊어집니다. 입만 크게 벌린다고 구강이 넓어지지 않습니다. 턱을 내리고 혀뿌리를 입 아래로 붙이십시오. 깊은 한숨 내쉬듯, 하품할 때처럼 가사를 자연스럽게 뱉어내십시오.

— 사랑하는 사람과 여행을 떠납니다. 여행 준비와 여행지 산책, 그리고 돌아올 때까지의 모든 과정이 노래입니다. 사랑 여행은 언제든 새롭습니다. 새로운 장소가 좋지요. 그러나 더 좋은 장소는 사랑하는 사람이 편안한 곳입니다. 익숙한 것이 편하지요. 노래도 그렇습니다. 처음 듣는 곡은 늘 좋습니다. 하지만 어디서, 언젠가 들어봤던 곡이 더 좋습니다.

중년은 고음 부분에서 힘들어한다. 성대를 쥐어짜 생목으로 부른다. 눈살을 잔뜩 찌푸리고 고함을 지르듯 노래한다.

— 높은음은 이마에서 내야 합니다. 머리에서 나온 음이 포물선을 그리며 백 미터 이상을 날아간다는 기분으로 힘차게 내지르십시오. 힘이 들어 있지 않은 편안한 상태로 고음이 나와야 합니다.

— 노래하는 사람은 모두 종입니다. 하인의 자세로 노래해야 합니다. 머리를 조아리고 무릎을 꿇으십시오. 그는 성자가 됩니다. 존재감이 없을수록 좋습니다. 그는 청중의 즐거움으로 존재합니다. 이름을 붙이지 않을수록 좋습니다. 불러줄 이름이 없어야 합니다. 이름 없음으로 모든 것의 이름이 됩니다.

중년이 노래를 마치고 마이크를 다른 회원에게 넘긴다. 그가 노래 반주기를 만진다. 나는 마취가 덜 풀려서 여전히 어지럽다. 내 몸이 썩 좋지 않음을 중년 회원이 알고 노래 반주기를 켠 것이다. 회원들이 돌아가며 애창곡을 부른다.

— 입 모양을 '이'라고 하십시오. '에'라고 해도 괜찮습니다. 모든 모음은 그 입 모양에서 나오도록 연습해 보십시오. 소리를 입천장에 붙여주면 목에 힘이 들어가지 않고 높은 소리를 낼 수 있습니다.

— 윤리를 초월하는 윤리가 노래입니다, 행복을 원하십니까. 노래가 행복을 줍니다. 가수는 행복을 주는 행복한 사람입니다.

남자 회원이 노래 반주기의 번호를 누르고 선창하자 수강생 모두 따라 부른다. 〈만남〉이다. 금방 교육 효과가 나타난다. 부드럽고 힘 있는 소리가 강의실을 가득 메운다.

— 풍선을 타고 날아가는 모습을 상상해 봅니다. 높은음이든 낮은음이든 머리로 음을 낸다는 기분을 가지십시오. 아랫배에 힘을 주고 머리 위로 발성을 뿜어냅니다. 더운 숨결을 받아낸 기구가 부풀어 오릅니다. 서서히 떠오릅니다. 기구를 타고 하늘 높이 날아갑니다. 구름을 딛고 춤을 춥니다.

노래가 끝나자 마취에서 풀리는 기분이다. 시야도 선명해지고, 말에도 힘이 생긴다. 스스로의 노래에 취해 있던 수강생들도 박수하며 깨어나 현실로 돌아온다. 노래하기 전의 불만스런 표정, 우울한 표정, 무표정으로 되돌아온다. 노래에 취했을 때 잊고 있던 현실이 다시 눈앞에 닥쳐오는 것이리라.

복지관 수업이 끝나고 종강 회식에서 나는 맥주를 계속 들이켰다. 회원들이 채워주는 잔을 사양치 않고 그들의 덕담을 안주 삼아 마시고 또 마신다. 위 내시경검사 뒤 빈속이어서 금세 취한다. 나는 자리에서 일어난다.

약속이 있다고 거짓말하고 호프집을 나서지만 막상 갈 곳이 없다. 시계를 보니 집에 들어가기엔 너무 이른 시간이다. 허전하다. 일을 성공적으로 마친 뒤의

뿌듯함은 반나절 동안만이었다.

만족스럽게 곡을 완성해서 스승한테 인정받고 조카로부터 잔금도 받았다. 누군가 만나서 호탕하게 한 잔 내며 나를 드러내고 싶다. 사람들은 모두 끼리끼리 어울려 살아간다. 같은 일, 같은 목표, 비슷한 생각, 닮은 버릇을 갖고 서로 부대끼지만 나에게는 그런 묶임이 없다.스마트폰을 들어 무작정 번호를 눌러본다. 없는 번호라는 안내가 나온다. 이혼한 아내의 번호였다. 다른 번호를 누른다. 마찬가지로 결번이란다. 윤주의 것이었다. 전화 든 손이 무겁다. 나는 저장된 번호를 천천히 검색해 본다. 번호는 스무 개가 안 된다. 최신형 스마트폰으로 바꾸면서 이전 것들을 정리했다.

이제는 스스로를 외롭게 만들어 자유롭다고 좋아할 때가 아니잖아…. 나는 무작정 택시를 탄다. 선배의 카페로 가려던 생각이었지만, 기사에게 말한 행선지는 반대쪽이었다.

불알친구가 있다. 그는 시인이다. 그는 컨테이너박스를 연결한 건물에서 하우스 농사를 지으며 살아가고 있다.

소주잔을 들고 컨테이너 방으로 들어오는 그를 재작년에 보고 처음이다. 그동안 주름이 깊어졌다. 말없이 소주 한 병을 빠르게 비우고야 말을 건네는 두 사람의 주법은 여전하다. 표정과 손짓도 변함없다. 가끔 길게 내뱉는 한숨도 한결같다.

— 나 이제 기타 줄 끊어버려야겠다. 새로움이 없어. 민폐야. 한 줄이라도 건질 게 있어야지.

그가 다시 소주를 들고 와 앉으며 내게 시집을 내민다. 새로 엮은 모양이다. 나는 페이지를 훑어보고 가만히 내려놓는다. 《조용한 입》이라는 제목 아래 그의 캐리커처가 앉아 있는 표지다.

— 세상이 시끄러워 숨었는데, 내가 더 소음이었어. 조용히 입 다물고 있는 것도 힘들어.

나는 그의 입에 붙은 담배를 빼어 내 입으로 가져간다. 피우지도 못해서 연기가 목에 걸린다.

'그러면서 책은 왜 냈어, 자식아.' 나는 말을 삼키고 컥컥대다가 캭, 하고 가래를 뱉어낸다. 시집 표지에 가래가 튄다. 나는 담뱃불을 가래에 비벼 끄고 일어선다.

나는 화장실에 다녀오겠다 하고 방을 나선다. 그 길로 컨테이너를 등지려는 생각이다. 큰길로 나서기 전 방문 틈에 수표 한 장을 끼워놓는다. 스승에게서 받은 잔금 중 백만 원이다. 나는 시내로 들어가는 버스에 올라 스마트폰을 열고 시인 친구에게 메시지를 보낸다.

'간다는 인사 없이 떠나서 미안하다, 시집 선물 고맙다, 문틈에 책값 놓아두었다, 때로는 소음도 좋다, 다시 보자.'

토막 난 문장 담은 말풍선이 휘청거리고 있다.

노래가 노는 자리

현우 〉〉

얼마만의 외출인가. 의정부로 향하는 장애인 승합차 안에서 나는 속으로 외쳤다. '살아 있다'고, '아직 건재하다'고, '나 현우가 간다'라고. 마치 첫울음을 울며 삶을 시작하는 갓난아이처럼. 비록 입 밖으로 소리 내지 못하지만 세상을 향한 나의 절규였다.

의정부에서 세계 재즈 페스티벌이 진행 중이었다. 해마다 이맘때 열렸는데 이번에는 한국의 대표 가요 몇 곡을 재즈풍으로 편곡해서 연주한단다. 특히 원로 가수의 대표작을 모창하는 순서도 있다기에 구경하려 가는 걸음이었다. 내 노래를 포함해서 세 곡이 모창 대상이라는데, 공개 오디션도 포함돼 있단다.

내 노래를 젊은이들이 어떤 식으로 연주하고 어떻게 부르는지 궁금했다. 조카는 바깥바람이 차서 안 된다고 했지만, 의사는 잠깐이면 괜찮으리라며 허락했다. 이번으로 외출은 마지막이 될 듯싶었다. 휠체어를 실을 수 있는 장애인 차를 조카가 대여했다.

차 안에 조카가 틀어놓은 엠알이 조용히 흐른다. 내

대표곡 모음이다. 자동차 엔진의 리듬과 적절히 어우러져 더 흥이 난다. 언제 녹음해두었는지, 성재가 새로 만든 곡도 나온다. 온 신경을 모아 새 곡을 듣는다. 다시 들어도 역시 좋다.

— 선생님, 국악사중주단이 어울릴 것 같습니다. 재즈 악기와 함께 말입니다. 해금이 주제를 끌어갑니다. 피아노와 콘트라베이스가 받쳐주고 거문고하고 아쟁도 간주에 넣습니다. 해금이 나오니 여자 가수가 불러도 좋을 노래입니다.

성재가 편곡 의견을 말할 때 나는 수긍했다. 역시 수제자였다. 나는 막연히 국악기를 쓰면 어떨까 생각했는데, 성재의 말을 들어보니 가장 적절한 편성이었다.

부드럽다. 향기롭다. 차창으로 들어오는 바람과 자동차 배기가스. 얼마 만인가, 사람들이 바삐 걷는 거리를 본 지가. 잎을 풀럭이는 가로수를 바로 앞에서 쳐다보는 것이. 젊은 여인들의 건강한 모습과 화장품 냄새, 상가 빌딩에서 뿜어져 나오는 활기, 오가는 사람들에게 전해오는 기분 좋은 어지러움이 이렇게 반가울 수가.

불광동을 지나 북한산에서 장흥으로 넘어서니 어느새 의정부 거리가 나왔다. 의정부는 내 스무 살 시절을 몽땅 바친 곳이다. 스무 살에서 서른 살 초반의 생일은 언제나 의정부에서 밴드 멤버들과 보냈다. 의정부역 카페 '빙고'에서 주인이 준비해준 케이크를 자르면 새로운 한 살의 새벽이 밝아왔다.

의정부역을 끼고 왼쪽으로 들어서서 오백 미터 정도 더 올라가면 미군 2사단 캠프 입구다. 그 아랫동네가 내 청년 시절이 녹아 있는 곳이다. 클럽에서 밤새 연주하고 아침에 클럽 문을 나서면 저 은행나무가 나뭇잎을 풀럭이며 내게 말을 걸어왔다. 암 나무여서 가을이면 바닥에 은행이 흥건히 떨어져 있었다. 사람들이 싫어하는 은행 냄새가 나는 좋았다.

'엊저녁부터 오늘 새벽까지 네 노래를 잘 들었다, 앞으로 더 잘하지 못하면 네 손가락을 자르겠다', 고 나무는 으름장을 놓았다. 나뭇잎에 모아두었던 햇살을 뿜어내고 손사래 치며 하는 은행나무의 말을 나는 정말 들었다. 서울 평창동 집을 매입할 때도 마당에 은행나무가 있어서 덜컥 계약했었다. 그때도 은행나무가 말을 걸어오는 듯싶었다.

선생님, 아기가 여러 모습으로 나타나요. 저를 꾸짖는 요즘입니다. 선생님의 말씀 말씀이 노래로 불려지듯, 아기의 꾸중도 노래인 줄 알겠어요. 내게 내밀던 선생님의 손, 내 손을 잡던 아기의 손이 노래임을 깨닫습니다.

나는 최선을 다해 노래했다. 미군들이 내 노래를 좋아하도록 연습하고 연습해서 무대에 올랐다. 당시의 빌보드 차트 1위 곡은 내가 더 잘한다는 칭찬도 들었다. 영어 발음은 어색했어도 연주와 음색은 똑같이 들리도록, 카세트테이프가 늘어져 엉킬 때까지 듣고 또 들으며 연습했다. 미군들은 완벽에 가까운 내 흉내를 좋아했다. 엉터리 영어 발음도 재미있어했다. 그들은 우리 팀에게 특별 팁을 주었고, 밸런타인 같은 군용 양주를 선물로 줬다. 나는 여성들에게도 인기가 많았다. 하지만 나는 조심했다. 아버지처럼 알코올에 젖어 여성의 치마폭을 전전하지 않으려 했다. 부킹이나 팬 미팅이 들어와도 커피 한 잔으로 끝냈다.

카세트를 재생 반복하며 연습하다 지치면 주로 의정부 거리를 산책했다. 소시지와 김치를 버무려 끓이는 부대찌개 골목을 둘러보다가, 상품을 진열하기 시작하는 제일시장 안을 돌았다.

수년 전에 없어졌지만 유리창 안 붉은 등 아래에서 화장지를 들고 안으로 밖으로 들락거리는 반나체의 여인들도 어른거린다. 그 건물 한쪽 귀퉁이에 악기를 수리해 주는 노인이 있었는데, 그는 이미 이 세상 사람이 아닐 것이다.

*

윤주 〉〉

재즈 페스티벌이 열리고 있는 의정부에 가야겠다고 결정을 내리자 나는 두려웠어요. 막상 자수를 하려니 발이 떨어지지 않았습니다. 하지만 경찰서에 가지 않으면 일본 무사처럼 할복할 것 같았습니다. 스스로 칼로 배를 찢는 사무라이들의 자결을 택할 것 같았습니다. 진실을 알리는 방법은 할복이었습니다. 하지만 할복은 할 수 있어도 누군가 내 숨은 끊어 주어야 명예를 회복하는 길일 것입니다. 진실은 나로부터 비롯되지만, 내 바깥에서 판단합니다. 정당한 판결이 되어야 합니다. 나는 내 처지와 마음의 병을 알려야 합니다. 나는 재즈 페스티벌에 참가하려고 인터넷에서 신청서를 작성했습니다. 혼신을 다해 스승을 노래하고 싶었습니다. 설레면서도 무서운 발길입니다.

의정부에 도착해서 현우 님과 함께 올려다보던 은행나무를 오래 바라보았습니다. 은행나무가 스승의 손을 달라고 했답니다. 더 성숙해진 노래를 부르지 못하면 손을 잘라가겠다고 말하는 소리를 스승은 정말 들었다고 합니다. 나도 그때 은행나무에게 빌었더랬습니다. 현우가 내 손을 잡고 힘을 주면서 말하던 그때 나는, 내 손도 가져가세요, 좋은 노래 부를 수 있게 해 주세요, 하고 마음으로 말했습니다.

나는 은행나무를 뒤로 하고 행사장으로 걸어갔습니다. 페스티벌은 의정부 예술회관 노천극장에서 열린답니다.

*

>> 성재

지끈거리는 머리를 부여잡고 간신히 일어난다. 오후 한 시다. 어제 내시경을 받아낸 위장에 술을 퍼부었다. 복지관 수업 뒤풀이에서 맥주를 열 잔 넘게 마셨고, 시인 친구네에서도 소주병을 비웠다. 시인과 무슨 이야기를 나눴는지 가물가물하다. 복지관 회식에서도 기억나는 말이 없다. 문득, 이론은 아무리 정확해도 실제보다는 떨어진다는 말을 했던 기억이 떠오르는데 어떤 맥락에서였는지 모르겠다. 목이 따갑고 머리가 아파 친구 집에서 나온 것 같다. 그의 말장난에 속이 뒤틀렸던 것은 생각난다.

나는 일어나 습관대로 오디오 전원을 켠다. 시트러스 잼이 튀어나온다. 요즘 계속 듣는 가수다. 남자 재즈싱어 중에 제일 맑다. 〈Mogy live〉 음반인데, 컨디션이 좋았던 모양이다. 애드리브가 하늘로 바다로 땅으로 종횡무진 날아다닌다.

오늘은 의정부에 가야겠다. 해마다 재즈 페스티벌이 의정부에서 열리는데, 올해는 특별히 현우의 노래를 변주하고 신인 오디션도 치른다고 들었다. 좋은 베이시스트가 없어 고민이라는 조카의 말도 생각난다. 재즈 밴드에 있는 베이스연주자가 실력파다. 가서 귀로 확인하고 눈여겨봐야겠다.

나는 진통제를 입에 넣고 침으로 삼킨다. 어제 입었던 옷을 그대로 꿰고 밖으로 나간다. 오후 세 시인데 하늘이 어둡다. 비구름이 두텁게 드리워져 있다. 바람이 습기 먹은 공기를 힘겹게 밀어내고 있다. 이런 날이 라이브 소리가 좋다. 현우 선생의 노래가 어떻게 재즈로 바뀔지 궁금하다. 모창이 재미있을 것 같다. 요즘은 여러 가지를 섞어서 새것처럼 보이려 한다. 처음과 끝이 모호하다. 중간도 뒤죽박죽이다. 그래서 낯설게 느껴진다.

의정부역 지하에서 도로로 올라오니 빗줄기가 굵어져 있다. 나는 편의점에 들러 비닐우산을 사서 받쳐들고 공연장으로 향한다. 의정부 거리는 처음이지만 왠지 익숙하다. 우리의 소도시처럼 엉성한 풍경이다. 의류 상가만 말끔하다. 커피 향과 버터 냄새가 흐르는 거리에 서양인들이 자주 눈에 띈다. 미군들일 것이다.

행사장이 가까운가 보다. 마이크 상태를 확인하는

소리가 하울링에 섞여 들려온다. 나는 소리 나는 쪽으로 빠르게 걷는다. 의류 상가를 빠져나오니 천막이 둘러서 있다. 페스티벌에 맞춰 시장이 생긴 것이다. 남자들 먹을거리, 여자들 치장거리, 아이들 탈 거리가 줄지어 있다.

비가 오는데도 사람들은 붐빈다. 행사장 입구까지 전등을 밝힌 천막 사이로 남녀노소가 줄을 이어 구경하고 있다. 저런 모습도 구경거리다.

노래 경연이 곧 시작된다는 사회자의 안내가 들려 나는 우산을 부딪치며 행사장으로 바삐 움직인다. 몰려든 사람들 때문에 걸음은 더뎌진다. 우산이 뒤집히고 사람들과 어깨를 부딪쳐도 나는 거침없이 나간다.

나는 무대 앞자리까지 와서 선다. 아줌마들의 투정도 아랑곳하지 않고 음악이 잘 들릴법한 빈자리를 찾아 들어간다. 나는 누군가 벗고 간 우비를 들쓴다.

마침내 터져 나온 소리

현우 〉〉

나와 조카를 태운 장애인 차는 행사장 곁에 세워졌다. 페스티벌 진행 관계자가 특별히 공간을 마련해놓았다. 장애인 차는 무대 바로 옆에 세워져서 무대와 관객이 모두 시야에 들어왔다. 눅진하던 공기는 이제 완전히 젖어 무대가 금방이라도 물로 뒤덮일 것 같았다.

장대비가 와도 연주는 계속됐다. 특별 게스트인 리처드 엘리엇의 색소폰은 이런 날씨에 더 어울렸다. 마치 사별한 연인을 그리워하는 호곡성처럼, 마침내 열망을 이룬 도전자의 환호성처럼 색소폰은 절절하게 연주됐다. 그의 색소폰을 들으니 윤주가 생각났다.

선생님, 오랜만에 밖으로 나가 봅니다. 오래 기다린 만큼 바깥세상은 나를 뛰게 했습니다. 하늘을 바라보는 마음도 시원합니다. 나뭇잎 끝에 걸린 구름은 선생님의 부름이었지요. 선생님과 몇 차례 왔던 의정부 거리를 천천히 거닐어요. 악기 수리점에서 크게 틀어놓은 선생님의 옛 노래가 스피커를 찢고 가슴을 찢어요.

갈팡질팡하던 윤주가 이제는 또래 남자를 만나 가정을 꾸렸으면 좋겠다. 평범한 회사원이고 가정에 충실한 남자면 충분할 것이다. 콩나물 무침에 고등어조림으로 저녁상을 차려놓고 퇴근하는 남편을 기다리는 윤주를 그려본다. 매달 적금을 부어 살림 늘이고, 아이 키우는데 정성을 다하는 주부가 됐기를 바란다. 윤주가 그러려고 내게 죽은 아기를 보낸 것 아닌가. 과거를 잘 묻어 달라고…. 나쁜 녀석, 연락 한번 해 주면 안 되나…. 그렇게 숨어 지내도 좋으니 제발 잘 살아가거라.

리처드 엘리엇의 색소폰이 끝나고 기타 솔로가 이어졌다. 손가락을 종횡무진 움직이고 빠르게 떨어대는 핑거 주법으로 유명한 사람이었다. 〈꿈의 그대〉, 내 곡을 자기식으로 연주하고 있었다. 모두가 알고 있음직한 멜로디를 비틀고, 당기고, 늘이고, 쥐어짜더니, 한참을 침묵하다가 연주를 마쳤다. 지금 날씨처럼 끈적거리고 축축할 뿐 감동은 없는데, 사람들은 박수를 오래 쳐 주었다. 기타 연주는 큰 울림은 없었지만 신선했다. 그는 하늘로 풀어놓은 새처럼 내가 낸 멜로디의 길을 제대로 들어섰다가는 슬쩍슬쩍 빠져나오곤 하면서 연주했다. 뛰어난 기타 주법이지만 곡의 애절함은 덜 표현됐다.

이어서 내 노래 모창대회가 시작됐다. 남자 둘과 여자 하나가 나란히 소개되고 곧장 남자가 먼저 노래를 불렀다. 나는 눈을 번쩍 떴다.

윤주 아닌가…?

윤주 닮은 여가수가 고개를 돌려 관객을 둘러볼 때, 나는 즉각 알아보았다.

윤주 맞다!

눈, 코가 약간 달라보였지만, 눈빛이 윤주였다. 벌떡 일어나 무대로 뛰어갈 것처럼 내 몸은 급격히 뜨거워졌다.

*

윤주 〉〉

무대 안으로까지 굵은 빗줄기가 들이칩니다. 무대 소품들이 온전히 비를 맞고 사회자도 홀딱 젖습니다. 그래도 경연은 진행됩니다. 내 순서가 왔습니다. 나는 스승의 〈꿈의 그대〉를 택했습니다. 리허설 때부터 나는 힘을 다해 목청을 높였습니다. 연주자들이 나를 다시 쳐다보았습니다. 어떤 뮤지션은 박수까지 보냈습니다.

앞 참가자가 별반 호응을 얻지 못한 것도 힘이 됐습니다. 나는 처음부터 치고 올라갔습니다. 관객들이 집중해서 듣는 것 같았습니다. 〈꿈의 그대〉를 변주한 재즈 밴드가 강약을 조절하면서 내 노래를 부각했습니다. 기타 애드리브를 따라 목을 여니 자연스레 소리가 올라갔습니다. 트럼펫과 내가 주제 멜로디를 주고받을 때는 폭포수가 떨어지는 소리가 들려왔습니다. 노래를 마치니 그 소리가 관객의 환호성임을 알았습니다.

참가자들이 노래를 모두 끝내고 무대 위에 섰습니다. 순위 결과를 기다리는 중이었습니다. 1위를 먼저 부르겠다면서 사회자가 숨을 몰아쉬고 뜸을 들였습니다. 모두가 숨을 죽이고 기다리는 차에 내 이름이 사회자의 입에서 불려 나왔습니다.

내가 1위였습니다. 기뻤습니다. 울음이 북받쳤습니다. 스승이 나를 지켜보고 있는 것 같았습니다.

나는 상금과 꽃다발을 안고 앙코르곡을 불렀습니다. 지정곡이었던 〈꿈의 그대〉는 2절 후렴구로 넘어가면서 새로운 곡으로 변주되었습니다. '거울에 드리운 커튼을 걷어요. …이제 커튼을 치고 거울을 닫을 때예요, 사랑을 열고 미움을 닫아요.' 현우 님이 내게 지어 준 노래였습니다.

리허설부터 그렇게 연주하기로 맞추진 않았는데, 세션들은 즉흥적으로 음을 이어 나갔습니다. 자연스러웠습니다. 내겐 새로운 곡이라고도 할 수 없었죠. 내 몸 안에 이미 새겨져 있던 곡이었습니다. 나는 한 음정 한 음정, 세션들을 리드하며 새 곡을 불러나갔습니다. 내가 부르는 '커튼을 걷어요. 거울 속엔 그대 눈빛이…'

를 어느새 관객들이 따라 부르기 시작했습니다. 관객의 합창에 화답하듯 나는 더 큰 소리로 노래합니다.

넷째 소절부터 계속 높은 C#으로 치닫는 부분에서 이상한 분위기가 감돌았습니다. 몸이 가벼워지는가 싶더니 목소리는 무거워졌습니다. 이런 느낌은 처음이었습니다. 세션의 반주가 작아지고, 관객들을 적시던 빛줄기도 약해지면서 스피커 소리가 먹먹해 왔습니다. 오로지 내 몸에서, 내가 내는 소리만 내 귀에 가득 들어차기 시작했습니다.

몸 전체가 소리가 되는 느낌이었습니다. '소리앵김'이라는 말이 퍼뜩 떠올랐습니다. 판소리 명창들이 일생에 한두 번 겪는다던 그 '득음'을 내가 깨닫게 되는가요. 내 몸에서 나온 소리는 청중의 귀를 뚫고 그들의 가슴을 파고들었다가는 다시 솟구쳐 나와 내 귀에 박힙니다. 내 가슴에 후벼 든 그 소리를 나는 또다시 토해내고, 소리는 관객에게 스며들었다가 곧장 나와서 내 가슴을 비비고 들어옵니다. 나는 다시 그 소리를 입으로 토해냅니다. 소리가 된 나는 관객과 하나가 되어 돌고 도는 형국이었습니다.

메아리가 메아리되어 울려 퍼지는 것이었습니다. 나는 음과 놀았습니다. 자유자재로 노래를 쥐었다 놓았다 했습니다. 홍수가 나서 모든 것이 물속으로 휘몰아치는 것 같았습니다.

〈꿈의 그대〉는 없었습니다. 새로 만들어지는 노래가 있을 뿐이었습니다. 나는 혼자 노래하는 것이 아니었습니다. 내 노래는 청중이 부르는 것이었습니다. 나는 입만 열어놓았을 뿐입니다. 나는 청중 한 사람 한 사람의 몸속으로 들락거리며 소리를 냈습니다. 우리는 한 데 묶여 허공으로 솟아올랐다가 다시 땅바닥으로 내동댕이쳐졌습니다.

모두 흥에 겨워 몸을 흔들었습니다. 중모리장단에 얹힌 손짓발짓도 노래의 일부였습니다. 사람들의 몸놀림이 노래와 어우러져 놀고 있습니다. 온 세상이 덩실거렸습니다. 가끔 추임새도 터져 나왔습니다. 우리는 그렇게 노래를 만들어나갔습니다.

….

우리 노래는 빗줄기를 뚫고 구름 위까지 올라갔다가 무대로 돌아와 끝났습니다. 페이드아웃. 기타와 트럼펫 코다 부분이 연주되면서 박수와 환호성이 터져 나왔습니다. 노래는 비로소 마지막 음을 냈습니다. 나는 그제야 관객을 제대로 바라보았습니다. 모두가 좋아했습니다. 나도 행복했습니다. 가슴이 휑해지며 눈물이 쏟아져 나왔습니다.

마이크를 거치대에 꽂고 무대를 내려오려는데, 관객들이 다시 박수했습니다. 사람들이 내 뒤를 손가락으로 가리키며 탄성을 질렀습니다. 뒤를 돌아보니 무대 위의 대형 스크린에 현우 선생님의 젊을 적 모습이 비치는 중이었습니다. 선생님의 이십 대 밴드 시절, 삼십 대 가수왕 수상, 빌보드 차트에 오른 선생님의 곡들…. 선생님이 학생들과 합주하는 모습 속에는 어린 시절의 성재도 끼어 있었습니다.

그리고 방금 전에 내가 노래하는 장면과 관객들의 합창 컷이 화면에 나왔습니다. 카메라는 비 내리는 관객석 바닥의 물웅덩이를 오래 클로즈업했습니다. 빗속에서 우비를 들쓰고 흥에 취한 주부가 보입니다.

주부의 등에 업힌 아기가 고개를 꺾고 아래를 내려다보는 모습이 스크린에 나왔을 때, 나는 깜짝 놀라 그 자리에 주저앉았습니다. 손에서 놓쳤는지, 아기가 빗물 고인 웅덩이에 처박힌 인형을 손으로 가리키며 엄마 등에서 내리고 있습니다. 나는 스크린을 보다가, 관객을 보다가 아기를 찾아 물웅덩이에 빠지는 환영 속으로 쏠려 들어갔습니다.

*

성재 >>

무대에는 세 명이 올라와 있다. 모두 현우 선생의 노래를 모창하기 위한 예비 가수들이다. 남자 둘, 여자

한 명이 잔뜩 긴장한 모습으로 사회자 옆에 서 있다. 그런데, 여자는 너무도 익숙한 얼굴이다.

얼굴을 살짝 고친 듯한데, 분명 윤주다. 음성과 표정이 윤주 맞다. 윤주가 스승의 노래를 부르기 위해 경선에 오른 것이다.

남자의 노래가 끝나자 윤주가 마이크를 스탠드에서 빼고 음정을 잡는다. 자신에 차 있다. 베이스와 드럼의 도입연주가 끝나자 윤주의 힘찬 목소리가 튀어 오른다. 현우 선생의 〈꿈의 그대〉, 구룡포 노래비에 적혀 있는 그 곡이다.

윤주와 밴드의 리허설이 충분했나 보다. 재즈 형식으로 바뀐 〈꿈의 그대〉가 자연스럽게 울려 퍼진다. 고음 부분에서도 거침없다. 윤주의 소리는 끊기지 않고 부드럽게 올라간다. 트럼펫과 주제를 주고받는 윤주의 스캣 부분도 자연스럽다. 날씨가 무겁고 무대 환경이 나쁜데도 음정과 박자가 한 점 흔들리지 않는다. 막힘없고 당당한 저 모습, 정말 윤주가 맞나?

경연이 모두 끝나고 1등 상을 받은 윤주의 앙코르곡 연주 시간이다. 후렴구로 넘어가는 부분은 〈꿈의 그대〉가 아닌 〈거울 커튼〉의 선율로 채워진다. 2절부터는 아예 새로운 리듬, 중모리장단에 맞춰나간다. '커튼을 걷어요. 사랑을 사랑하고픈 내 얼굴, 거울 속엔 그대 눈빛이…'를 얹은 새 멜로디는 자연스럽게 무대를 채워나간다. 세션들에게 이미 새 곡의 악보가 전해졌던 모양이다. 윤주는 그 곡을 오래전부터 불러왔다는 듯 세션들의 반주를 이끌어간다.

새로운 곡은 이미 윤주의 곡이다. 현우 선생의 곡이 아니고 내 곡도 아니다. 그녀의 몸에서 나오는 그녀의 노래다. 그러면서 관객 모두의 음악이 된다. 그녀의 목소리는 내 귀를 찌르고 몸속을 파고든다. 가슴이 터질 듯하다. 나는 소리를 토해내지 않을 수 없다. 몸이 저절로 리듬에 맞춰지고 나도 모르게 흥얼거려진다. 그녀의 소리가 내 속에 눌려 있는 음악을 깨우고 있다. 나는 중모리 장단에 맞춰 언뜻언뜻 추임새를 내뱉는다.

그녀의 소리를 듣는 모든 관객은 마치 먹구름 속에서 삐져나온 햇살처럼 여기저기서 번쩍거린다. 윤주와 우리 모두는 서로가 서로를 비춰주는 거울이 된다. 눈이 부셔 눈을 감을 수밖에 없다.

엔딩 애드리브가 연주되자 사람들은 박수를 친다. 모두가 환호하며 떠나는 열기를 아쉬워한다. 노래를 마친 그녀는 마이크를 스탠드에 꽂고 무대 뒤를 바라본다. 대형 스크린에 현우 선생의 연보가 사진과 함께 올라온다. 청년 시절부터 지금까지 현우 선생의 스냅사진을 편집한 영상이 화면에 펼쳐지고 있다. 현우 선생과 합주하는 내 얼굴도 나온다. 영상을 바라보던 그녀가 털썩 주저앉는다. 무언가를 보고 놀라는 모습이다.

스크린에는 관객들도 비치고 있다. 카메라는 윤주의 노래에 열광하는 어떤 주부와 그녀의 등에 업힌 아기 모습을 보여주고 있다. 아기가 손짓하는 물웅덩이, 웅덩이에 빠진 인형이 화면에 확대된다. 물속으로 빨려들 듯, 나는 스크린에 비친 웅덩이를 한참 동안 바라본다. 나는 화면의 물웅덩이 속으로 빠져 들어가는 나를 상상한다.

*

〉〉 현우

윤주가 마이크를 들고 노래를 시작했다. 윤주인지 아닌지 확신이 없었는데, 목소리를 들어보니 윤주가 맞았다. 그녀는 내 노래를 완전히 새롭게 바꿨다. 반주자들이 그녀를 받쳐주는 게 아니라 그녀가 반주자를 끌어가면서 치고 오르다 빠져 내려왔다. 내 노래는 이제 윤주의 노래가 됐다.

나는 윤주를 보려고 의정부행을 졸랐나 싶었다. 그동안 윤주의 목소리가 꿈결처럼 들려왔는데, 현실로 확인하게 되었다. 그녀의 음성은 지금 〈꿈의 그대〉를 노래하고 있지만, 오랫동안 메아리로 내게 전해지던 그 소리였다. 그리움의 변주였다.

앙코르곡으로 연주되는 새로운 노래도 윤주는 완벽히 재현해냈다. 내가 그녀에게 전했던, 그녀를 향한 곡을 그녀는 온전히 기억하고 있었다.

'거울에 드리운 커튼을 걷어요….' 훌륭했다. 내 속에만 있는 줄 알았던 새 노래는 윤주 속에도 있었던 것이었다. 성재가 내 속에서 끄집어낸 그 곡은 이제 관객들 모두의 합창으로 불리고 있었다. 온몸에 전기가 찌릿찌릿 흐르는 듯했다. 중모리장단에 내 어깨도 들썩이고 있었다.

얼마나 생각해왔는데, 이제야 이 꼴로 보게 됐다. 내 귀로 들어오는 그녀의 노래는 가슴을 무너뜨리고 내장을 후벼대고 있었다. 뜨거운 눈물만 계속 흘렀다. 내게 한마디도 않고 훌쩍 떠나간 그녀를 나는 그동안 미워했다. 숨 없는 아기를 보낸 그녀를 증오했다. 그녀의 마음을 나는 헤아릴 수 없었다.

그녀가 가졌을 나에 대한 원망을 떠올리면 늘 괴로웠다. 이제 모든 것을 떠나보낼 수 있다. 나는 괴로움이 사라졌다. 관객들도 이 순간만큼은 행복할 것이다. 윤주는 누구든 사랑하고 누구에게나 사랑받는 유명 가수가 되리라.

노래가 끝나고 윤주가 무대 뒤를 돌아보았다. 대형 스크린에 내 연보와 젊을 적 사진이 흐르고 있었다. 관객과 윤주가 혼연일체 된 모습도 화면에 비쳤다. 관객 중 열렬히 환호하는 어떤 주부가 카메라에 오래 잡혔다. 아기를 업은 그녀와 아기가 놓쳐 물에 빠진 인형이 정지된 영상으로 떠 있었다. 그 모습을 보고 놀라는 윤주의 얼굴도 오버랩됐다.

영상을 보니 냉장고 속의 아이가 생각나 괴로웠다. 아기의 손짓에 내 가슴은 갈기갈기 찢기는 듯했다. 물에 빠진 아기의 인형을 주우려 뛰어드는 내가 스크린에 어른거렸다. 나는 눈을 질끈 감았다.

윤주가 무대에서 뛰어내려 물웅덩이 쪽으로 달려간다. 그녀는 인형을 집어들고 자기 웃옷을 벗어 인형에 들씌운 채 물에 엎어진다.

물이 깊다. 어느새 성재가 달려와 윤주를 좇아 물웅덩이에 풍덩 빠진다. 그 모습을 지켜보던 현우도 벌떡 일어나 차에서 내려 경중경중 걸어간다. 현우는 물웅덩이 앞에 서더니 풀쩍, 다이빙한다. 세 사람 모두 윗옷을 벗어 인형에 덮어씌운다.

우리는 알몸으로 인형 주위를 맴돌며 헤엄친다. 우리에게는 아무런 소리도 들리지 않는다. 수압만 묵직하게 느껴올 뿐 주위는 고요하다. 우리는 숨이 막혀 가슴이 터질 듯, 아프다.

멀리서 작은 진동이 시작되면서 하나의 음정으로 피어오르려 한다. 물속의 숨 막힘 안에서 생겨난 하나의 음은 우리의 주위를 감싸고돈다. 어느새 숨 막힘은 한 호흡에 사라지고 조여들던 가슴도 풀어진다. 우리는 서로 얼싸안고 하나의 음정을 따라 물속을 흐른다. 여유롭고 평화롭다.

태초에 생명이 하나의 음으로 시작되었는가. 현우가 숨을 몰아쉬어 또 하나의 음을 만들어낸다. 현우는 물 위로 오르고, 이제 성재가 숨을 쉬어 음을 튕겨낸다. 성재는 물을 차고 오르면서 물방울을 피워 올린다. 윤주도 숨을 뿜어 음에 덧붙이고 수면 위로 오른다. 소리가 부글거리며 물 위를 뛰어다닌다.

우리 모두는 그제야 호흡을 제대로 내쉰다. 먹구름이 걷힌 하늘에 태양이 떠 있다. 우리는 태양 아래 물의 막을 쓰고 소리를 듣는다. 여러 겹이지만 하나의 음이다. 우리의 막은 햇살을 받아 터져 흩어진다. 우리는 첫 호흡하는 아기처럼 크게 울어 우리의 숨결을 알린다.

물의 숨결과 나무의 숨결, 하늘의 숨결과 태양의 숨결, 바람과 구름의 숨결 모두 우리의 숨결과 뒤섞여 하나의 소리가 된다. 천둥소리, 파도 소리, 빗소리, 짐승 울음, 새의 노래, 사람들 비명, 흐느낌, 웃음소리…. 모두 하나의 숨결로 모이고 숨결 하나에서 흩어진다. 우리는 그 숨결이 되어 노래한다. 우리의 노래는 멀리멀리 메아리친다.

*

모두가 하나의 숨결이어서 나를 알아채지 못하는 것인가.

있다. 원래부터 나는 숨결 속에 있었다. 나는 내 안, 또 하나의 숨을 끌어올려 보았다. 내 숨길로 쉬어지는 내 호흡이었다.

여기는 어디일까.

물속 같기도 하고, 허공 같기도 했다. 따스한 기운이 온몸을 어루며 감싸고 돌았다. 머리 위가 밝아오는 느낌에 고개를 들어 올려다보았다. 강한 빛줄기가 내 머리 위에서 휘몰아쳤다. 내게 다가오는 빛더미는 금세라도 나를 빨아올릴 듯했다.

나는 내 시간의 끝이 왔음을 알아차렸다. 저 빛을 따르면 다시는 여기로 돌아오지 못하리라는 생각이 들면서 두려웠다. 온몸이 순식간에 얼어붙었다. 내 모습이 눈앞으로 지나갔다. 구룡포 앞바다에서 헤엄치며 웃는 아이, 청량리 밴드연습실에서 기타 치는 소년, 의정부 클럽에서 마이크를 코에 대고 노래하는 청년이 보인다.

낯설었다.

나는 눈에 힘을 모아 내 앞의 나를 똑똑히 바라보았다. 방송국 스튜디오에서 가수왕 트로피를 부여잡고 상기된 얼굴로 서 있는 사람, 인상을 찌푸리고 학교 합주실에서 학생들과 연주하는 중년 남자, 바퀴 달린 침대에 누워 콧줄을 얼굴에 두른 식물인간, 모두 내 모습인데 낯설었다.

내 몸은 다시 거푸집에 들어찬 쇳물처럼 형태가 없었다. 한 생이 이렇게 순간이었다. 두 사람도 보였다. 나의 침대보에 눈물을 떨구는 윤주, 침통한 얼굴로 링거를 바라보는 성재, 두 사람은 사랑이었다. 내게 사랑을 준 사람들이었다. 나의 죽음 이후에도 내 삶을 이어갈 사람들이었다. 같은 장소에 머물며 같은 일을 해나갈 두 사람에게서 나는 이제 떠나야 했다.

한 번만이라도, 한 무대에서 서로 끌어안고 내 곡을 연주하고 싶다. 마지막 노래를 함께 불러야 여기의 삶을 말끔히 털어버릴 수 있을 것 같다. 나는 침대에서 일어나려 안간힘을 썼다. 하지만 힘이 더 빠질 뿐이었다. 눈이 점점 무거워져 반쪽도 뜨기 힘들었다. 잠이 온몸을 내리누르는 듯싶더니 빛줄기가 차츰 내 쪽으로 가까이 다가온다. 나는 어찌할 도리가 없다. 빛의 터널 속으로 빨려 들어가는 나를 그냥 둘 수밖에.

— 하각사내 각도각읍을 마련할제 왕십리 청룡이요 동구만리가 백호로다… 만재수야 어러얼 사랑만 하십소사

멀리서 비나리 구절이 들려온다. 누구의 넋을 달래려는가. 누구를 축원하려는가.

나는 마지막으로 윤주의 손길에 내 온기를 전하려 힘을 모았다. 성재의 눈길에 내 진심을 보내려 눈을 껌벅였다. 머리 위의 빛줄기가 일렁거리며 희미해졌다. 그때, 들려왔다. 감사, 라는 말. 그 말은 내 몸에서 뚜렷이 새어 나왔다. 윤주와 성재를 사랑해야 할 힘은, 마지막에 나왔다. 감사라는 말이 내게 다시 힘을 주었다. 내가 빠르게 눈을 끔벅이자 빛이 퍼져나가 흩어져버렸다. 나는 그쪽으로 뛰어가는 나를 느꼈다.

노래 나무

현우의 집에서 작은 음악회가 열렸다. 평창동 집 마당에서 개최된 음악회에 많은 사람이 모였다. 자유롭게 정원에 자리하고 있는 사람들은 대부분 학생이지만, 대학 교수들과 총장도 있다. 정치인도 눈에 띈다. 언론사 취재진이 대문 안팎에서 음악회가 열리길 기다리며 웅성거린다.

정원 가운데에 작은 무대가 마련돼 있다. 무대 앞에 〈권현우 선생님 1주기 추모 연주회〉라는 현수막이 걸려 있고, 그 아래 현우 사진 배너가 바람에 조금씩 흔들린다. 마당 후미에 아름드리 은행나무가 노란 잎을 흔들며 가을 햇살을 밀어내고 있다. 어디선가 날아든 나비가 공연장 정원을 이리저리 날아다닌다. 청색 부전나비다. 나비는 손톱만한 날개를 팔락거리며 이리저리 돌아다닌다. 목줄 풀린 강아지가 나비 뒤를 쫓는다. 조카의 반려견이다.

거문고와 해금을 중심으로 재즈 밴드가 무대에 올라 연주를 시작한다. 〈거울 커튼〉. 피아노 연주자는 성재이고 가수는 윤주다.

〈거울 커튼〉은 지난해 세계적인 히트곡이었다. 지금도 이곳저곳에서 들려오는 노래다. 윤주가 노래했고, 조카가 제작했다. 현우와 성재의 공동작품으로 출시된 앨범은 특히 미국에서 인기가 높았다. 현우는 의정부 페스티벌 후 육 개월 동안 의식을 잃고 누워 있다가 숨을 거두었다. 현우가 음원을 듣고 만족해하는 모습은 〈거울 커튼〉이 처음이라고 조카가 전했다.

성재는 지난겨울 스승의 유해를 뿌린 구룡포를 떠올리며 피아노 건반을 두드린다. 바다는 노을을 빨아들이고 있었다. 구룡포는 빨갛게 물든 구름도 먹어치우며 더 붉게 물들어갔다. 성재와 윤주는 바다에 유골을 뿌렸다. 성재와 윤주의 손에서 흩날려 사라지는 스승의 주검은 어디로 가는가. 슬픈 기억으로 남을 것이다. 기억할 수 있기에 슬프다. 시간이 지나면 슬픔은 옅어지겠지만 기억이 있는 한 사라지지 않겠지. 감정이 일어나면 그 느낌에 어우러지는 노래가 웅얼거려지듯 현우는 음악으로 남을 것이다. 현우의 음악은 성재와 윤주의 입안에서 머물다 바닷물에 빠져들어 파도로 올라올 때마다 되새겨질 것이다. 성재는 스승의 유골함을 들고 해변에서 빠져나갔다. 마지막 빛이 유골함에 반사되고 윤주의 울음소리가 들려왔다. 목 짧은 청둥오리들이 먹구름을 헤치며 날아오르자 바다 한쪽이

튕겨 올라 반달이 됐다. 반달은 허공에서 음을 만들어 냈다.

윤주의 소리가 여느 때보다 애절하다. 청중 여기저기서 훌쩍이는 소리가 노래에 섞인다. 누군가 터뜨린 울음소리에 윤주의 노래가 멈칫했지만 윤주는 이내 제자리를 찾는다. 노래는 절정으로 치닫는다. 윤주의 깊은 숨결이 하늘 위로 솟구친다.

중모리를 블루스로 바꾼 느린 템포의 곡은 누군가의 박수 장단에 의해 차츰 빨라진다. 모든 사람이 장단에 따라 박수하기 시작한다. 사박자 슬로우에서 삼박 왈츠로 바뀌더니 이어서 우리의 세마치장단으로 자연스레 변주된다. 푸념과 넋두리, 후회와 원망을 넘어서려는 흥이 세마치장단에 녹아 있다. 〈거울 커튼〉이 이렇게 변화되니 더욱 절절하다.

템포가 다시 느려지고 노래가 끝나가려 하자 누군가 소리친다.

— 노래 불러요. 춤출게요.

장단이 또 빨라지기 시작하고 노래는 후렴으로 돌아온다. 몇몇 사람들이 리듬에 맞춰 몸을 흔든다. 손뼉을 치던 손은 허공을 휘젓고 어깨들이 들썩인다. 흔들던 몸의 물결이 장단에 맞춰 일렁인다. 선율은 희미해지고 리듬, 리듬만 강조된다. 그 리듬에 맞춰 팔을 하늘로 뻗는 사람도 있고, 다리를 차올리는 사람도 있다. 총장과 시의원도 어느새 일어서 고갯짓, 손짓으로 분위기를 맞춘다. 어떤 학생은 도마 선수처럼 피아노를 뛰어넘고, 어떤 남자는 정원의 빈 공간을 찾아 이리저리 텀블링한다. 노래는 끝날 줄 모른다. 춤의 너울도 멈추지 않는다.

연주회장 이쪽저쪽을 팔랑거리며 날던 부전나비가 은행나무 팻말에 앉아 날개를 접는다. 작은 팻말에는 이렇게 쓰여 있다.

'현우와 노래의 수목'

조카가 팻말을 쓰다듬는다. '노래'는 아기인 줄 조카만 알고 있다. 나비를 쫓아온 강아지가 은행나무 앞에 다리를 꺾고 앉는다. 바람이 불자 암은행나무가 은행을 후두두 떨군다.

-끝-

해설

고개를 돌려 그를 바라본다

그를 본 지 40년이 넘었다. 그사이 많은 일이 있었다. 적지 않은 사람을 만났고, 적지 않은 사람을 보냈다. 사십 년이 지난 건 분명한데 여전히 나는 그가 그립다. 다행인 건, 아니 감사한 건 그도 살아 있고 나도 살아 있다는 사실이다. 그는 나를 떠나지 않았다. 나도 그를 버리지 않았다.

우리는 사이가 좋다.

얘기를 꺼내기 전에 잠시 망설였다. 그를 본 지 사십 년이라고 할까, 아니면 그를 안 지 사십 년이라고 할까. 그를 본 지 사십 년이 넘었지만 그를 안다고 말하기는 조심스럽다. 바닷가에서 태어난 나는 올여름에도 바다를 만났지만, 아직도 바다를 잘 안다고 말 못 한다. 다소곳하고 내성적이던 바다가 이따금 태풍과 편을 이루어 육지를 덮치니 그 속내는 알다가도 모르겠다.

얼굴을 알고 나이를 알고 직업을 알고 가족도 알지만, 그것조차 내가 눈으로 보고 귀로 들은 포장에 불과하다. 바다를 잘 안다고 말하려면 바다의 속내를 알아야 한다. 그리고 바다의 슬픔도 알아야 한다. 만나서 근황을 묻고 먹고 마시고 다음 만남을 기약한다고 그를 안다고 자랑한다면 경솔하다. 오랫동안 알아 온 사람들도 그냥 주어진 역할에 충실한 게 아닐까.

내가 아는 두 배우가 얼마 전 같은 사극에 주인공으로 출연했다. 포스터엔 두 명이 같은 옷을 입고 나란히 서 있었다. 둘이 친하냐고 물으니 부정하지 않는다. 다만 서로를 알 기회가 거의 없단다. 이럴 수가 있나. 의문은 금세 풀렸다. 더블캐스팅이라 연습은 같이할 때가 있지만 정작 서로에게 다가갈 틈은 거의 없다는 거다. 한 사람이 무대에 서면 다른 사람은 심지어 극장에 가지도 않는다. 혹시 어떤 친구와 나는 더블캐스팅된 배우로 평생 지내온 건 아닐까.

기우와 나는 1979년 봄 고등학교 교실에서 처음 만났다. 동급생이 아니라 나는 선생, 그는 학생이었다. 입대 전 모교에서 2년 반 동안 국어교사 생활하던 시절이다. 나는 스물넷, 그는 열여섯. 인생의 시간표는 교과과정에 나오지 않는다. 나는 전역 뒤 방송사에 연출가로 들어갔고, 기우는 나중에 소설가가 되었다.

우리는 어쩌다 다시 만났을까. 이소라의 노래 〈바

람이 분다〉에 나오는 가사처럼 '그대는 내가 아니다. 추억은 다르게 적힌다.' 나의 기억은 이렇다. 어느 해인가 스승의 날 즈음에 집으로 택배 상자가 왔다. 뜯어보니 흔한 선물이 아니었다. 빚을 갚는 거라는 쪽지가 내 마음 한 귀퉁이를 옭아맸다. 연락을 취했다. 복원된 화면은 이렇다.

고교 시절 자신은 취주악대부 소속의 불량학생이었고 나는 여릿여릿 만만한 신참교사였다. 그는 방과 후 학교 앞에 있던 돌집이라는 식당에서 밥도 얻어먹고 심지어 내게 돈까지 빌렸다. 그리고 여태까지 안 갚았다는 거다.

꾸며낸 얘기는 아니었다. 나는 몇몇 학생에게 소액의 용돈 정도는 자발적으로 뜯기는(?) 좀 유별난 교사였다. 모교 출신이고 나 역시 외로운 시절을 견뎌낸 동질감도 일부 작용했을 거다. 이런 낭만적 일화를 어디쯤 배치해야 할지 모르겠지만 영화로 옮기자면 어쨌든 지금은 현역에서 은퇴한 교사가 60을 목전에 둔 제자의 소설을 미리 읽어보고 그 느낌을 글로 적는 장면이다.

글을 쓰는 이유를 물으면 인생이 쓰기 때문이라는 게 예능 PD 출신의 재치문답이다. 그림을 그리는 건 그리운 게 많기 때문이고, 노래를 부르는 건 친구를 부르는 거랑 비슷하다는 것도 연장선상이다. 쓴맛을 보지 않고 쓴 글은 잠시 겉돌고 사라지기 마련인데 기우의 소설은 정반대다. 흥미로운 고통이 책장마다 휘감기고 문장마다 스며들다 마침내 심장마저 저며든다.

각자 다르겠지만 서점에서 소설을 고를 때 나는 작가보다 제목에 집중하는 편이다. 나도 책을 몇 권 내봤지만 대충 지은 제목은 없다. 고심의 흔적이고 진심의 궤적이다. 이를테면 제목은 소설의 깃발이고 방향이다. 기우의 이번 소설 제목이 왜 《리듬, Rhythm》인가. 작가가 직접 대답할 필요는 없다. 저마다 독자가 해석하면 된다. 리듬은 호흡이고 호흡은 생명이다. 생명보다 소중한 게 없으니 이번에 작가는 살면서 가장 소중한 걸 소설에 담고 싶었나 보다.

제자인 작가에게 양해를 구한다. 솔직히 이번 나의 독서법은 좀 특이했다. 처음부터 읽은 게 아니라 뒤에서부터 읽었다. 마지막 장〈노래 나무〉를 먼저 읽었다. 그리고 첫 장 〈나 없는 내 몸〉을 맨 끝에 읽었다. 연극이나 영화는 절대로 이런 식으로 볼 수 없다. 역주행하면서 마음이 오래 머문 부분을 차례대로 옮겨본다.

— 나는 고개를 돌려 그를 바라본다. 그는 나다. (201쪽)

— 우리 삶이 시간의 흐름이기에, 생명은 모두 호흡이 있기에, 자연 모두가 음악을 좋아한다. 아니 자연은 그 자체로 음악이기도 하다. (148쪽)

— 세 사람은 한쪽 손마다 수갑을 나눠 찬 채 일 년을 보냈다. (111쪽)

— 윤주는 한 켤레 장갑이었다. 스승과 나 두 사람 사이에 한 손씩 끼워 넣은 장갑이었다. (106쪽)

— 누구를 사랑한다는 것은 사랑하는 나 자신을 사랑하는 것이다. 자신을 사랑하기 위해 남을 사랑하는 것은 잘못이 아니다. (85쪽)

— 갓난아기는 죽어 냉장고 속에 갇혀 있고 나는 살아 냉장고 밖에 갇혀 있다. 그리고 둘 다 얼어 있다. (8쪽)

표지를 덮으니 냉장고 문을 열기가 꺼림칙하다. 도대체 나라는 존재는 어디에 있는가. 나는 거울커튼 속에도 있고, 자물쇠로 잠근 옛날 일기장 속에도 있고, 심지어 아내의 불평 속에도 있다. 내 속엔 내가 너무도 많다. 그런데 나는 얼마나 나를 알고 있나. 또 나는 얼마나 너를 알고 있나. 아, 나는 왜 이렇게 생각이 많은가.

어느새 나는 소설 속에 감금되어 있다. 익숙했던 두 개의 노랫말이 비스듬히 나를 겨눈다. "난 알아요. 이 밤이 흐르고 흐르면 누군가가 나를 떠나 버려야 한다는 그 사실을, 그 이유를"—서태지와 아이들, 〈난 알아요〉. "내 속엔 내가 너무도 많아서 당신의 쉴 곳 없네"—시인과 촌장, 〈가시나무〉.

가능하다면 오늘 밤이라도 나는 나를 떠나보내야겠다. 내 속의 거추장스러운 나의 일부와 결별해야겠다. 나를 성가시게 만든 혼란과 갈등은 기본적으로 선과 악, 그리고 그것을 판단하는 꼭짓점의 삼각관계다. 소설 속에서 윤리, 의리, 도리 사이를 오가며 갈팡질팡하는 세 사람의 얽히고설킨 애증 관계는 에덴동산의 욕망과 절망마저 환기시킨다.

주인공이 찾으려는 '멜로디가 밀려날 정도의 리듬감'(194쪽)이란 결국 인간의 회복이자 자연의 리듬(순리)과 신의 리듬(섭리)을 되살리려는 구도자의 갈망이다.

기회가 닿는다면 소설 《리듬, Rhythm》을 영어로 번역해서 아마존의 숲에도 심고 싶다. 누가 그 일을 시작할까. 어려울 거란 걱정은 기우에 불과하다. 우리의 기우는 기우를 넘어섰다.

주철환)) 동북고 교사, MBC PD, OBS 대표이사 사장, JTBC 대PD, 서울문화재단 대표이사, 이화여대 교수, 아주대 교수 역임.

발문

삶을 지탱하는 리듬

《리듬, Rhythm》은, 지금은 소설가이지만 이전에 음악 활동을 했던 작가의 음악적 재능이 유감없이 발휘된 작품이다. 이 장편소설은 세 사람의 인연과 관계 속에서 물 흐르듯 전개되어 읽는 필자의 시선을 모아갔다. 가수이자 작곡가인 현우, 그리고 그 제자인 성재, 현우를 사랑하다 이별한 윤주. 세 사람의 음악인 관계 속에서 이야기는 전개된다. 세 사람을 조명하는 일인칭 화자, 셋의 '나'가 진술을 교차하며 진행되는 특별한 형식이다.

이 작품은 '예술가 소설'이라 할 수 있다. 예술가의 사회적 위치와 존재 의미, 예술과 삶에 대한 성찰, 예술의 목적을 예술가를 주인공으로 내세워 자주 질문하고 독자에게 성찰로 이끄는 소설 양식이 '예술가 소설'이라고 필자는 알고 있다. 특히 이 소설은 예술의 장르가 '음악'이어서 우리에게 감각적으로 다가온다.

조실부모하여 힘든 형편 속에서도 가수의 꿈을 이루고자 열망하는 '나(윤주)'와, 부단한 노력으로 실력을 키워 한 시대의 국민가수의 위업을 달성한 '나(현우)', 그런 스승을 수십 년 모시며 음악 세계를 키워왔지만, 스승의 그늘에서 벗어나지 못하는 '나(성재)'가 각기의 사건을 겪어나간다. 모두가 주인물이라 할 수 있는데, 그들은 서로 제자와 스승, 그리고 연인의 관계로 묶여 있다. 모두 '음악'이라는 공통분모를 지니고, 서로 '사랑'의 그물망에 얽혀 있다.

원로음악인 현우는 마지막 작품을 작곡해 둔 상태로 뇌졸중에 걸린다. 코마에 빠진 그는 아무것도 할 수 없는 상태다. 사랑하는 여 제자 윤주를 위해 곡을 창작했는데, 두 소절 메모만 남아 있고 악보나 녹음은 없다. 현우의 뇌졸중 발병은 피로에 의한 것이기도 하지만, 윤주가 그에게 택배로 보내온 아기의 주검 때문이기도 하다. 그는 유기된 갓난아기의 시체를 보고 큰 충격을 받은 것이다.

현우는 식물인간 상태에서 눈을 깜빡일 정도로 의식을 회복해, 곡을 완성하고 싶어 한다. 현우에겐 그 작품이 자기 생애 최고의 곡이라고 생각될 정도로 소중하다. 그는 자신이 만든 곡을 수제자인 성재가 알고 있으리라 추측해 성재에게 작곡의 도움을 청한다. 그는 성재와 윤주의 연인 관계를 확인하고 싶기도 한 것이다.

이 장편소설은 성재가 작곡을 완성하는 과정을 플롯으로 삼고 있다. 예술가의 창작과정, 그 예술 창작 의식의 상황을 섬세하게 그려나가고 있다.

소설의 형식적 측면도 흥미로운 바, 현재, 과거, 미래의 의식에서 헤매는 듯한 세 인물을 1인칭 주인공 시점으로 조명해 독자에게 여러 겹의 독서 체험을 주고 있다. 초점화의 다변화로 얻게 되는 개성 있는 문체의 발현이 특색 있고, 작가 고유의 목소리로 들려 온다.

소설 읽는 중에, 뇌졸중 이후 코마 상태에 빠진 음악가가 작곡할 수 있는가, 라는 의문이 들었는데, 절정 부분을 넘어설 때 질문에 대한 응답을 얻을 수 있었다. 채보되지 않은 멜로디는 작곡가의 기억 속에 남아 있으리라, 의식이 없어졌더라도 음악은 우주에 남아 있으리라는 생각이 들었다. 사랑하는 사람에게 그 음악은 더욱 잘 포착되리라는 생각이 강해졌다.

오랫동안 음악 생활을 해온 현우는, '노래는 사람 위나 사람 아래에 있지 않고 사람과 나란히 있어야 하고, 음악은 대중의 삶을 위해 존재한다'라는 확고한 예술관을 갖고 있다. 그는, '부르는 사람과 듣는 사람 모두 각자의 삶과 처지에 맞게 울림을 주는 노래'를 만들기 위해 노력해 왔다. 현우의 마지막 곡은, '노래는 사람을 위해 사람 위에 있지, 사람이 노래를 위해 있지 않다'라던 성재를 통해 완성된다. 현우의 행복, 유일한 사랑이자 그의 생애 단 하나의 작품이라 여겨진 곡이 윤주를 통해 불리는 장면은 성재와 현우, 윤주와 관객 모두를 환희의 도가니로 몰아넣는다. 그것이 바로 최고의 행복의 경지이고 평화의 상태다. 인류가 모든 갈등을 넘어서 하나가 되는 상황, 음악으로 하나가 된 평온의 상태가 바로 우리가 희망하는 자리라는 작가의 메시지가 전해져온다.

책을 읽는 내내 들려 오던 선율도 그와 같은 사연이 담긴 노래일까? 작가의 음악적인 영감이 유감없이 발휘된 작품 《리듬, Rhythm》의 다층적인 서사를 따라가다 보면 우리 삶 속에 그 흐름이 있음을 알게 된다.

《리듬, Rhythm》을 통한 삶의 리듬이 사박자 슬로우로, 삼박자 월츠로, 그리고 우리의 푸념과 넋두리, 후회와 원망을 넘어서는 흥 넘치는 세마치장단으로 제2, 제3의 리듬으로 계속 울려 퍼지길 기대해 본다.

한만엽)) 현 SK e&s 강동지사장, 전 강원도시가스 대표

감사의 말

영상 시대에 '소리'에 관해 소설 작업을 하려는 시도가 눈치 없어 보일 수 있겠다. 정보 대부분이 이미지로 되어 있어 당장 눈앞의 것을 따라가기 바쁜 요즘이다. 우리는 많은 것을 보고 해석하고, 또 보고 의미를 찾으려 애쓴다. 눈앞의 수많은 이미지로 우리는 피로하다.

눈을 감으면 소리가 들린다. 이 소설은 소리에 관한 이야기다. 많은 사람이 내면의 소리를 들으려 조용한 시공간을 찾듯, 나도 글을 쓰려 일찍 일어났다. 새벽, 네 시부터 일곱 시까지 모니터를 들여다봤다. 커서가 깜빡이는 시간이 길어질수록 주변 소리가 더 크게 들려왔다.

시계 초침 넘어가는 소리부터 수도꼭지에서 물방울 떨어지는 소리, 아내의 코 고는 소리도 귓전에 앉는다. 한참 동안 문장을 잇지 못하고 그 소리에 박자를 맞추며 시간을 보낼 때도 많았다. 예민해질 대로 예민해지면 별이 반짝이는 소리, 달이 공전하는 소리, 커피물이 증발하는 소리, 귤껍질이 갈라지는 소리, 메모지가 삭는 소리도 귀를 파고들어 와 마음을 흔들어댔다.

이 소설은 자기 소리를 밖으로 표현 못 하는 사람과, 그가 사랑하는 사람들의 이야기다. 식물인간이 된 작곡가가 자기만 알고 있는 선율을 밖으로 끄집어내려 안간힘 쓰는 데, 그 모습이 지금 우리를 은유하고 있다는 생각이 작업의 동기였다.

나는 소음을 지우려 음악을 듣기도 했다. 이어폰에서 나오는 악기 소리가 감정을 촉발해 문장 쓰기를 더디게 했다. 음악이 부추기는 감정은 거의 슬픔에 관련한 것이다. 즐거운 음악도 서럽게 들리는 것은 음악이 언젠가 끝남을 알기 때문일지 모르겠다. 우리는 개인에게 주어진 시간의 한계를 알면서부터 슬픔을 알게 되지 않았을까.

그렇게 슬퍼할 준비가 된 우리에게 음악은 슬픔의 즐거움도 준다. 음악을 듣는 시간 밖의 시간만큼은 멈춰 있기에 그럴 것이다. 그렇게 소리와 함께하며 일 년을 보내니 소설이 완성됐다. 소설은 음악처럼 순식간에 슬픔에 젖게 하지는 않는다. 이성의 도구로 감성을 전하겠다는 의도 자체가 무리다. 그를 무릅쓴 채 책을 내는 부끄러움을 살펴 주셨으면 좋겠다.

소설을 쓴 뒤에 내가 할 수 있는 말이 무엇이 있을

까. 주변 사람에 대한 미안함 뿐이다. 과민한 내 상황을 이해해 주고 마침표를 찍을 때까지 소리를 내지 않으려 애써 준 식구한테 고마움을 전한다.

특별한 해설을 써 주신 주철환 선생님께 가장 큰 감사의 말씀을 올리고 싶다. 고등학교 때부터 지금껏 함께해 주시는 선생님, 주철환 선생님의 허밍은 집필 내내 문장 사이로 흘렀다. 발문으로 책을 빛내준 오랜 친구 한만엽에게도 고마움을 전한다.

어려운 시기에 책을 내 주신 황인원 대표님과, 창의롭고 아름다운 디자인으로 독자와 연결해 준 성혜경 실장님께 인사 올린다.

2022. 가을. 김기우

작가소개

김기우(金基宇)

서울에서 태어났어도 마음은 본적지 충북 음성에 마음이 머물러 있는 작가는, 한국어로 말하고 글을 쓰고 있어 행복한 사람이다. 초등학교 때부터 누님과 형님들이 보던 소설책을 읽어가면서 한글 감성과 상상력을 키워나갔다. 동북고등학교 때 관악부 활동을 하던 경험으로 음악과 노래가 늘 곁에 있었다.

서울예술대학 문예창작과를 졸업하고 소설가로 등단했다. 서사 이론 공부에도 관심이 깊어 수원대학교 신문방송학과를 거쳐 동국대학교에서 석사를, 한림대학교에서 〈최인훈 소설연구〉로 박사학위를 받았다.

소설을 쓴 지 서른 해가 넘었다. 이번이 소설로는 다섯 번째 작품집이어서 웬만큼 우리 말 좀 안다고 자평하지만, 아직 멀었다고 생각하는 요즘이다. 우리 문화가 세계에 알려지고 여러 나라에서 한글에 사랑을 보내는 이때, 한국의 작가로 우리 문화를 더 깊이 탐구하고 우리 말을 갈고 닦아야겠다는 마음이 커지는 요즘이다.

그동안 지은 책으로는 장편 《바다를 노래하고 싶을 때》, 중단편 《봄으로 가는 취주》, 《달의 무늬》, 《가족에겐 가족이 없다》 등의 창작소설집이 있다. 창작이론서 《아이덴티티 이론의 구조》, 장편동화집 《봉황에 숨겨진 발해의 비밀》, 글짓기 지도서 《글쓰기 왕》 등도 펴냈다. 현재 한림대학교에 출강 중이다

* 저자 연락처 : dreamkkw@daum.net

새우와 고래가 숨 쉬는 바다

리듬, Rhythm

- 노래 불러요, 춤출게요

지은이 | 김기우
펴낸이 | 황인원

초판 인쇄 | 2022년 11월 11일
초판 발행 | 2022년 11월 18일

펴낸곳 | 도서출판 창해
신고번호 | 제2019-000317호
우편번호 | 04037
주소 | 서울특별시 마포구 양화로 59, 601호(서교동)
전화 | (02)322-3333(代) 팩시밀리 | (02)333-5678
E-mail | dachawon@daum.net

ISBN 979-11-91215-58-8 (03810)

값 · 14,000원

*이 장편소설은 경기문화재단 문학창작사업에 선정돼 발간했습니다

Publishing Club Dachawon(多次元)
창해 · 다차원북스 · 나마스테